KB074615

나를 사랑하며 산다는 것

나를 사랑하며 산다는 것

초판 1쇄 찍음 2012년 2월 10일
초판 1쇄 펴냄 2012년 2월 15일

지은이 | 전용석
인쇄 · 제본 | 한영문화사

펴낸이 | 김제구
펴낸곳 | 리즈앤북

등록번호 | 제 22-741호 등록일자 2002년 11월 15일
주소 | 121-841 서울시 마포구 서교동 463-31 플러스빌딩 4층
전화 | 02) 332-4037 팩스 | 02) 332-4031
이메일 riesnbook@paran.com

ISBN 978-89-90522-74-0 (03810)

나를
사랑하며
산다는 것

전용석 지음

리즈앤북
ries & book

책머리에

이 책이 세상에 처음 나온 지도 어느덧 5년이라는 세월이 흘렀습니다. 10년이면 강산도 변한다는데, 5년이라는 시간이 그리 짧은 세월은 아닐 것입니다. 잠시 지난 5년을 돌아봅니다. 그동안 제가 지은 한 권의 책이 더 세상에 나왔고, 백일을 갓 지나던 저의 아들이 많이 자라나 여섯 살이 되었으며, 매연에 찌든 서울 한복판에 살던 우리 가족은 공기 좋고 물 좋고 경치 좋은 양평 산골짜기로 이사를 와서 살고 있습니다. 30대이던 저의 나이도 어느새 불혹을 훌쩍 넘겨 버렸고, 또……. 그래요, 이런 많은 외적인 변화들이 있었습니다. 그리고 그 사이 저는 훨씬 더 평화로워졌습니다.

세월이 흐르면서 저절로 바뀌는 것이 있는가 하면 잘 바뀌지 않는 것도 있을 테고, 또 좋게 바뀌는 것이 있는가 하면 좋지 않게 바뀌는 것도 있을 것입니다. 외적인 변화만이 아닌 저 자신의 내면을 돌아봅니다. 저는 전보다 더 나이가 들었기 때문에 저절로 더 평화로워진 것일까요?

세상이 돌아가는 데는 몇 가지 법칙이 있는데, 그중의 하나가 노력하지 않으면 저절로 나아지거나 좋아지는 경우는 거의 없다는 것입니다.

빈 땅에 아무런 노력도 기울이지 않고 놓아 두면 잡초만 무성해지지, 배를 채울 수 있는 곡식이나 과실수가 저절로 채워지기는 힘듭니다. 마찬가지로 세월이 흐른다고 해서 저절로 평화로워지는 일은 드물다는 것입니다.

많은 사람들이 살아가면서 외적인 일들에 대부분의 관심을 쏟으며 시간을 보냅니다. 직업적인 일, 외국어 공부, 운동, 가족이나 친지들과 관련된 일, 돈, 외모, 정치와 경제 등 세상 돌아가는 모습 같은 것들에 주로 관심을 줍니다. 하지만 정작 자기 자신, 그중에서도 자신의 내면에 관심을 주는 시간은 극히 적습니다. 내면에 관심을 주는 것이라고 해서 공상이나 고민거리 등에 빠져 있으라는 뜻은 아닙니다.

관심의 방향이 외부로 향해 있기 때문에, 세월이 흐르고 나이가 든다는 이유만으로 내적으로 더 큰 평화와 행복이 찾아오는 일은 몹시 드뭅니다. 참된 평화와 행복은 외적 · 물질적 조건에 달려 있는 것이 아니라, 내면 깊은 곳에 이미 있는 것을 화석을 찾아내듯이 조심스럽게 발굴해내야 하는 것이기 때문입니다.

지난 25년 동안, 그리고 이 책의 초판이 나온 이후로도 5년 동안 저는 계속해서 명상을 통하여 내면의 빛에 다가가기 위해 노력해 왔기에 더 평화로워질 수 있었던 것입니다. 굳이 '명상'이라고 꼭 이름 붙여야 한다고 생각하지는 않습니다. 시작은 그저 외부세계에 대한 관심을 조금 줄이고 자신의 내면을 바라보는 것, 그때그때 자신의 생각과 감정에 대해 진솔하게 알아차리는 것으로도 충분합니다. 그리하여 이 책을 읽는 여러분이 조금씩 더 평화로워지고, 여러분과 만나고 접촉하는 이들에게 조금이라도 그 평화가 전해질 수 있다면, 세상도 더 평화로워질 수 있겠지요.

저 역시 아주 가끔씩은, 대부분의 사람들이 얼마나 자신의 내면에 관심이 적은지를 떠올리며 절망감을 느끼기도 합니다. 사람들의 물질적 관심, 욕망만이 커져 왔기 때문에 세상은 점점 더 어지러워지고 있습니다. 하지만 저 역시 그런 생각을 떠올리는 것은 전혀 도움이 되질 않는다는 사실을 알기에, 그저 제가 있어야 할 자리에서 묵묵히 해야 할 일, 전해야 할 평화에만 주의를 기울이고 있는 것입니다.

개정판에는 각 파트의 마지막 부분에 그 파트를 정리하는 내용을 담은 조언들을 추가하였습니다. 자칫 산만해질지 모르는 책의 성격을 보완하고, 각 상담의 조언을 실천하는 데 도움이 되기를 바랍니다.

평화가 언제나 여러분과 함께 하기를 바라며……

전용석 드림

II 사랑, 그리고 사람

1. 남과 여

2. 가족

3. 성장을 위한 축복

＊ 편안한 관계를 맺기 위한 저자의 멘토링

Ⅲ 미래

1. 진정한 나를 찾아 떠나는 여행

2. 꿈을 향하여

I

나를 사랑하며
산다는 것

The Search for Self

1. 나를 사랑하며 산다는 것

›› 나 자신이 벌레처럼 느껴집니다

어릴 때부터 성격도 강하고 자존심도 센 데다 무뚝뚝한 성격이라 가만히 있으면 사람들이 저를 대하기 어려워합니다. 몇 년 전부터 나에게 문제가 있다 싶어서 사람들에게 먼저 다가가려고 실없는 소리도 하고 많이 웃으려 노력했지만, 소용이 없네요. 사람들은 내게 호감을 가져 주지도 않고, 어떤 이들은 욕을 하며 상처만 줄 뿐이에요. 이제는 항상 불안하고 저 자신이 벌레처럼 느껴집니다. 어떻게 살아야 하나요? 도와주세요.

언제나 경험은 자신에게서부터 시작됩니다. 내가 하는 모든 경험의 책임은 결국 나 자신에게 달려 있는 것입니다. 그들의 탓이 아닙니다. 나 자신의 탓이지요. 이런 사실들을 진정으로 받아들이고 인정할 수 있을 때, 우리는 바로 설 수 있게 됩니다. 있는 그대로의 사실을 직시할 수 있게 됩니다.

우리는 사실이 아니라 왜곡된 현실을 보고 있다는 것을 반드시 알아야만 합니다. 그러나 지금까지는 알지 못했을 것입니다. 빨간 색안경을 끼고도 스스로 그런 색안경을 쓴 줄 모르는 사람은, 세상이 빨간 게 잘못되었다고만 하지 스스로 안경을 쓴 줄 모릅니다. 그렇기에 벗을 줄도 모르는 것입니다.

문제는 갑자기 생겨난 것이 아닙니다. 본래 문제는 자신의 마음에 있었으나 그러한 사실을 알지 못했고, 그 종기는 점점 더 크게 곪아 오다 이제서야 터져 버린 것이지요. 자신이 먼저 바로 서지 못했습니다. 중심을 잡지 못하고 주변 환경에 시달렸습니다.

　나름대로 노력했다는 것을 압니다. 하지만 잘못된 방향으로의 노력은 도움이 될 수 없습니다. 그 잘못된 노력이란 남들에게 억지로 맞추어 가려는 것이었지요. 마음에도 없이 거짓으로 웃어 주고 참아 내기만 하고, 그래서는 마음도 몸도 병이 더욱 깊어질 뿐입니다. 종기는 밖으로 터져 나와야 치유될 수 있는 것인데, 안으로 더 깊숙이 밀어 넣어서 더 크게 곪아 갔습니다. 결국 안에서 크게 썩은 종기는 자신을 죽이고야 맙니다.

　'이제는 저 자신이 벌레처럼 느껴집니다.'

　가장 결정적인 문제는 바로 여기에 있었습니다. 자신이 싫다는 것. 예전부터 자신에게 좋은 감정이 없었겠지요. 자기 스스로를 싫어하는 사람을 사람들은 너무 쉽게 알아봅니다. 마음은 어떻게든 밖으로 표출되는 것이기 때문입니다. 웃는 척하고 있어도 무의식적으로 '내가 싫어'라고 느끼고 있는 사람을 사람들은 놀랍게도 쉽게 알아봅니다. 의식적으론 잘 알지 못할지도 모르지만, 무의식적으로 확실히 압니다. 무의식적으로 알아채고서 그런 느낌을 가졌을 것입니다.

　그런 사람, 자기 자신조차 자신을 마치 벌레처럼 싫어하는 사람을 좋아해 줄 사람은 별로 없습니다. 그런 사실에 나는 또 상처 받습니다. 그래서 더더욱 마음의 문을 닫아 걸고 남들의 탓을 합니다. 그리고는 '왜 그들이 나를 좋아해 주지 않을까' 라며 슬퍼하겠지요. 그렇게 악순환은 반복됩니다. 누구보다도 먼저 자신을 미워해서는 안 된다는 사실을 깨달을 때까지 말입니다. 그렇게 스스로가 먼저 시작한 악순환은 반복되는 것입니다.

자신에게 모든 책임이 있다는 것을 통감하지 않는다면, '남들 때문에 내가 이렇게 되었다' 라는 믿음을 바꾸지 않는다면, 그들이 먼저 바뀌어야 문제가 해결될 거라는 가정이 성립됩니다. 하지만 그런 일은 불가능하지요. 타인을 바꾼다는 것, 그것도 주위를 둘러싼 수많은 사람들을 바꾼다는 것, 이런 가정을 믿으면 상황을 바꿀 수 있는 힘의 근원을 그들에게 쥐어 주는 꼴이 됩니다. 그럴 때 나는 선택권을 잃어버리게 되는 것입니다.

힘의 근원을 다시 나 자신에게로 되돌려야 합니다. '결국 나의 잘못된 선택으로 인해 이런 경험을 하게 되었다' 라는 믿음을 갖는 것은, '내가 나를 바꾸면 현실을 바꿀 수 있다' 는 결론으로 이어지게 됩니다. 이것은 절대적으로 가능한 일입니다. 억지로 남들의 비위를 맞추는 것은 올바른 방법이 아닙니다.

자신을 사랑하십시오. 자신을 좋아하세요. 일단은 자신이 가진 모든 면들을 좋든 싫든 있는 그대로 인정해 주세요. 어떤 상황에서도 자기 자신을 좋아하고, 신뢰하고, 사랑하는 사람을 본 일이 있습니까? 그런 이들이야말로 진정으로 강한 사람들입니다. 자신의 중심을 굳건히 잡고 바로 설 수 있는 사람들입니다. 그런 이에게 사람들은 무의식적으로 호감을 가지게 됩니다. 그런 이들은 누군가 가볍게 던지는 말 한마디에 쉽게 상처 받지 않습니다.

당신도 될 수 있습니다! 할 수 있습니다! 우리의 깊은 마음속에는 본래 사랑이라는 에너지로 가득 채워져 있기 때문입니다. 지금까지는 겉으로만 맴돌았을 뿐입니다. 표면에서만 춤을 추었을 뿐입니다. 남들에게만 맞추려고 애썼기 때문에 알지 못했을 뿐입니다. 그러니 이제 자신을 향한 진정한 사랑의 바다에 몸을 던지세요. 자신에 대한 무조건적인 사랑, 참사랑을 향해 두 팔을 활짝 벌려 보세요.

» 이런 나 자신이 한심하게 느껴집니다

마음과 다른 말을 하고 있는 자신을 발견하곤 합니다. 나 자신이 얼마나 진실한 사람일지를 생각해 보았습니다. 나 자신에 대해서조차도 잘 알지 못하는 것 같습니다. 있는 그대로의 상황을 보지 못하고 왜곡하려고 합니다. 직접 마주치지 않고 회피하려고만 합니다. 자꾸 저를 감추려 합니다. 너무나도 경직되어 있습니다. 그래서…… 이런 저 자신이 정말 한심하게 느껴집니다.

● 마지막의 '나 자신이 정말 한심하게 느껴집니다'라는 말 한마디에 모든 것이 다 압축되어 담겨 있는 듯합니다.

진실하지 않은 듯 느껴지는 나.

그런 내가 한심하다고 느끼기보다는 있는 그대로를 인정해 보세요.

나에 대해서 잘 알지 못하고 있는 나.

그런 내가 한심하다고 느끼기보다는 있는 그대로를 인정해 보세요.

있는 그대로의 상황을 보지 못하고 왜곡하려고만 하는 나.

그런 내가 한심하다고 느끼기보다는 있는 그대로를 인정해 보세요.

회피하려고만 하고, 감추려고 하고, 경직되어 있는 나.

마음에 쏙 들지는 않겠지만, 그런 모든 나의 면모들이 한심하다고 느끼기보다는 있는 그대로를 인정해 보세요.

어떤 자신의 모습이든 한심하다고 느끼기보다는 있는 그대로를 판단 없이 느끼고 인정해 주세요. 그저 자신의 모든 모습들에 대해서 '그렇

21

구나'라고 하는 것입니다. 다른 무엇도 끼워 넣어서는 안 됩니다. 판단해서는 안 됩니다. 스스로를 어떻게든 자꾸 나쁘게 판단하니까 그런 나쁜 판단이 나쁜 감정을 불러 오고, 나쁜 감정은 추가적으로 부정적인 감정들을 불러 오고…… 그렇게 꼬리에 꼬리를 물고 나쁜 일들이 일어나는 것입니다.

'괜찮아'라고 진정으로 마음을 담아 자신에게 말해 보세요. '좋아'라고 진정으로 마음을 담아 자신에게 말해 보세요. 자신에 대해서 느껴지는 모든 것들을 '나쁘다', '한심하다', '어리석다', '바보 같다'라며 부정적인 판단을 내리지 말고, 진정으로 사랑하는 누군가가 일으킨 실수를 대할 때처럼 너그러운 마음으로 껴안고 포용하고 이해해 주세요.

다시 기분이 좋아질 겁니다. 무언가 따뜻하고 편안함을 느낄 겁니다. 다시 여유로움과 사랑을 느낄 수 있을 겁니다. 그때서야 기적 같은 변화가, 진정한 변화의 기적이 일어나게 됩니다. 세상은 변한 게 없고 나의 행동이 크게 달라지지 않았음에도 불구하고, 무언가 크게 달라졌다고 느낄 수 있을 것입니다. 우리 모두는 크게든 작게든 이 좋은 느낌이 진실이라는 것을, 본래부터 우리 마음속 깊은 곳에서부터 존재해 왔다는 것을 알고 있습니다.

모든 판단을 내려놓고 그것을 살며시 느껴 보세요. 그리고 그저 이 좋은 느낌과 태도가 습관이 되도록 하는 것입니다.

» 욕을 들어 마땅한 나

남이 잘되는 모습을 보면 신경이 쓰입니다. 친하고 좋아하는 친구가 시험에 합격했는데, 축하한다는 연락을 하기가 힘드네요. 나는 그저 나의 일에 충실하고 열심히 내가 이루고자 하는 일에 매진하면 된다는 것을 알지만, 그렇게 잘 되지 않는 나 자신이 너무 실망스러워요. 이런 저의 모습…… 욕을 들어 마땅하겠죠?

➡ 　시기하고 질투하는 마음, 그럴 수도 있습니다. '내가 그랬구나' 하고 넘어갑시다. '다음부터는 그러지 말아야지'라고 생각하면 됩니다. 기분 좋을 때는 사소한 부대낌이 일어나도 그다지 상관하지 않습니다. 누가 내게 실수해도 "괜찮아요~" 하고 쉽게 넘어갈 수 있을 것입니다. 하지만 기분이 나쁘고 예민한 상태라면 사소한 말 한마디에도 시비가 붙고 싸움이 일어나거나, 마음속에서 일어나는 화를 엄청나게 삭여야만 할 것입니다. 아니면 크게 상처를 받겠지요.

먼저 자기 자신을 좋아하도록 해보세요. "나는 내가 좋다!"라고 하루에도 수십 번씩 소리 내서 외쳐 봅시다. 마음속에서는 분명 큰 저항이 일어날 것입니다. 사실은 내가 좋지 않은데 그렇게 선언하니 마음속에서는 엄청나게 반발하겠지요. 하지만 그런 저항에는 아랑곳하지 말고 계속합니다. 반복해서 자신을 좋아한다고 선언함에 따라 서서히 저항은 풀려 나갈 것입니다. 그렇게 자신을 더욱 좋아할 수 있게 되면, 마음이 더욱 느긋해지고 평화로워집니다. 내가 늘 함께하는 것은 나 자신이기 때문이지요. 싫은 사람과 함께 있을 때와 좋은 사람과 함께할 때, 언제 마음이 더 편안하겠습니까?

그러니 이제 자신에 대한 비난을 멈추고 좋아하기 시작하세요. 무언가 잘못하면 욕하고 다그치는 내가 아니라, 반드시 잘하고 좋은 결과를 내야만 겨우 괜찮다고 하는 내가 아니라, 조금 실수하는 일이 있어도 격려하고 사랑해 주고, 조금이라도 잘하는 일이 있으면 더 크게 칭찬해 주는 그런 자신이 되세요!

절대 욕먹을 필요가 없습니다. 오히려 그 반대입니다. 스스로를 격려해 주세요. 이제부터는 자신을 욕하거나 비난하기보다는 친구의 합격을 진심으로 축하해 주라고 자신을 격려하세요. 항상 그렇게 긍정적인 감정을 자신에게 선물하도록 하세요! 시작이 쉽지는 않겠지만, 시간이 지나고 습관이 되면 반드시 '좋은 자신'이라는 결실을 맺게 될 날이 올 것입니다.

» 이런 내게도 봄날이 올까요?

제가 너무 싫습니다. 외적인 부분 머리끝부터 발끝까지도 그렇고, 성격도 그렇고, 이렇게 내가 싫다는 부정적인 생각을 하고 있는 내적인 부분까지……. 꼭 이루어 내고 싶은 게 있지만, 두려움이 앞서고 이런 나의 모습을 보이기 싫어서 친구들을 만나기도 싫어요. 제대로 놀 줄도 모르죠. 집에 있으니 자꾸 살만 찌고요. 이런 저에게도 봄날이 올까요?

여기 두 사람이 서로의 한쪽 다리를 묶고 경주하는 두 팀이 있습니다. A팀은 서로의 모든 면을 싫어하는 사람들이고, B팀은 서로의 부족함을 알지만 서로를 좋아해 주고 서로의 장점을 비롯한 모든 면들을 사랑스럽게 인정해 주는 사람들이었습니다.

탕~! 하고 출발 신호가 떨어지자 양팀이 경주를 시작합니다. 경주의 결과는 어떻게 되었을까요? 결과는 불을 보듯 뻔한 일일 것입니다. 서로의 모든 면을 무작정 싫어하는 A팀은 끊임없이 서로를 탓하며 다투느라 제대로 달릴 수조차 없었습니다. 끊임없이 서로의 단점을 탓하고 물어뜯고 할퀴고, 자체적으로 에너지를 소모하느라 도저히 달릴 수 없었습니다. B팀의 경우에는 완전히 그와는 반대였겠지요.

A팀의 모습은 다른 누구도 아닌 당신의 모습입니다. 이것은 바로 많은 사람들이 선택하고 있는 자기 자신의 모습입니다. 스스로 '나'라고 여기

25

는 자아의 내면에, 사실은 하나가 아닌 여러 개의 자아가 존재합니다.

'내 속엔 내가 너무도 많아 당신의 쉴 곳 없네.'

노래 가사의 한 구절처럼 내 속엔 내가 너무도 많아서 나 자신조차 쉴 수 없게 합니다. 마음속의 수많은 내가 서로를 미워하고 싫어하는 상황에서, 과연 어떻게 스스로 좋은 감정과 마음의 상태를 유지해서 원하는 결과에 다다르도록 힘을 모을 수가 있을까요?

이제 자기 자신을 위해서 좋아하는 사람들끼리의 이인삼각 경기를 선택하세요. 스스로의 선택에 의해 자신을 좋아할 수도 있고 싫어할 수도 있다면, 굳이 싫어하는 감정을 선택하면서 자신을 파괴할 이유가 무엇인가요? 자신에 대한 좋고 나쁜 감정은 얼마든지 노력에 의해 선택할 수 있는 것입니다.

매일 자신을 떠올리며 좋은 점들을 최소한 하나씩 발견해 내세요. 그날 있었던 좋은 생각과 행동을 발견해 보세요. 하루에 하나씩이라도 자신을 칭찬해 줄 수 있는 행동을 하고, 그것을 매일 덧붙여 나가세요. 그렇게 매일 조금씩 노력하는 사이에 자신에 대해서 점점 더 좋은 감정을 가질 수 있게 될 것입니다. 그렇게 충실한 하루 하루가 지나다 보면 반드시 좋은 날이 올 것입니다. 내가 이렇게 많이 좋아졌구나, 즐거워졌구나, 성장했구나…… 그런 좋은 날이 꼭 올 것입니다.

지금이 추운 겨울이라 해도,
조금 기다리면 언젠가 반드시 맞이하게 될 봄처럼
따뜻한 봄날의 함박 미소를 기다려 보겠습니다.

동생이 있는데 저와는 너무 다릅니다. 저는 별볼일 없는 대학에 다니지만, 동생은 미국의 유명한 대학에 다닙니다. 저는 부모님께도 짐만 되는 존재지요. 동생과 너무 비교되고, 이런 저 자신이 정말 싫어 죽고 싶을 지경입니다.

사람은 스스로 규정하는 대로 규정되는 존재입니다. 그런 규정이 당장 현실로 드러나는 것은 아니겠지만, 시간이 지나면 지날수록 더욱 분명해질 것입니다. 자신을 그렇게 누군가와 비교하고 짐만 되는 존재로 여긴다면, 딱 그만큼 혹은 그 이하의 자신이 될 수밖에 없습니다. 비교와 열등감은 자신을 망치는 지름길입니다. 백해무익한 일일 뿐입니다.

사람은 누구나 다릅니다. 어떤 이는 공부는 못하지만 돈을 크게 버는 재주를 타고나거나 갈고 닦아 키웁니다. 어떤 이는 공부는 잘하지만 돈을 버는 재주는 없어 벌어들인 그 이상을 허비합니다. 어떤 이는 사람의 마음을 잘 헤아려 친구를 만들고 좋은 인간관계를 만들어 갑니다. 또 어떤 이는 사람을 돕는 마음을 타고났을 것입니다. 그리고 또 어떤 이는……。

28

고양이는 고양이이고, 호랑이는 호랑이일 뿐입니다. 고양이는 호랑이보다 힘이 약하고 덩치는 작지만, 작고 사랑스러운 몸짓으로 사람들에게 사랑받습니다. 만약 고양이가 호랑이가 되지 못함을 슬피 여겨 고양이로서의 자신을 인정하지 않는다면 어찌 되겠습니까? 고양이는 자신의 삶을 건사하지도 못하게 될 것입니다. 더구나 모든 고양이들에게 그런 일이 생긴다면 생태계 전체가 파괴되고야 말 것입니다.

있는 그대로의 자신을 인정해 주고 사랑해 주며, 타인과의 단적인 비교가 아니라 자신의 장점을 발견해 주고 성장시키는 노력을 기울일 때, 그는 진정으로 자신에게 자부심을 가지고 점점 더 크게 성장하고 발전해 나갈 수 있을 것입니다. 반대로 자신의 현재 모습을 인정하지 못하고 비난하며 자꾸 타인과 비교할 때, 점점 더 작고 왜소해져 더욱 불행하고 불운한 미래만을 창조해 낼 것입니다.

당신은 지금 이런 두 과정 중 어떤 길을 밟으면서 미래를 향해 나아가고 있습니까? 지금의 마음 그대로 살아간다면 10년 후 당신의 모습에 대해 무엇을 상상하든 당신의 상상, 그 이하일 수밖에 없을 것입니다.

저는 마음이 약한 거 같아요. 누가 가볍게 던지는 말에 너무 쉽게 상처 받는 것도 힘들고, 어떻게 살아야 할지도 모르겠고, 사람들을 어떻게 대해야 할지도 모르겠고, 마음이 도무지 불안하고 정리가 안 돼요. 제가 이렇게 방황하는 이유가 뭘까요? 마음이 이렇게 약한 이유가 뭘까요?

'마음이 왜 그럴까, 왜 이렇게 약할까'라고 물으셨네요. 세상 모든 사람들은 얼굴, 외모, 지문…… 무엇 하나 똑같지 않고 다 다르게 생겼습니다. 어째서 그럴까요? 그저 우연일까요?

태어나면서부터 다 다르게 생긴 얼굴이지만, 나이 40이면 자신의 얼굴에 책임을 져야 한다 했습니다. 마음도 그와 마찬가지입니다. 태어나면서부터 모두가 다르게 생긴 마음입니다. 어떤 이는 아름다운 얼굴을 타고날 것입니다. 또 어떤 이는 객관적인 미의 기준에서는 좀 떨어지는 얼굴을 타고날 것입니다. 얼굴이 그런 것처럼 마음 역시도 누구는 예쁘고 가벼운 마음, 누구는 괴롭고 무거운 마음으로 다르게 태어납니다.

도대체 왜 그런 거냐고 묻는다면 과학적으로 증명할 만한 특별한 답은 없을지도 모릅니다. 어떤 이는 우연에 의해서 그렇다고 할 것이고, 어떤 이는 전생의 업보에 의해서 그렇다고 대답할지도 모릅니다. 또 누구는 하느님의 뜻이라 여기겠지요. 이런 질문을 통해서 절대적인 이유를 찾는다는 것 역시도 몹시 어려운 일일 것입니다. 적어도 아직까지는 절대로 증명할 수 없는 문제일 테니까요.

지금 내 마음이 어떻게 생겼고 얼마나 힘들게 할지라도, 중요한 것은 어떻게든 그것을 긍정적인 방향으로 바꾸어 나가야만 한다는 사실 하나입니다.

'나는 왜 이렇지? 나는 도대체 왜 이런 마음밖에 되지 않을까?'

이런 생각들에 집중하는 것은 아무런 도움이 되지 않습니다. 자신의 싫은 면들에 초점을 맞추게 되어서 오히려 부정적인 감정만 키워 나가게 될 뿐이지요.

처음에는 어렵겠지만, 자꾸 반복해서 긍정적인 것들에 초점을 맞춰 보세요. 이런저런 이유와 실수나 습관 때문에 자신이 싫다고 여겨지는 감정을 그대로 내버려 두기보다는, 좋은 점 싫은 점을 가리지 말고 격려하고 인정해 주어서 자신에 대한 참사랑을 실천해 보세요. 필요하다면 명상도 하고, 기도도 하고, 마음이 가는 종교나 명상 등의 수행에 매진해 보는 것도 좋겠지요.

그렇게, 또 그렇게 계속 전진하며 살아가는 겁니다. 그러다 보면 어느 날 문득 '예전의 고통스럽던 나에 비해서 이만큼 좋아졌구나!' 하고 미소를 지으며 되돌아볼 날이 반드시 올 것입니다.

모든 게 정말 답답합니다. 어떻게 살아야 할지…… 사람들만 보면 긴장되고 걱정되고 불안하고요. 좋아하는 사람이 있는데 가까이 가지도 못하겠어요. 저 자신하나만의 문제도 감당하기 힘든데, 문제가 너무 많아요. 왜 이렇게 저는 매사에 자신이 없는 걸까요?

자신(自信)이란 말은 글자 그대로 자기 자신을 신뢰하고 믿는다는 의미입니다. 매사가 힘들고 답답하게 느껴지는 것은, 자신을 믿고 깊이 신뢰하는 마음이 없기 때문일 것입니다. 그래서 남들에게 그렇게 크게 흔들리고, 좋아하는 사람에게조차도 쉽게 다가가지 못하는 것이겠지요. 그렇다면 자신을 깊이 신뢰하는 마음을 가지고, 자신감을 가지려면 어떻게 해야 할까요?

사실 그런 마음을 만들기 위한 원칙은 너무나도 단순합니다. 단순히 원하는 사실인 '자신을 믿는 마음'에 집중하고, 그런 집중을 반복하면서 일정한 시간이 지나면 원하는 마음의 결과가 쑥쑥 자라나게 되는 것입니다. 마치 물을 주고 정성을 주면 식물이 자라게 되듯이 말입니다. 그런데 안타깝게도 많은 사람들이 그런 사실을 모르고, 설령 알고 있다 하더라도 실천에 옮기지를 못합니다.

많은 이들이 화초를 선물로 주면, 제대로 키워 내지 못하고 말라 죽이고야 맙니다. 그래 놓고 이렇게 말하곤 하지요.

"나는 화초를 키우는 재주가 없어. 내 손에 들어오면 모두 말라 죽는단 말이지."

이런 변명이 사실입니까? 아니요. 제가 보기에 그것은 꾸준한 관심과 돌보는 노력이 부족했기 때문입니다. 화초를 죽이지 않고 키우기 위해서는 화초에 대해서 관심을 가져야 합니다. 어느 정도의 햇빛을 쐬어 주어야 하는지 물을 얼마만큼 주어야 하는지도 알고, 흙이 마르면 물도 주고 웃자라는 가지를 잘라 주고, 벌레나 병이 생기면 잡아 주고 고쳐 주는 노력이 절대적으로 필요한 것입니다.

우리들 마음에 대해서도 마찬가지입니다. 자신감을 키워야지, 자신을 믿고 신뢰해야지 하면서도 대부분의 사람들은 구체적으로 어떻게 해야 하는지 잘 모릅니다. 그러면서 그에 관련된 생각을 반대로 살아온 세월에 비하면 너무나 조금 해놓고는 '나는 안 돼' 혹은 '노력해도 안 되더라'고 핑계대기에 급급합니다. 또 어떤 이들은 어떻게 해야 하는지, 어떻게 원하는 상태에 집중해야 하는지 알면서도 꾸준히 시간을 내서 노력하기를 포기합니다. 그리고 또 말하지요. "해도 안 되던걸?" 이라고요.

식물을 크고 아름답고 건강하게 키워 내기 위해서 반드시 그에 상응하는 노력이 필요하듯이 자신의 내면을, 자신감을, 신뢰감을 키워 내는 것도 마찬가지입니다. 그렇게 적절한 만큼의 시간이 지나면 마음이 바뀌고 자신감이 생겨날 것입니다. 마치 겨울이 지나면 봄이 오듯이 아주 자연스럽게 말입니다.

언제부턴가 상대방에게 나쁜 감정이 없는데도 순간순간마다 내 기분대로 행동하고 함부로 말하는 자신을 발견하게 되었습니다. 좋지 않은 행동이라는 걸 알면서도 잘 고쳐지지 않아요.

좋은 감정 상태에서 좋은 행동이 나온다는 것을 우리는 알고 있습니다. 반대로 나쁜 감정 상태일 때는 좋지 않은 행동이 나온다는 것도 우리는 알고 있지요. 좋지 않은 행동을 하는 자신을 나무라며 부정적인 감정과 함께 대한다면 더욱 자신의 행동을 바꾸기 어려워집니다. 그렇다면 어떻게 해야 할지는 명확합니다. 설령 실수가 있더라도, 마음에 들지 않는 내 모습이라 하더라도, 그것을 알아채는 순간 이미 그것은 과거의 일이 됩니다. 마음에 들지 않는 과거의 모습을 부정적인 감정이 증폭되도록 나무라며 계속 부여잡고 있으면, 한편으로는 그 생각을 바꾸는 데 도움이 될 것처럼 느껴지겠지요. 하지만 지난 삶과 사건들을 한 번 되돌아보세요. 그러한 행동 패턴이 그다지 도움이 되지 못했다는 사실을 확실히 알 수 있게 될 것입니다.

자신에 대한 부정적인 생각에 얽매여 있으면 있을수록 감정은 더욱 부정적이 될 것입니다. 감정이 부정적일수록 우리의 행동 역시 좋을 리 없겠지요. 그러니 부정적이었던 과거를 신속히 잊고 좋은 감정을 유지하려면, 자신의 잘못된 행동이나 실수를 탓하거나 미워하거나 채찍질해서는 안 됩니다. 그저 잘못을 인정하고 격려해 주고, 아무리 사소한 긍정적인 변화라도 칭찬에 인색하지 말아야 하는 것입니다.

당신은 이제 어떤 행동을 취해야 할지 알고 있습니다. 스스로를 미워하고 자책하는 데 따르는 부정적인 감정 하에서는 긍정적인 행동을 해내기 어렵습니다. 이제는 그러한 낡고 묵은 패턴을 바꾸어야 할 때입니다. 이제부터는 자책을 하거나 부정적인 행동을 하는 자신을 미워하는 행동 패턴을 버리세요. 자신을 진정으로 사랑하고, 좋은 감정으로 컨트롤하겠다는 결단이 필요한 때입니다.

무슨 일이 있더라도, 어떤 사건 속에서도, 자신을 격려하고 긍정적인 피드백을 주어 좋은 감정을 유지하는 법을 배우고 익히세요. 이것이 행동을 변화시키는 가장 진보된 방법인 것입니다.

≫ 원하는 모습으로 날아오르기

자꾸 남들과 비교하게 되고, 자신감을 잃은 나의 모습이 고통스럽고 힘들어요. 진정 제 자신을 사랑하고 싶어요. 그래서 마법사님이 쓰신 성공의 지혜 책도 읽고 나름대로 노력도 해보았지만, 일시적으로 좋아지는 듯하다가도 막상 어려운 일 닥칠 땐 마음대로 잘 안 됩니다.

●   습관적으로 남과 비교하는 행동을 그만두기 위해서는, 먼저 있는 그대로의 자신을 인정하는 마음이 선행되어야 할 것입니다. '이런 면은 좋지만 저런 면은 싫다'라고 판단하는 것은 좋은 결과로 이어지기 어렵습니다. 그저 '나에게는 이런 면이 있고, 또 저런 면이 있구나'라고 자신의 모든 면들을 인정하고 편안한 마음을 가져야겠지요.

무거운 비행기가 공중에 뜰 수 있는 이유는 양력 때문입니다. 비행기를 띄우는 양력이 지구의 중력보다 커지면 중력을 이겨 내고서 공중에 뜨게 되는 것이지요. 비행기가 이륙을 위해 빨리 달린다 해도 양력이 중력보다 커지는 데 필요한 속도에 못 미친다면 비행기는 공중에 뜰 수 없게 될 것입니다. 또한 액체인 물은 섭씨 100도 부근이 되어야만 끓어서 기체로 변형됩니다.

예를 통해 알 수 있듯이 인간의 변화에도 이와 같은 임계영역이 존재합니다. 지금 잘 모르겠다고 포기한다면, 언제까지나 진정한 변화를 일으킬 임계영역에 도달할 수 없게 될 것입니다.

약간의 시도를 통해 잘 되지 않는다고 절대로 포기하지 마세요. 그럴수록 더 큰 노력을 기울이세요. 그렇게 시간이 지나다 보면 언젠가는 반드시 변화를 위한 임계영역에 도달하고야 말 것입니다. 무거운 비행기가 공중으로 날아오르고, 액체인 물이 기체로 승화하듯이 말입니다. 비로소 원하던 체험을 얻고, 변화되고, 이해하게 될 것입니다.

남과의 비교를 끊고, 자신감을 얻고, 자신을 사랑하게 되기 위해서도 먼저 과거의 부정적인 모습을 끊어 내야 합니다. 그리고 긍정적인 변화가 굳건히 자리잡기 위한 임계영역에 도달할 때까지의 끊임없는 노력이 필요할 것입니다.

» 모든 노력이 유효하다

저는 심한 콤플렉스가 있는데, 입이 많이 튀어나오고 치열도 엉망이라는 것입니다. 입 주변은 모두 마음에 들지 않아요. 자꾸 입 쪽에 신경이 쓰여서 하루의 많은 시간을 소모합니다. 짜증스럽고 화도 나고요. 그래서 아예 신경을 쓰지 않는 것이 좋을지, 아니면 열심히 웃는 표정과 입 모양을 연습해서 고치는 것이 좋을지 고민 중이에요. 어떻게 하면 좋을지 알려 주세요.

지금 님의 상태로 보아서는 신경을 쓰지 않겠다고 결심한다고 해도 끊임없이 신경을 쓰게 되고, 스트레스를 받을 것처럼 보입니다. 게다가 연습을 통한 개선의 노력을 한다 하더라도, 그러한 노력 속에서 여전히 스트레스를 피하지 못할 것처럼 보입니다. 결국 지금과 같은 상태가 지속된다면, 개선의 노력을 통해 여러모로 나아진다 하더라도 스트레스와 불만을 피할 수 없을 듯이 보입니다. 적어도 성형의학의 힘을 빌려 튀어나온 입을 없애기 전까지는 말이지요.

가장 근본적인 문제와 원인은, 언제나 강조드리는 바와 같이 자신의 마음에 있다고 할 수 있을 것입니다. 단적으로 표현하자면, 자신의 얼굴이 마음에 들지 않기 때문에 그런 자신에 대해 비난하고 저항하는 것이지요.

사랑에 깊이 빠진 사람은 상대방의 어떤 모습이라도 사랑할 수 있게 됩니다. 어쩌면 튀어나온 입까지도 사랑하게 될지 모릅니다. 고르지 못한 치열까지도 귀엽다고 느낄지 모릅니다. 누구보다도 개성적이고, 유쾌함을 주는 요인으로 작용할지도 모를 일입니다. 가끔 별로 잘생기지도 않은, 유난히 개성(?) 있게 생긴 개그맨들이 아름다운 여성들과 결혼한다는 소식을 들을 수 있습니다. 이렇듯 외모는 스스로 어떻게 여기느냐에 따라서 장점이 되기도 하고 단점이 되기도 합니다. 사실은 세상의 모든 일이 다 그렇겠지요.

어떻게든 자신의 모든 면을 있는 그대로 인정하고 더 나아가 사랑하지 않고서는, 어떤 노력을 기울인다 해도 외모는 여전히 마음에 들지 않는 오점을 남길 것입니다. 끊임없이 신경이 쓰이고, 사람들 앞에 서야 할 때마다 고통으로 남게 되겠지요. 마음이란 길들여지는 것입니다. 같은 것을 보면서도 자꾸 좋은 점을 찾아내려 하고, 좋게 보아 주려 하면 그렇게 보이게 되는 것입니다. 마음을 길들이는 노력은 그러한 노력대로 이어 나가세요. 나쁜 의미로 신경을 쓰기보다는, 무언가 그 속에서 장점을 발견하고 아름답게 보려는 노력을 기울여 보세요.

물론 현실적인 노력도 함께 할 수 있을 것입니다. 치열을 교정하고 표정 연습을 계속하세요. 자신을 진정으로 인정하고 사랑하는 일을 기본으로 한, 그 밖에 할 수 있는 모든 노력을 하세요. 모든 노력이 유효할 것이기 때문입니다.

» 성격을 바꾸고 싶어요

성격을 바꾸고 싶은데 어떻게 하면 되나요? 저는 자신감이 없고 내성적이에요. 다른 사람들을 많이 의식합니다. 나를 어떻게 생각하는지, 욕을 하지나 않을 지……. 리더십도 없고 책임감도 없어요. 어떻게 하면 이런 성격을 바꿀 수 있을 까요?

→ 장미는 장미가 되어야 합니다.

고양이는 고양이가 되어야 합니다.

새는 새가 되어야 하고요.

사자는 사자가 되어야 하지요.

스스로 야옹거리며 울 수 없다고 스트레스 받는 장미를 보았나요?

스스로 하늘을 날 수 없다고 해서 스트레스 받는 고양이를 보았나요?

스스로 맹수로서 포효할 수 없다고 스트레스 받는 새를 보았나요?

스스로 붉게 피어날 수 없다고 해서 스트레스 받는 사자를 보았나요?

성격을 이런저런 식으로 바꾸고 싶다, 자신감을 갖고 싶다는 생각도 좋지만, 그에 앞서 반드시 선행되어야 할 것은 바로 진정한 자기 자신 이 되는 것입니다. 사람은 타고난 성향을 가지고 있지요. 예를 들면 내 성적인 사람은 그에 적절한 장점과 단점을 가지고 있고, 외향적인 사람

역시도 그에 맞는 장점과 단점을 가지고 있습니다. 반드시 어떤 것이 특별히 더 낫다고 말할 수는 없습니다. 모두 각자가 가진 고유한 특성이 있다는 것을 먼저 인정할 때 마음이 평화로워집니다.

'바꾸고 싶다'라는 것의 속내를 살펴보면 '나의 그런 면이 싫다'라는 의미를 찾게 될 것입니다. 스스로조차 자신을 싫어하는데 마음은 얼마나 괴로울까요? 내가 싫기 때문에 뜯어고쳐야 한다는 마음으로 자신을 바꾸려 한다면, 그렇게 내적으로 조화롭지 못한 상태로 그렇게 불편한 마음으로 불필요하게 많은 에너지를 허비하면서 쉽게 (더군다나 타고난 성격 바꾸기란 결코 쉽지 않은 일인데!) 자신을 바꾸어 낼 수 있을까요?

그러나 그 이전에 반드시 먼저 선행되어야 할 것은 있는 그대로의 자신을 인정해 주고, 안아 주고, 사랑해 주는 일입니다. 그리하여 내적으로 평화로워졌을 때, 그때서야 내적으로 정렬된 마음의 집중된 힘으로 무슨 일이든 더욱 수월하게 이루어 낼 수 있지 않겠습니까?

>> 왕따를 당해서

예전에 왕따를 당한 일이 있어서 더더욱 저의 성격은 거절을 못하고, 사람들과의 소소한 일까지 신경이 많이 쓰이고, 어떻게든 잘해 주려고 합니다. 그런 저를 보고 사람들은 가식적이라고, 착한 척하는 거라고 합니다. 성격을 고쳐야 하는 건 가요?

성격을 고치라는 말씀을 드리고 싶지는 않네요. 사람은 저마다 다 타고난 성격이 있으니까요. 또 어떤 성격은 좋은 성격, 어떤 성격은 나쁜 성격이라고 말하고 싶지도 않습니다. 모든 일과 성격에는 일장일단이 있고, 경우에 따라서 어떤 사람에게는 좋게 또 어떤 사람에게는 나쁘게 비칠 수도 있을 테니까요.

지금 상태의 님의 마음으로는 두려움에 의해 의도적으로 잘해 주어야 한다는 강박관념에 빠져 있기에, 그러한 태도로 인한 부자연스러움이 행동으로 드러나게 될 것입니다. 사람들은 잘 모르는 듯해도 생각보다 훨씬 더 많은 것을 무의식 중에 감지할 수 있는 존재이지요. 그렇기에 님의 진심이 아닌 가식을 알아차리고 있는 것입니다.

무엇보다도 먼저 진정한 자기 자신이 되기 위한 노력을 하세요. 자기 욕심만 채우고 남 배려 따위 없이 살라는 말이 아니라, 자기 욕구를 인정하고, 요구할 것은 당당히 요구하고, 거절할 것은 당당히 '노!'라고 말할 줄 알아야 한다는 것입니다. 지나치게 남의 눈치를 볼 필요가 없다는 것입니다. 정말로 자기 소신껏 살라는 것입니다.

진정한 친구를 잃고 싶지 않다면 '친구에게는 잘해 주어야 한다'라는 강박관념을 떨치고 친구를 사랑하세요. 사랑은 인간관계의 핵심입니다. '더 이상 왕따 당하고 싶지 않다'라고 생각한다면, 주변의 모든 친구들을 진심으로 좋아하고 사랑하는 마음을 가져 보세요. 강박관념의 일종으로 '잘해 주어야 한다', '거절해서는 안 된다'라는 생각 때문이 아니라, 스스로 사랑할 수 있는 만큼 사랑하고 거절하고 싶은 것은 확실히 거절하세요.

어쩌면 님에게 일어나는 이런 일들은, 진정으로 사랑하는 법을 배우라는 삶의 가르침과 일깨움의 신호일지도 모릅니다. 과거의 힘든 기억과 내면의 두려움을 떨치고, 진정으로 친구들을 사랑하는 법을 배워 보세요. 이런 극복의 과정을 통해서 더욱 진실된 사랑으로 가득한 자신을 만드는 계기로 삼아 보시기 바랍니다.

>> 아무리 노력해도 안 되는 사람

아무리 노력해도 결국 실패하는 사람이 있다고 생각합니다. 그게 바로 다름 아닌 저 자신이지요. 평생 계속해 온 작심삼일…… 저는 이런저런 노력에도 불구하고 전혀 달라지지 않았습니다. 이제는 너무 지치네요. 이런 저에게도 희망이 있을까요?

아무리 노력해도 안 되는 사람이 있습니다. 확실히 있지요.

'나는 아무리 노력해도 실패하는 운명이고 팔자이기 때문에 절대로 안 돼.'

이런 믿음을 강하게 가진 사람은 절대로 안 됩니다. 스스로 만든 자기 파괴적인 믿음이 어떤 시도도 금세 물거품으로 만들어 버릴 것이기 때문입니다. 강한 부정적인 믿음을 가지고 그에 반하는 행동을 하고자 애쓴다면 긍정적인 행동을 하게 될 리도 없고, 그런 행동은 반드시 꺾이게 되어 있습니다.

자기 파괴적인 믿음을 먼저 바꾸도록 하세요.
그것만이 유일한 희망일 것입니다.

감정의 기복도 심하고, 너무 자주 변덕을 부립니다. 평소엔 쉽게 넘어갈 수 있는 일도 어떤 때는 너무 심각하게 여겨지고요. 가끔 이유 없이 우울하고 불안하답니다. 어떻게 해야 할까요?

➡ 　자주 변덕을 부려도 괜찮습니다. 감정의 기복이 심해도 괜찮습니다. 어느 순간 우울해지고, 쉽게 넘어갈 수 있는데도 심각하게 과장해서 생각해도 괜찮습니다. 다 괜찮아요, 모든 것이 다. 오직 문제가 되는 것은 그래서는 안 된다는 생각입니다.

　자주 변덕을 부리면 안 돼!!!
　감정의 기복이 심하면 안 돼!!!
　우울하고 심각하게 과장하면 안 돼!!!

　변덕은 그저 변덕일 뿐이고, 감정이 흔들리는 것은 잠시 그렇게 지나쳐 가는 흔들림일 뿐입니다. 이런 것들은 시간이 지나면 큰 문제가 되지 않습니다. 쉽게 잠잠해지지요. 정작 큰 문제는 '그런 내가 싫어'라는 생각과 느낌인 것입니다. 아마도 당신은 이런 자신을 좋아하지 않겠지요.

자주 변덕을 부리는 내가 싫어!!!
감정의 기복이 심한 내가 싫어!!!
우울한 내가 싫어!!!
심각한 내가 싫어!!!

이미 일어난 일은 과거의 일, 지나간 일이 되었음에도 불구하고 그런 자신을 싫어한다는 것은, '나'라고 여기는 영역에 대해 부정적인 감정의 뿌리를 깊이 내리는 것입니다. 부정적인 감정에 휩싸여 있으면서 바라보는 세상이 밝고 화창해 보일 리 없습니다. 나의 세상에 대한 인식은 내 마음 안에 갇혀 있습니다. 내 마음이 보는 세상이 싫은 것이라면 그 싫은 세상도 사실은 내 마음 안에 갇혀 있는 것입니다. 그래서 모든 것이 싫고, 갈수록 세상 사는 일이 더 힘들어집니다. 그러니 좋은 감정을 만들고 기분을 좋게 만들어야 합니다. 하지만 나쁜 기분에서 갑자기 좋은 기분을 억지로 만들려고 하면 쉽게 될 리가 없겠지요.

일단 있는 그대로를 인정하는 일부터 시작해 보세요. 경험하는 모든 것에 대해서 '이래서는 안 돼'라거나 '이런 내가 싫어'라고 판단하기보다는, 느껴지는 그대로를 인정하고 받아들여 보세요. 변덕을 부리는 자신을 발견하면 '내가 마음을 자주 바꾸고 있구나!', 감정의 기복이 심한 자신을 발견하면 '나의 감정이 이렇게 자주 바뀌고 있구나!', 우울한 자신을 발견하면 '내가 무엇엔가 우울해 하는구나!'라고, 그저 있는 그대로를 인정하는 것입니다. 간단한 일이지만 이는 참으로 자신을 사랑하는 길의 시작이 될 것입니다. 그렇게 자신을 인정하고 사랑하는 마음으로 채워 나가기 시작하세요.

　그 사랑이 점점 더 커져서 '나'라는 영역을 가득 채우고 주위로 흘러
넘칠 때, 세상은 달라진 것이 전혀 없다 해도 님의 마음은 온통 아름다
움과 빛과 사랑으로 가득 차게 될 것입니다. 이것이 바로 자신을 진정으
로 사랑함으로써 자신을 바꾸고 세상을 아름답게 만드는 길입니다.

» 삶을 책임진다는 것

바보 같은 질문인 줄은 알지만, 자꾸 마음속에서는 여기가 내가 있어야 할 곳이 아닌 것 같고 주변이 어두워 보이기만 합니다. 긍정적으로 생각하고 싶지만 노력해도 잘 안 됩니다. 도와주세요.

무엇보다도 우선해서 자신에 대한 인식을 긍정적으로 바꾸는 편이 좋겠습니다. 그다지 바보 같은 질문처럼 보이지 않는답니다. 그럼에도 불구하고 자신의 질문에 대해서 바보 같다고 느끼는 것은, 자신을 존중하는 느낌이 낮다는 표현의 증거가 아닐까요?

자신에 대한 인식의 눈을 높이세요!
자신을 있는 그대로 인정해 주고 사랑해 주세요!
살아 있는 존재로서 가슴 깊은 감동을 느껴 보세요!

주위를 둘러보세요. 짙어 가는 가을의 낙엽과 향취도 느껴 보고, 이렇게 살아 있다는 것, 이렇게 숨쉬고 있다는 것에 대한 경외감도 느껴 보세요. '매일매일 똑같은 일상일 뿐이야'라고 말하기보다는 늘 경험하는 일상으로부터 색다른 무언가를 찾아보세요.

'이곳이 내가 있어야 할 곳이 아닌 것 같다'고요? 저 역시도 그런 생각을 한 적이 있었습니다. 꽤나 오래전의 일이긴 하지만, 그때는 저 역시도 스스로 지어내는 고통으로 많이 괴로워할 때였지요.

그렇습니다. 스스로 지어내는 마음의 고통……. 사실상 대부분의 고통이란 스스로 지어내는 마음인 것입니다. '여기가 내가 있어야 할 곳이 아닌 것 같다'는 생각이 더 강해지고 단단해지고 무거워지면, 그래서 자신의 일부인 것처럼 느껴질 정도가 되면, 그것은 곧 고통이 되지요. 스스로 지어낸 생각에서 비롯된 고통이지만, 그것에 너무나도 몰입하는 바람에 결국은 그것이 자신으로부터 비롯되고 창조되었다는 사실조차 잊어버리게 됩니다. 이 잊어버렸다는 사실이 참으로 중요합니다. 스스로 창조했으면 자기 스스로 없앨 수 있으리라 쉽게 여길 수 있을 터인데, 그러한 사실을 망각했으니 말입니다.

이제부터는 더욱 적극적으로 행동하려고 노력해 보세요. 더욱 미세한 순간순간에 자신이 선택하는 생각들을 알아차리세요. 긍정적인 사고를 하지 못하고 부정적이 되는 것은, 미묘한 선택의 순간마다 매번 스스로 부정적인 쪽을 선택했기 때문이고, 그러한 선택이 이어져 습관이 되었기 때문입니다. 몇 십 년 이어져 온 습관인데 쉽게 바꾸어 내기란 어려운 일일지도 모릅니다. 너무나 당연히 그럴 겁니다. 그러나 계속 노력해야 합니다. 결국 무언가를 이루어 내는 것도, 자신의 삶에 책임을 지는 것도, 모두 자기 자신의 몫으로 남을 일이기 때문입니다.

≫ 마음의 상처에 대하여

저는 사소한 일에도 크게 신경 쓰고 너무 쉽게 상처 받는 성격이에요. 가끔은 제가 자기 중심적인 성격이었으면 하고 바라기도 합니다. 그러면 지금보다 덜 상처를 받지 않을까 하는 생각에서 말이죠. 상처 받을까 봐 남들에게 너무 신경을 많이 써서 저도 모르게 자꾸 불안하고 스스로 위축됩니다. 어떻게 해야 할지 모르겠네요. 도와주세요.

내 스스로 상처 받기를 허락하지 않는 한, 그 누구도 내게 상처를 줄 수는 없습니다. 상처 받지 않기 위해 더 두꺼운 마음의 외투를 입고, 철갑 옷을 두르고, 단단히 경계하고 방어하라는 이야기는 결코 아닙니다.

남에게 쉽게 상처 주는 사람들은 스스로가 상처투성이인 사람들입니다. 어쩌면 그들은 자신을 방어하기 위해 남에게 상처 주기를 일삼고 있는지도 모릅니다. 자신이 어떤 상태인지, 어떤 행동을 하고 있는지 미처 알지도 못하면서요. 그렇게 마음이 어린 그들입니다. 상처 주는 것도 마음이 어린 자들이요, 상처 받는 것 또한 마음이 어리기 때문입니다.

스스로를 존경하고 사랑하며 자신의 존재 가치와 자기 존재의 유일성을 이해한다면, 그 어떤 험담도 마음을 해칠 수 없을 것입니다. 반대로 자신을 존중하지 못하고 싫어하고 미워하며 자신의 고귀한 존재 가치를 모르고 남과의 비교만을 일삼는다면, 길에서 지나치는 이의 가벼운 웃음소리마저도 자신의 마음을 해치고 상처 주고야 말 것입니다.

　답은 너무나도 명확합니다. 남들의 시선에 신경 쓰기 이전에 먼저 자신을 어떻게 대할 것인가를 정해야 합니다. 자신을 존중하고 신뢰하고 인정하고 사랑할 것인가, 아니면 그와 반대로 생각하고 행동할 것인가를 정하는 것이지요. 스스로 더 크고 성숙한 마음을 가진 이가 되고자 마음을 세우시기 바랍니다. 그리고 세상에 널려 있는 수많은 어린 그들을 이해하시기 바랍니다. 먼저 자기 자신을 진정한 사랑으로 대하고, 이를 통하여 자신을 사랑하게 되고 여유를 가지게 되면 그들 또한 사랑으로 대할 수 있을 것입니다. 타인과의 작은 상처에 연연하기보다는 성숙한 마음과 사랑으로 자신을 키워 나갈 수 있는 '큰 사람'이 될 목적으로, 험난한 세상의 파도를 헤쳐 나가시기를 진심으로 바랍니다.

» 불운한 과거를 보상 받고 싶어요

어릴 때부터 가족들에게조차도 무관심과 냉대 속에 살았습니다. 그래서인지 가슴 속에는 엄청난 분노가 있어 사람들이 저를 싫어합니다. 남자친구와 한시라도 떨어져 있으면 너무 불안하고, 의심이 들기도 합니다. 저 자신을 될 대로 되라고 포기하고 싶어요. 가족들이 그래 왔던 것처럼요. 어떻게 이런 저의 과거를 보상 받을 수 있나요?

→ 우리는 어린 시절 부모나 형제, 가까운 사람들이 자신을 대하는 태도에 의해 스스로를 대하는 태도를 배웁니다. 하지만 자신을 대하는 올바른 태도에 대해서는 배운 적도 없고, 그에 관해서는 잘 알지 못하면서 살아가게 됩니다. 참으로 많은 이들이 그럴 것입니다.

'저 자신을 될 대로 되라고 포기하고 싶어요. 가족들이 그래 왔던 것처럼요.'

그래도 님은 커다란 통찰을 얻으셨다고 할 수 있을 것 같습니다. 아주 결정적이고 핵심적인 것, 즉 가족들의 태도가 자신을 대하는 태도에 영향을 끼쳤다는 사실을 스스로 발견하셨으니까요.

그러면 이제 어떻게 하면 될까요? 간단히 말하면, 가족과 주변이 당신에게 대했던 것과는 정반대로 하면 될 것입니다. 무관심과 냉대가 아니라 자신에게 관심을 주고 따뜻하게 대해 주면 될 것입니다. 사실 많은 분들이 이 해답을 알면서도 힘들어 합니다. 그렇게 자신을 대하는 습관에 익숙하지 않기 때문일 것입니다. 평소에 전혀 운동을 하지 않던 사람이 짧은 시간 내에 운동하는 습관을 들이기가 쉽지 않은 일인 것처럼 말입니다.

자신을 대하는 태도 역시 마찬가지입니다. 자기 마음속에서의 일이라고 해서 뚝딱! 쉽게 바뀔 일이 절대 아니라는 말입니다. 결국 대부분의 사람들은 마음의 일이라 쉽게 이루어지리라 만만하게 보고 시도했다가 금방 자포자기하는 심정이 되어 버립니다. 그리고 이렇게 말하곤 하죠. "난 역시 안 돼."라고요. 짧은 시간 내에 쉽게 이루어지리라는 생각을 먼저 버려야 합니다. 눈에 잘 보이지도, 손에 잡히지도 않는 일이라 더욱 어렵습니다. 마음을 독하게 먹고, 생각보다 몇 배의 노력을 기울여야 되리라는 각오로 임하셔야 합니다.

자신을 사랑하는 가장 첫 번째 단계는, 자신에 대한 비난을 무조건적으로 멈추는 것입니다. 어떤 순간이라도, 어떤 잘못과 실수를 저질렀더라도 자신을 비난하지 마세요. 많은 이들이 자신을 비난하는 행동이 채찍질이 되어 더 좋은 결과를 낳으리라는 착각을 하기도 하지만, 그런 행동은 결국 상처만 남길 뿐입니다. 자신을 비난하는 행동이 효과가 있다면 거의 모든 이들이 시간이 지남에 따라 갈수록 더 나아져야 할 텐데, 꼭 그렇지만은 않은 현실이 이 사실을 증명해 보이고 있지요.

서서히 더 자주, 있는 그대로의 자신을 인정하고 사랑하기 시작하세요. 자신에게 전해 주는 따뜻한 말 한마디, 의욕을 불러일으키는 칭찬, 실수에도 비난하거나 욕하지 않고 격려해 주는 여유와 좋은 감정을 가지세요. 그러한 습관을 들이세요. 마음을 조급하게 먹지 말고 느긋함 속에서 하루하루 조금이라도 더 나아지는 자신을 발견하세요.

이미 지나간 일을 외부로부터 보상 받을 수는 없을 것입니다. 남은 것은 현재와 미래입니다. 지금 이 순간 오직 필요한 것은, 잘못 배우고 받아들인 태도를 고치는 것뿐입니다. 그것만이 마음의 근본적인 변화를 통하여 미래의 보상을 기대할 수 있는 길이 되어 줄 것입니다.

과거의 힘들었던 일, 잊고 싶은 좋지 않은 기억들, 다시 떠올리고 싶지 않은 사람들, 부끄러웠던 일, 잘못한 일 등 과거의 힘들었던 일들이 저를 괴롭히는 것 같아요. 잊으려 하면 할수록 더욱 생생해져서 몹시 고통스럽고 불안하고 답답합니다. 이런 잡념들을 떨쳐 버리기 위해서는 어떻게 해야 하나요?

잊으려 하니 더 생생해지고 더 힘들다고 하셨네요. 사실입니다. 잊으려 하는 행동 자체가 그러한 과거의 기억에 대하여 더욱 생생해지도록 기운을 주고 에너지를 주는 일인 것입니다. 어떤 기억을 잊으려 할 때 먼저 일어나는 일은, 그 일을 다시 기억에 떠올리는 것입니다. 그런 후 그것을 지우려는 시도를 하게 되겠지요. 그러나 어떤 기억이든 떠올리면 떠올릴수록 더욱더 깊이 각인된다는 사실을 기억해야만 합니다.

학습과 기억의 과정은 비슷합니다. 무언가를 외우고 기억하고 싶다면 여러 번 반복해서 떠올리면 되듯이, 무언가를 더욱 생생히 기억하고 싶다면 더 자주 반복해서 떠올리면 되는 것입니다. 그런데 님의 경우에는 잊으려 노력하면서 기억을 더욱 생생하게 만들어서 강화하고 있었던 것입니다. 기억은 노력해서 지워지는 것도 아니고, 그 자체만으로 고통을 주는 것도 아니라는 사실을 이해하셔야 합니다.

가끔 영화를 보시겠지요? 사실상 영화 필름 그 자체에는 감정이 담겨 있지 않습니다. 그것을 바라보는 관객이 지어내는 감정이 덧붙여져 작용하는 것일 뿐입니다. 기억 역시도 마찬가지입니다. 기억 그 자체가 감정인 것이 아니라, 경험할 당시의 감정이 강하게 연결된 것입니다. 그러나 님은 지금 기억에 덧입혀진 감정에 의해 고통 받고 있을 것입니다.

건강한 자기정체성을 가지고 있는 경우, 기억에 덧입혀진 감정은 일시적으로 일어났다가 사라질 뿐 오래도록 남아 있지는 않습니다. 마음이 건강하지 않은 기반과 기억이 만날 때, 기억에 연결된 감정은 끈끈이 주걱처럼 오래도록 붙어 자신을 고통스럽게 만드는 것입니다.

이렇듯 건강하지 않은 감정적 기반이 되는 것은 무엇일까요? 그것은 자신을 인정하지 못하는 마음, 자신을 사랑하지 않는 마음, 자신을 비하하는 마음, 굳이 그럴 필요가 없음에도 불구하고 끝내 붙들고 있는 죄책감, 수치심 혹은 그 밖의 어떤 것이든 부정적인 감정들에 의한 것입니다.

무엇보다도 먼저 부정적인 어떤 감정도 필요치 않다는 사실을 인정하고 받아들여 보세요. 어떤 일이든 과거의 일에 대해서 절대로 죄책감을 가질 필요가 없습니다. 어떤 일이든 과거의 일에 대해서 절대로 수치심을 가질 필요가 없습니다. 어떤 일이든 절대로 자신을 비하하거나 책망할 필요가 없습니다.

있는 그대로의 자신과 과거에 일어났던 모든 일들을 인정해 보세요. 그런 일이 있었구나. 내가 그렇게 행동했구나. 그렇게 반응했구나. 혹은 그 누군가가 내게 그렇게 했구나. 좋다, 나쁘다, 싫다, 옳다, 그르다…… 그런 행동을 해서는 안 되는 거였는데, 그런 일이 일어나서는 안 되는 거였는데…… 이런 모든 판단과 생각들을 내려놓고 말입니다.

먼저 긍정적이든 부정적이든 자신의 모든 모습들을 인정해야만 합니다. 인정한다는 것은 저항하거나 거부하거나 부정하는 것의 반대입니다. 그런 모든 자신에 대해서 용서하고 사랑하세요. 세상에서 가장 자비로운 어머니가 자식이 지은 모든 죄를 용서하고 탓하지 않는 것과 같이, 자신의 모든 면을 용서하고 사랑하세요. 그렇게 진정으로 자신을 사랑하게 될 때, 과거의 어떤 기억도 고통을 주는 일은 없을 것입니다. 그 기억에 덧붙여져 있던 고통스런 감정은 이미 사랑이라는 이름의 햇살로 인해 녹아내리고야 말 것입니다.

진정한 변화의 기적은
있는 그대로의 자신을 사랑하는 데서부터 시작됩니다

→ 　자신을 미워하고 싫어하면서 자신의 마음을 컨트롤할 수는 없는 법입니다. 자신을 미워하고 싫어하면서 자신의 마음을 컨트롤하겠다고 하는 것은, 밑 빠진 독에 물을 붓는 격입니다. 자신을 미워하고 싫어하는 마음, 있는 그대로의 자신을 인정하지 못하는 마음은 한없이 자신을 갉아먹는 해충 같은 작용을 하기 때문입니다.

그러므로 이런저런 조건을 만족할 때에만 자신을 사랑하고 좋아할 수 있다고 생각해서는 안 됩니다. 위대한 업적을 남긴 사람과 그렇지 않은 사람의 공통점은, 단점이나 마음에 들지 않는 점은 누구든 가지고 있다는 것입니다. 이들의 차이점은, 위대한 이름을 남긴 이들은 단점에도 불구하고 그런 자신조차도 인정하고 편안히 대하고 사랑했던 반면에, 그렇지 않은 이들은 단점 때문에 자신을 미워하고 싫어했다는 것입니다.

자신의 마음을 통제하기가 어렵다면 더 이상 그것에 너무 마음 쓰지 마세요. 그렇게 과다하게 마음 쓰는 것 자체가 더욱 큰 스트레스를 낳고 고통으로 이어집니다. 그런 고통과 기운 빠짐이 자신을 더욱 어렵고 힘든 방향으로 몰고 갑니다.

이제 자신을 그저 편안히 바라보세요. 마음에 들지 않는 것도 자기 자신이고, 마음에 드는 것도 자기 자신입니다.

어떤 이유에서든 자신을 바꾸거나 뜯어고치려는 의도는, 이미 있는 그대로의 자신과 바꾸려는 자신으로 스스로를 양분시킵니다. 그럼으로써 내적 불일치와 갈등, 부조화를 일으키고, 온전히 하나로 통합된 상태로 존재하기를 어렵게 합니다.

마음의 욕망이란 원하는 만큼 가득 채울 수 있는 것이 아니랍니다. 아무리 많이 가진다 해도, 우리는 그런 방식으로는 가지고자 하는 욕망의 끝을 만날 수 없습니다. 이것은 자기 자신을 원하는 모습으로 바꾸려는 데도 마찬가지로 적용됩니다. 도대체 우리는 자신을 얼마나 이상적인 모습으로 바꾸어야만 만족할 수 있게 될까요? 결국 욕망은 끝이 없을 수밖에 없습니다. 그러므로 자신을 바꾸려는 의도를 가지기보다는 오직 한 가지에만 집중하는 것이 좋습니다.

'나는 무엇으로부터 가장 큰 즐거움을 느끼며, 무엇이 나를 가슴 뛰는 삶으로 인도하는가?'

이런 질문은 자신을 바꾸려는 의도의 근본적인 목적에 대한 효과적인 해결책을 제시해 줍니다. 기쁨과 즐거움, 더 나아가 가슴 뛰는 삶으로의 이어짐은 누구에게라도 진정 가슴으로 원하는 삶에 도달하도록 도와줍니다.

자신을 바꿈으로써 원하는 삶을 이루겠다는 낡고 비효율적인 길을 버리세요. 지금 자신에게 "있는 그대로, 모든 것이 괜찮아!"라는 따뜻한 말 한마디를 건네 보세요. 그리고 진정 자신이 원하는 것에 곧장 가도록 돕는 하나의 질문에 집중하도록 하세요.

'나는 무엇으로부터 가장 큰 즐거움을 느끼며, 무엇이 나를 가슴 뛰는 삶으로 인도하는가?' 이 질문에 대한 답을 얻고자 할 때 우리는 진정한 변화를 경험하게 됩니다. 인생에 대한 기쁨과 즐거움이 다른 모든 낡고 부정적인 것들을 다 태워 버리고야 마는 것입니다.

물론 이런 노력이 처음부터 잘될 리는 없습니다. 지금까지 해오던 방식으로 습관이 들어 있기 때문에 다른 방식과 태도로 바꾸기 위해서는 꾸준한 노력과 시간이 필요하지요. 머릿속 생각은 토끼이고 현실의 습관은 거북이입니다. 토끼는 동에 번쩍 서에 번쩍 얼마든지 이상적인 장소로 옮겨 다닐 수 있지만, 현실은 절대로 그렇지 못하죠. 거북이가 토끼를 따라잡기 위해서는 토끼가 거북이를 기다릴 수 있도록 조치를 취해야만 합니다. 토끼가 한 곳에 머무르도록 재워 놓아야 하지요. 즉 한 가지 고정된 생각에 집중하면서 새로운 행동이 습관이 될 수 있도록 꾸준한 노력을 기울여야 합니다.

'나의 변화'와 '나의 노력'만이 유난히 느리고 어렵게 느껴질 수 있을 것입니다. 그러나 상담과 교육을 진행하느라 수많은 사람들을 만나 본 제가 장담하건대, '남의 떡이 커 보인다'는 속담처럼 남의 것보다 자신의 것이 더 그렇게 보이는 거랍니다. 누구나 마찬가지입니다.

새로운 자신이 되기를 바라지 않기

→ 　자신을 싫어하면서 행복한 사람을 나는 결코 본 적이 없습니다. 늘 스스로 함께하는 것은 바로 자기 자신입니다. 자신을 싫어한다는 것은 늘 싫은 사람과 함께 있다는 사실과 완전히 같은 것이지요. 어떻게 자신을 싫어하면서 행복할 수 있겠습니까?

자신을 싫어하면서 진정한 성공을 이룬 사람을 나는 결코 본 적이 없습니다. 자신을 싫어하면서 쌓아 올린 모든 성취는 항상 불안하고 초조하지요. 자신을 싫어한다는 것은 늘 불안과 초조를 낳기 때문입니다. 그런데 어떻게 자신을 싫어하면서 진정으로 성공할 수 있겠습니까?

자신을 사랑하지 않으면서 누군가를 진정으로 사랑하는 사람을 나는 결코 본 적이 없습니다. 자신을 사랑하지 않으면서 남을 사랑한다고 착각하는 모든 사랑은, 작은 사랑을 주는 척하며 더 큰 사랑을 받으려는 심산이 숨겨져 있기 때문입니다. 그런데 어떻게 진정으로 누군가를 사랑할 수 있겠습니까?

오직 자기 자신을 좋아하고 사랑하는 사람만이 진정으로 행복하고 성공하고 사랑할 수 있습니다. 자신을 좋아하고 사랑한다는 것은, 삶의 모든 좋은 것을 위한 필수 조건이기 때문입니다.

참으로 많은 이들이 새로운 자신이 되기를 바랍니다. 지금까지의 자신을 뜯어고치고 변신해서 마치 한 마리 애벌레가 나비가 되듯이 새로운 자신이 되기를 갈망하지요. 오래전의 일이지만 한때 저 또한 그랬습니다.

나 자신이 싫었답니다. 나의 나약함, 게으름, 회피하기를 바라는 마음, 두려움, 그리고 내가 가지고 있는 내가 싫어하는 모든 조건과 제약들. 그것들 모두를 한방에 몰아내고 완전히 새로운 내가 되고 싶었지요. 하지만 수년 동안을 그런 허물 속에 보내고 나서야 마침내 깨달았습니다. 나의 부정적인 면들은 여전했지만 더 이상 나의 그런 점들을 싫어하지 않는 내가 되어 있음을, 더 이상 나 자신을 싫어하지 않는 내가 되어 있음을.

나약함이 강인함으로, 게으름이 부지런으로, 회피하기를 바라는 마음이 용기로, 두려움이 크나큰 사랑으로 바뀐 것은 아니지만, 나는 훨씬 더 큰 평화로움으로 채워져 있었습니다. 그 평화로운 바람 속에서 나는 서서히 깨어나고, 일어나고, 자연스러운, 진정한 변화의 자각을 일깨울 수 있었지요.

차가운 겨울 바람 속에서 꽃은 피어나지 못합니다. 따뜻한 햇살이 필요할 뿐이죠. 필요한 것은 자신의 가지들을 뒤흔들어 깨우는 차가운 바람이 아니라 따뜻하게 비추어 주는 햇살입니다. 완전한 자기 인정과 사랑, 그리고 신뢰 속에서 진정한 변화의 싹은 자라고 꽃이 피어나는 것입니다.

행복의 비결

→　'등잔 밑이 어둡다'고 합니다. 너무 가까이 있기에 찾지 못하고 놓치는 경우를 말하는 속담이지요. 행복도 꼭 그러합니다. 너무나도 가까이에 있기에 너무나 많은 사람들이 놓치고야 마는 것입니다. 사람들이 행복을 찾기 위해 하는 가장 큰 실수란 행복을 가장 멀리서 찾으려 하는 것입니다. 그렇다면 도대체 행복의 비결이란 가장 가까운 어디에 있는 것일까요?

만약 내가 이런저런 사람이 된다면…… 그때 나는 행복할 거야.

만약 내가 이만한 재산을 가진 부자가 된다면…… 그때 나는 행복하겠지.

만약 내가 이런 것을 가지게 되고 성취하게 된다면…… 그때 나는 틀림없이 행복해질 거야.

이렇게 머나먼 미래 어느 날인가의 '소유'와 '성취'에 사람들은 자신의 행복을 거는 것이지요. 그래서 사람들은 지금의 자기 자신에 대한 모든 것들을—성격, 소유, 성취 따위— 부정하기 시작합니다.

지금 나의 이런저런 성격이 싫어! 마음에 안 들어! 뜯어고쳐야 해!

지금 내가 가진 것은 겨우 이것뿐이잖아! 나는 얼마나 바보이고 한심한가!

그런 결과로, 더욱 행복해질까요? 아니면 불행해질까요? 가장 가까이에 있는 행복의 비결이란, 미래의 어느 순간에 지금 없는 무언가를 얻고 성취해서 얻어지는 것이 아닙니다. 바로 지금 이 순간, 여기에서의 나로부터 비롯되는 것입니다.

현재 자신의 모든 면을 인정하고 받아들여 보십시오. 이 글을 읽는 많은 분들이 받아들이기를 주춤할지도 모릅니다. 뭔가 거부감을 느끼겠지요. '나의 이런 점까지 받아들였다간 영원히 바보 같은, 마음에 들지 않는 모습으로 살게 될 테고 언제까지나 행복해지지 못할 거야.'라고 생각하겠지요. 바로 거기에 행복에의 도달을 막는 크나큰 함정이 놓여 있는 것입니다.

미래의 어느 순간에 도달해 봐야 느낄 수 있는 것은 성취감일 뿐입니다. 큰 것이든 작은 것이든 과거에 성취감을 한 번도 느껴 보지 못한 사람은 없을 것입니다. 과거에 성취감을 느꼈던, 무언가를 고대하던 것을 소유하게 되면서 기뻐했던 기억을 떠올려 보세요. 그 기쁨을 행복이라고 말할 수 있을까요? 아무래도 좋습니다. 중요한 것은 어떤 것을 성취함으로 인한 기쁨이 얼마나 오래 지속되었느냐 하는 것입니다. 며칠? 2주일? 아니면 기껏해야 한 달? 새로운 무언가로부터 얻는 기쁨 또는 행복은 비교적 짧은 유효기간이 존재한다는 사실을 기억해야만 합니다.

진정한 행복의 비결이란, 모자란 것을 보고 미래에 채워야 할 것을 보며, 현재의 행복을 희생하는 것이 아닙니다. 너무나도 가까이에 있는, 바로 '지금 여기'에서 '있는 그대로'의 자신을 인정하고 받아들이고 사랑하는 것입니다. 자기 자신의 모습이 마음에 들든 아니든 상관없이 말입니다.

반대로, 있는 그대로의 자신을 부정하는 사람은 결코 행복할 수 없습니다. 그들은 미래에 무엇을 얻고 성취한다 해도 아주 잠시 잠깐뿐인 성취감을 맛보았다가 다시 불행의 마음으로 빠져들고야 맙니다. 부족한 부분은 어떤 식으로든 남아 있을 것이고, 그런 점은 항상 자신과 함께할 테니까요. 마음에 들지도 않고 한심하기 짝이 없는 자기 자신과 함께여야 할 테니까요.

있는 그대로의 자신을 사랑하게 되면 경쟁에서 도태될 것이라 생각할 필요는 없습니다. 오히려 그 반대로 더욱 큰 힘이 날 것입니다. 왜냐하면 있는 그대로의 자신을 사랑하는 것이 곧 행복해지는 길이기 때문입니다. 행복한 사람, 내적 갈등이 적은 사람이 일의 능률과 성과가 크게 오르는 것은 당연한 이치이기 때문입니다.

현재의 자신이 마음에 듭니까?
좋습니다. 그런 자신을 더욱 사랑하세요.
현재의 자신이 마음에 들지 않습니까?
그래도 좋습니다. 자신의 모든 면을 받아들이고, 사랑하기 위해 노력하면 됩니다!

즐거운 일을 통해 마음에 좋은 에너지를 채우기

사람이 제각기 외모를 달리하여 태어나듯이 마음 역시도 마찬가지입니다. 불혹의 나이가 넘으면 자기 얼굴에 책임져야 한다는 옛말이 있듯이, 외모는 마음먹기와 가꾸기 여하에 따라 달라질 수 있습니다. 특히 마음은 어떤 노력을 기울이느냐에 따라 크게 달라진다는 사실을 알아야 합니다.

사람들은 제각기 타고난 마음이 다르게 생겼습니다. 그리고 그 마음은 세상의 온갖 풍파를 겪으며 여러 가지 감정적 변화를 겪게 될 것입니다. 똑같은 사건을 경험하더라도 마음의 생김생김에 따라 각기 다르게 반응하고, 문제로 여기는 사건의 종류가 크게 달라집니다. 어떤 이는 사람들과의 관계에서 문제를 겪는가 하면, 또 어떤 이는 자기 마음속 문제에 골몰하는 경향이 있지요. 이렇듯 제각각 다른 마음의 문제로 고민하게 됩니다.

때에 따라서는 분명 이런 천태만상인 문제 상황에 각각의 사건별로 해법을 찾고 적용할 필요가 있을 것입니다. 이러한 해법을 적용하기 위해서는 자기 문제를 객관화시켜 보기 위해서도 그렇고, 더욱 지혜로운 관점에서의 상담이 필요할 수도 있겠지요. 하지만 언제까지나 남의 도움에만 의존하고 있을 수는 없는 노릇입니다. 늘 남으로부터 물고기를 받는 데에만 그칠 것이 아니라 스스로 고기 잡는 법을 배울 필요가 있는 것입니다.

어려운 일이 있을 때 마음을 해결하고 중심을 똑바로 세울 수 있도록 스스로 돕는 방법 중의 하나는, 자신이 진정으로 기쁘게 몰입할 수 있는 취미를 찾는 것입니다. 반드시 꾸준히 할 수 있으면서 그 기술을 향상시킬 수 있는 무언가를 배우십시오.

그것이 명상이나 기공과 같이 자신의 몸과 마음을 함께, 그리고 직접적으로 다스릴 수 있는 체계라면 금상첨화일 것입니다. 반드시 명상이니 기공이니 하는 것이 아니라 하더라도, 배움을 통해 깊이를 더해 갈 수 있고 취미로 삼을 수 있을 만한 것이면 무엇이든 좋습니다. 살아가면서 일상 속에서 어떤 원치 않는 사건을 겪어 마음이 혼란스럽거나 평정을 잃거나 마음의 중심을 잃을 때, 마음의 평정을 찾기 위해 이러한 익숙한 체계에 몰입하는 것은 생각보다 훨씬 더 큰 도움이 됩니다.

주위를 둘러보면 삶의 무게에 겨워 '어쩔 수 없는 듯' 억지로 살아가는 사람들의 모습을 많이 보게 됩니다. 생계를 위해 직업으로 하는 일조차 흥미를 잃고 괴로워하면서, 자신을 진정으로 즐겁게 하고 흥미를 돋울 취미조차도 없이 살아가는 이들을 보면서 느낄 수 있는 것은 무기력함과 활력 없음 그 자체일 것입니다. 깊이 몰입할 수 있는 취미 하나도 없다면, 세상을 살아가는 데 어떤 기쁨과 즐거움과 활력에 자신의 가슴을 열어 보일 수 있겠습니까? 이미 그런 취미를 가지고 있다면, 혹은 그런 것이 있지만 오래도록 잊고 있었다면, 그것이 자신의 삶과 마음에 얼마나 큰 힘과 도움이 되었는지를 다시 한 번 돌아보십시오. 그것에 감사함을 느끼고 앞으로 더욱 즐기면서 깊이를 더해 갈 수 있도록 방법을 찾아보세요.

두드리는 자에게 문이 열리고, 구하는 자에게 원하는 것이 주어진다고 했습니다. 자신이 즐거우면서도 스스로를 단련하고 더 깊이 배워 나갈 수 있는 체계를 찾아 그에 몰입해 보세요. 이는 분명 삶에 크나큰 생명력과 열정을 주고, 더불어 마음을 다스리고 중심을 잡는 데 크나큰 도움이 되어 줄 것입니다.

2. 마음의 평화

때가 되면 꽃이 피듯이

마음에는 약도 없다?

구름이 걷히고 태양이 빛나듯이

스스로 연출해 내는 드라마

당신은 파블로프의 개입니까?

복수와 용서 사이

겨울에 꽃을 피우지 못해 스트레스 받는 나무는 없다

좋은 채널을 선택하기

화 다스리기

부정적인 생각을 다루는 방법

생각에는 죄가 없다

분노는 적절한 대응이 아니다

진정한 행복이란 무엇일까요?

진정으로 원하는 참된 행복

* **마음의 평화를 얻기 위한 저자의 멘토링**

 1. 인생의 흐름을 읽고 마음을 지키는 지혜

 2. 천 개의 얼굴을 가지기

 3. 이미 지나가 버린 생각은 놓아 버리세요

 4. 원치 않는 생각을 멈추는 방법

 5. 명상 – 환경으로부터의 자극과 반응을 관찰하기

 6. 마음에 심는 생각의 나무

>> 때가 되면 꽃이 피듯이

긍정적인 나로 바꾸기 위해 좋은 생각과 상상을 하려고 노력하다가도, 습관처럼 부정적인 생각들을 버리지 못하는 제 자신을 발견하게 됩니다. 어떻게 해야 하나요?

좋은 생각을 하기 위해 애쓰다가도 습관처럼 기존의 생각을 버리지 못하는 것은 어찌 보면 너무나도 당연한 일일 것입니다. 오래도록 소유했던 생각이란 '눈덩이'와 같습니다. 수십 년을 살면서 아주 커다랗게 뭉쳐 놓은 눈덩이를 상상해 보세요. 부정적인 생각이나 감정을 조금이라도 떠올린다는 것은, 그런 커다란 눈덩이를 굴려대고 있는 것입니다. 그렇다면 눈덩이는 계속해서 커져 가겠지요. 수십 년 동안 해 오던 일이기에 부정적인 눈덩이를 굴리는 일은 아주 쉽습니다. 이미 크게 뭉쳐진 눈덩이는 살짝 굴려도 너무나 쉽게 불어나겠지요. 반대로 긍정적인 눈덩이는 거의 뭉쳐진 일이 없습니다. 일정한 크기가 되기 전까지는 쉽게 부스러지고 흩어지게 마련입니다. 참으로 쉽지만은 않은 일이고, 금방 포기하고 싶어질 것입니다.

부정적인 생각과 감정을 없앤다는 것은, 잠시 '부정'이라는 이름표가 붙은 눈 굴리기를 멈추고 햇빛을 쬐어 주는 것과 같습니다. 따스한 햇

71

빛에 반드시 눈덩이는 녹아내리고야 말 것입니다. 다만 수십 년 굴린 눈덩이가 어찌 하루 아침에, 며칠 만에, 몇 달 만에 완전히 녹아내리기를 바랄 수 있겠습니까?

  따뜻한 햇살의 인내심이 필요합니다. 그렇게 따사로운 햇살 속에서 차가운 눈이 녹고 봄이 오기를 기다리십시오. 따뜻한 햇살이란 부정적인 눈 굴리기를 멈추고 시간의 경과를 기다리는 일이고, 긍정이라는 새로운 눈 굴리기에 인내심을 가지고 노력하는 일인 것입니다. 그리하여 때가 되면 꽃이 피어나듯이 '부정'이라는 이름의 눈은 녹아내릴 것입니다. 부정적인 생각은 어느새 온데간데없이 사라져 버릴 것입니다.

≫ 마음에는 약도 없다?

공무원 시험을 준비 중입니다. 이래저래 복잡한 환경 탓에 마음이 너무 혼란스럽 습니다. 몸이 아프면 약을 먹거나 시간이 지나면 나을 것 같은데, 마음이 혼란스 러운 데는 도대체 대책이 없는 것 같아요. 자꾸 외모에만 못생겼다 살쪘다 신경 이 쓰이고, 공부에 집중도 안 돼요. 어떻게 해야 하나요?

● 　　인간이란 외부의 무언가는 피할 수 있지만, 내적으로 갖고 있 는 믿음만은 절대로 피해 갈 수 없는 존재인지도 모릅니다. 그런 의미 에서 자신에게 유익하고 긍정적인 신념을 갖는다는 것은 참으로 중요 한 일이라는 사실을 강조하지 않을 수 없겠지요.

'마음이 혼란스러운 데는 대책이 없는 것 같아요.'

이와 같은 믿음은 그러한 믿음대로의 경험을 하게 만듭니다. 이런 믿 음을 굳게 가진 결과는 혼란을 끝내기보다는 걷잡을 수 없이 지속시키 고, 심적 혼란으로부터 중심을 잡지 못하고 자신을 휘둘리게 하는 꼴을 만들고야 말겠지요. 마음이 혼란스러운데 해결 방법이 없다는 믿음은 자신을 통제할 수 없으리라는 경험으로 이어집니다. 결과적으로 이런 믿음을 강하게 확신하면 할수록 더욱더 믿음으로 인한 결과를 강하게 경험할 수밖에 없는 것입니다. 이래서는 시험이든 어떤 일이든 간에 좋은 결과를 얻을 수 없겠지요.

세상의 모든 일들이 마음에서 먼저 일어나고, 그 다음에 현실에서 창조되고 경험되는 것입니다. 윗물인 마음이 흐린데 아랫물인 현실적 경험이 맑을 리가 없겠지요. 자신의 마음속 깊은 곳을 느껴 보세요. 우리 모두에게는 스스로를 통제할 힘이 있습니다. 능력이 있습니다. 이 통제의 능력을 자꾸 썩혀 두고 사용하지 않는다면, 그것은 점점 더 기능을 상실하게 될 것입니다.

이제부터는 지금까지 가지고 있던 낡은 믿음들을 바꾸어 보세요. "나는 나 자신을 통제할 힘이 있다!", "나는 내 마음을 나의 의도대로 컨트롤할 수 있다!"라고 크게 외쳐 보고 선언해 보세요. 이와 같은 선언을 매일 꾸준히 하세요.

자꾸 환경에 좌우되고 휘둘리는 마음에 익숙해지도록 허용해서는 안 됩니다. 신념과 마음의 힘의 회복을 통해 환경과 현실을 극복하고 새롭게 창조해 나가야만 합니다. 강하게 결단을 내리세요. 원한다면 반드시 그렇게 할 수 있을 것입니다.

» 구름이 걷히고 태양이 빛나듯이

저 자신이 만족스럽고 사랑하는 마음이 들 때는 세상 모든 것이 좋아 보이고 누구와 있어도 행복하지만, 그렇지 않을 때는 친한 친구와 함께 있어도 기분이 몹시 나쁩니다. 둘 다 저의 모습이라는 건 알지만, 다른 사람들도 저 때문에 힘들어하고 저 역시도 어떤 게 나의 진짜 모습이고 성격일까 마음이 복잡해요. 좋을 때의 내 모습을 항상 유지하고 싶지만 잘 되지 않습니다. 어떻게 해야 하나요?

누구나 그렇습니다. 기분 좋을 때 더욱 관대하고, 세상이 더 좋아 보이고, 더 즐겁고 사랑스럽습니다. 누구나 기분이 나쁠 때 더 예민하고, 신경질적이고, 기쁨을 느끼지 못하고, 사람 만나는 게 싫어지지요.

먼저 자기 감정을 이해할 필요가 있을 것입니다. 좋은 감정일 때는 당연히 자기 감정이 쉽게 이해가 갈 것입니다. 마찬가지로 부정적 감정일 때 역시 자신의 감정을 인정할 수 있어야만 합니다.

슬픔을 느낀다. 그런데 내가 왜 슬픔을 느끼지? 내 마음 상태가 왜 이렇게 좋지 않지? 왜 기쁨을 느끼지 못하는 걸까? 왜 사람 만나는 게 싫고 귀찮고 짜증 날까? 이렇게 생각을 통해 감정을 해결하려는 시도는 적절하지 않습니다.

슬픔은 그저 슬픔일 뿐입니다. 그것에 저항하거나 부정할 때 우리는 처음 감정이 시작되었을 때보다 몇 배로 더 고통스런 나락으로 빠져들게 됩니다. 살다 보면 부정적인 감정을 느낄 수도 있습니다. 오히려 '이런 부정적인 감정을 느껴서는 안 돼!'라는 집착 내지는 저항이 더욱 문제가 되는 것입니다.

슬픔은 슬픔이고, 두려움은 두려움입니다. 만약 이미 일어났다면 그저 그것을 잘 느껴 보아야 합니다. 걷잡을 수 없이 빠져드는 악순환에 동조될 것이 아니라, 지금 있는 그대로의 감정을 잘 느껴 보아야 합니다. 그러면 그 느낌을 온전히 경험하게 될 것이고, 감정은 그 존재의 목적을 다하고 사라지게 될 것입니다.

흐린 날 구름이 걷히면 밝은 태양은 여지없이 그 모습을 드러냅니다. 구름이 걷히면 태양이 빛나듯이 감정의 구름이 걷힌 우리의 마음은 다시 맑은 하늘(기쁨과 행복)을 경험하게 될 것입니다. 구름이 걷히고 태양이 빛나는 때를 기다려 봅시다. 다른 그 어떤 덧붙임도 없이, 억지도 쓰지 말고 말입니다.

어릴 때부터 가족들로부터 많은 상처를 받으며 지냈습니다. 그래서 대학 때는 이를 악물고 공부를 해서 과에서 몇 번이나 수석을 했더니 엄청 시샘하고 소외시켜서 또 다른 마음의 상처가 생겼죠. 이런 와중에 엄청난 스트레스로 폭식증과 거식증이 번갈아 오가고……. 그런 이유로 지금은 외모에 대한 콤플렉스가 상당합니다. 이런 외모로는 결코 행복할 수 없을 거라는 생각이 들어요. 마음에는 상처가 가득하고, 세상에는 저를 향한 고통만이 가득합니다.

많은 이들이 스스로 자기 삶을 놓고 한편의 드라마를 지어내고 있습니다. 어떤 이는 아주 행복한 드라마를 만들어 내는 반면, 불행히도 어떤 이들은 아주 슬프고도 고통스러운 비극적인 드라마를 만들어 냅니다. 아주 어릴 적부터요.

드라마(혹은 이야기)를 만들어 내는 가장 근본적인 원인은 자기 자신입니다. 똑같은 환경에 처해서도 어떤 사람은 비극적인 드라마를, 어떤 사람은 행복한 드라마를 만들어 냅니다. 비극적인 드라마에서 벗어나기 위해 가장 먼저 해야 할 일은, 스스로가 드라마를 지어내고 있다는 사실을 알아차리는 것입니다.

생각에는 마음의 바깥쪽 부분에서 겉도는 생각과 내면 깊은 곳에서 일어나는 생각처럼 여러 층이 존재합니다. 하지만 대부분의 사람들은 깊은 쪽 생각을 잘 알아차리지 못합니다. 꾸준히 명상하는 것은 그래서 도움이 됩니다. 자기 생각의 층을 꿰뚫고 깊은 곳에 내재된 생각을 스스로 알아차리는 데 도움이 되기 때문입니다.

자기 드라마에서 깨어나십시오. 그것이 불행하고 슬픈 드라마일 경우엔 더더욱 빨리 깨어나야겠지요. 아마도 깊은 내면의 당신은 스스로 지어 놓은 슬프고 불행한 드라마를 은근히 즐기고 있을지도 모릅니다 (깊은 쪽 마음을 잘 느껴 본다면). 왜냐고요? 그것이 바로 모든 드라마를 지어내는 이유니까요. 스스로 창조하고 즐긴다는 것.

늘 반복하는 생각들이 하나의 틀로 굳어지고, 그런 믿음들이 모이면 자아가 됩니다. 이런 내적 자아와 외적 자아가 서로 일치하지 않으면 외적 자아는 고통을 겪게 됩니다. 그렇기에 내적 자아와 외적 자아는 서로 일치되어야 합니다. 스스로가 지어내는 드라마를 인식하고, 그것이 외적 자아에게 고통을 준다면, 지금의 드라마를 멈추고 새로운 드라마를 창조하거나 혹은 더 이상 드라마를 창조하지 않아야 하는 것입니다.

자신의 내면을 자세히, 그리고 깊이 들여다보는 연습을 하십시오. 지금 지어내는 드라마가 자기 삶을 통해서 스스로 창조했다는 사실이 분명히 밝혀질 때까지 말입니다. 모든 드라마들의 근원을 밝힐 때 우리는 훨씬 더 자유로워질 수 있습니다. 외적인 어떤 조건이 바뀌지 않아도 훨씬 더 자유로운 세상에서 살아갈 수 있게 되는 것입니다.

» 당신은 파블로프의 개입니까?

저는 너무 다혈질이라 대화를 하다 보면 계속해서 흥분하게 됩니다. 감정 조절이 어려울 뿐만 아니라 말을 부풀리고 거짓말까지 하게 됩니다. 차분하고 여유로운 사람이 되고 싶은데, 늘 혼자서 크게 떠들며 이야기합니다. 집에 오면 저 자신이 너무 부끄러워서 머리가 깨질 것만 같습니다. 어떻게 하면 차분한 성격이 될 수 있을까요?

➡ 다혈질이기 때문에 흥분하게 되는 것이 아니라, 흥분하기 때문에 다혈질이 되는 것입니다. 두 표현 간의 미묘한 차이를 이해해 보세요. 성격과 행위 간의 차이를 분명히 이해하세요. 다혈질 성격이기 때문에 자주 흥분하게 되는 것이 아니라, 자주 흥분하는 행동적 습성 때문에 '다혈질'이라는 성격이 만들어졌다는 사실을 이해해야 할 것입니다.

흥분하는 것은 누구입니까? 그것은 바로 당신 자신입니다. 당신은 통제 불가능한 존재입니까? 절대 그렇지 않지요. 현재로서는 자주 자기 통제를 벗어나는 경향이 있을 뿐, 분명히 스스로 통제 가능한 존재일 것입니다. 더 자주 자신을 통제하려면 더욱 꾸준한 노력이 뒤따라야 합니다.

직접적으로 행위를 통제하려고 하기보다는 늘 깨어 있으려는 노력이 필요합니다. 깨어 있다는 것은 매순간마다 자신이 무엇을 하고 있는지를 알아차린다는 것입니다. 그것을 알아차리지 못하기 때문에 매순간마다 자신이 무얼 하고 있는지 잊고, 흥분하게 되는 자동적인 프로그램으로 미끄러져 들어가게 되는 것입니다.

잔뜩 긴장한 상태로 비상 상황에 경계 근무를 서고 있는 초병이 있었습니다. 그의 앞에 뭔가 시커먼 그림자가 불쑥 나타났고, 그는 무의식 중에 방아쇠를 당겨 총을 쏘게 되었습니다. 하지만 총에 맞은 것은 지나가던 사슴이었지요. 이러한 경우가 당신에게는 어떤 상황입니까? 사람들과 이야기하는 상황이지요. 어떤 환경적 조건들이 충족되면 반사적으로 원치 않는 행동의 방아쇠를 당기게 됩니다. 그러면 총알이 발사되는, 즉 흥분하게 되는 것이지요.

근무를 서고 있는 초병이 훈련을 통해서 자신을 더욱 확실히 통제하고 깨어 있는 상태에 익숙해지면, 방아쇠를 당기기 직전의 순간에 더욱 명료하게 상황을 알아차리게 되므로 방아쇠를 당기지 않게 될 것입니다. 그러면 총알이 나가지도, 원치 않는 상황을 경험하지도 않게 될 것입니다.

먹이를 줄 때마다 종소리를 들려준 개는, 종소리와 먹이가 연결되어 종소리만 울려도 무의식적으로 반응하여 침을 흘리게 됩니다. 저 유명한 파블로프의 조건반사 실험입니다. 종소리와 먹이가 조건반사화된 개는, 스스로는 '종소리-침 프로그램'에서 벗어날 수 없습니다. 마찬가지로 당신의 경우에도 흥분에 대한 조건반사 프로그램이 심어져 있습니다. 하지만 당신은 파블로프의 개가 아닙니다. 스스로 프로그램을 지울 수 있다는 말입니다.

명상과 같은 방법을 통하여 더욱 미세하게 깨어 있도록 자신을 훈련시키세요. 상황에 반응하여 방아쇠를 당기게 되는 순간을 더욱 유심히 자각하세요. 그렇게 자신을 알아차리는 연습의 반복을 통해서 무의식적인 자동 반응 프로그램도 결국 스스로의 손으로 끊어 낼 수 있게 될 것입니다.

» 복수와 용서 사이

너무 억울한 일을 당해서 복수하고 싶은 마음만 가득합니다. 그것도 평소 믿고 있던 가까운 사람에게 말입니다. 할 수 있다면 복수하는 것이 최선일까요, 아니면 그래도 용서해야 할까요?

무슨 일을 당하셨는지 알 수 없지만, 가까운 사람에게 억울한 일을 당하셨다니 얼마나 마음이 힘드셨습니까? 저 또한 그런 일을 당했다면 마음을 다스리기 위해 많은 노력을 했을 것 같네요.

이미 답을 알고 계시는군요. 당연히 복수는 해서는 안 되는 일일 것입니다. 말씀하신 대로 용서만이 길이겠지요. 일단 만나서 사태가 어찌되었던 것인지 따져 보세요. 혹시 뭔가 오해가 있었을지도 모르는 일이니까요. 그리고 그 다음은 용서만이 남겠지요.

용서하지 못하고 복수하겠다는 마음은 그 사람만이 아니라 자기 자신까지도 파괴하는 일입니다. 그에게 고통을 줄 뿐 아니라 자신까지도 고통에 빠트리는 길입니다. '너 죽고 나 살자'도 아니고 '너도 죽고 나도 죽자'고 자폭하는 길입니다. 복수심으로 가득 찬 마음을 한 번 상상해 보세요. 그 마음으로 인해 스스로 얼마나 괴로워질지를 느낄 수 있

82

을 것입니다. 복수를 한 이후의 마음은 또 어떠할까요?

절대 그런 일이 있어서는 안 되겠지요. 용서는 너도 살리고 나도 살리는 길입니다. 그가 무언가 정말로 잘못한 일이 있다면, 그의 과오는 부메랑처럼 다시 돌아와 그를 치고야 말 것입니다. 직접 복수하지 않아도 세상은 알아서 돌아갑니다. 당장 눈에 드러나지 않을 뿐입니다.

어리석은 그는 스스로 무슨 짓을 저지르는지 알지 못했습니다. 오직 자신만을 위하여 부정한 일을 저지르는 일이, 무지에 사로잡혀 무언가 남에게 상처를 남기는 일이 사실은 어떤 결과를 남기는지 알지 못하는 어리석은 사람들이 있습니다. 그런 그들조차도 용서하세요. 잘 안 될지도 모릅니다. 무척 힘든 일이겠지요. 그래도 용서만이 살 길입니다. 용서만이 평온과 기적을 낳을 것입니다.

마음이 맞지 않아 직장을 그만두고 여러 곳에 이력서를 제출해 보았지만 취업이 안 되고 있습니다. 빨리 취직이 되어 직장이라도 다녀야 마음이 좀 놓이겠는데, 엄청난 스트레스와 함께 마음이 많이 지치고 힘이 듭니다.

최선을 다해 가능한 모든 노력을 기울였음에도 불구하고 원하는 결과에 도달하지 못했다면, 진인사대천명(盡人事待天命)하는 지혜와 기다림이 필요한 때인가 봅니다.

내가 선택하고 결정할 수 있는 영역의 일이 있고, 내가 아니라 타인이 선택하고 결정할 수 있는 영역의 일이 있습니다. 내 영역에서 최선을 다했는데도 원하는 결과가 당장 주어지지 않는다면, 결과에 대해서 체념하세요. 마음을 놓아 버리세요. 취업과 같은 경우에 내가 할 수 있는 일이란 적절한 곳에 이력서를 접수하는 것이고, 그것을 보고 채용하거나 그러지 않거나를 결정하는 일은 그들의 몫인 것입니다. 마음을 힘들게 쥐어짜고 흔든다고 해서 달라질 것이 아무것도 없다면, 그저 '마음 씀이 없는 노력'만 유지해 주면서 당장 내가 할 수 있는 내적 충만과 내실의 기회를 다지세요.

그러다 보면, 때가 되면,
다시 꽃은 피어날 것입니다.
가을이 오면 잎은 지고,
봄이 오면 꽃은 피어납니다.

나무는
겨울에 싹을 틔울 수 없다고
스스로 괴로워하지는 않을 겁니다.

좋은 날,
자유로운 시간들을 즐기시기를 기원합니다.

» 좋은 채널을 선택하기

문득문득 저도 모르게 사랑하는 사람을 해치는 생각이 떠오릅니다. 전혀 그럴 마음이 없는데도요. 죄의식도 들고 마음도 불편해져서 생각하지 않으려 애쓰면 애쓸수록 더 자주 떠오르게 됩니다. 그런 생각이 나는 저 자신이 두렵기까지 합니다.

생각에는 힘이 있습니다. 이미 알고 계시다시피, 두려워하시는 바와 같이 생각은 행동의 씨앗이고 근원입니다. 그러나 씨앗인 생각이 행동으로 옮겨지기 위해서는, 작은 눈덩이가 굴려져 커다란 눈덩이가 되어야 하는 것과 같이 생각이 반복되어 힘이 덧붙여지고 강해져야만 합니다. 그저 스쳐 지나가는 작은 생각만으로는 아무런 위협이 될 수 없다는 사실을 알아야 합니다.

영화, TV 등의 미디어를 통해 입력된 영상은 우리의 무의식으로 입력이 됩니다. 일종의 마음의 양식이 되는 것이지요. 날이 갈수록 폭력물 등의 부정적인 영상이 마음으로 입력되는 일이 과다해졌습니다. 또한 모든 이들의 의식은 다른 사람들과 연결되어 있습니다. 이렇듯 집단의식에 축적된 폭력적 성향이 개개인의 일시적인 생각을 통해 드러나고 있는 것입니다. 갈수록 많은 이들에게 이런 부정적인 생각들이 일어나고 있는 것을 발견할 수 있습니다.

모든 생각이 자기 자신으로부터 나온 것만은 아닙니다. 어떤 생각들은 지나가는 구름과도 같습니다. 그렇기에 지나가는 모든 생각들에 집착하는 것은 그다지 현명한 대응이 아닙니다.

원치 않는 생각이 떠오르면 그저 흘려 보내세요. 그것에 대한 두려움과 집착을 내려놓고, '그저 생각은 생각일 뿐'이라 여기며 편안히 지나가도록 흘려 보내세요.

이는 TV의 채널을 선택하는 것과 비슷할 것입니다. TV의 채널을 돌리다 무언가 끔찍한 영화와 장면만을 상영하는 채널이 나온다고 해서 두려워하며 그것을 자꾸 들여다보시겠습니까? 그런 채널은 재빨리 넘겨 버린 후 좋은 영상이 나오는 채널을 선택하면 됩니다. 선택은 어디까지나 자신의 몫인 것입니다.

저는 화가 나면 주변 상황을 전혀 고려하지 않고 화를 내게 됩니다. 때에 따라서 참을 줄 알아야 한다는 것을 알지만 잘 안 돼요. 특히나 남편에게 화를 내기 때문에 관계에 자꾸 나쁜 영향을 끼치고 있어서 속상합니다. 왜 이렇게 화를 참지 못하고 쏟아내고 있는지, 반복되는 이런 상황 때문에 너무 힘들어요.

사람들은 제각기 성격이 다 다릅니다. 본래부터 화가 잘 나지 않는 느긋한 성격을 가진 사람이 있는가 하면, 속에서는 화가 자주 일어난다 해도 상황에 따라 잘 참아내는 사람도 있고, 또 어떤 이들은 자주 화가 나면서 쉽게 참지도 못하는 경우도 있을 것입니다. 사람마다 각각 외모가 다르듯 마음의 생김도 다르게 태어나기 때문에 일어나는 일입니다. 어느 정도 타고난 외모도 가꾸기 여하에 따라 크게 달라질 수 있듯이 마음 또한 어떻게 단련하고 가꾸어 가느냐에 따라 큰 차이를 보일 것입니다.

감정적으로 폭발하는 화를 줄이고 상황에 적절히 반응하기 위해서는, 자신의 마음에서 일어나는 일들을 세밀하게 인식하고 관찰하는 힘을 기를 필요가 있습니다. 자기 마음에서 일어나는 일들에 대해 인식하는 마음의 능력이 부족하기 때문에, 자신에 대한 통제력을 잃고 주위 상황에 대한 적절한 고려도 잊은 채, 앞뒤 상황을 가리지 못하고 화를 내게 되는 것입니다. 이런 마음의 힘을 앞으로는 '자기 인식력'이라고 표현하도록 하지요. 그렇다면 어떻게 하면 '자기 인식력'이라는 것을 키워 낼 수 있을까요?

매일 하루에 20분이라도 허리를 똑바로 펴고 앉아서 자신의 호흡을 관찰해 보세요. 가만히 앉아서 자연스럽게 숨을 쉬고 있으면 배가 들락날락하는 것이 느껴지겠지요? 그렇게 배가 들락날락하는 모습을 편안히 느껴 보세요. 그렇게 앉아 있자면 지루하기도 하고 온갖 생각들이 꼬리에 꼬리를 물고 떠오를 것입니다. 그러면 일시적으로나마 범람하는 생각들에 정신을 잃고 빠져 있게 되겠지요. 그렇게 생각에 빠져 있다 보면 다시 퍼뜩 정신이 돌아올 것입니다. '이런! 내가 뭘 하고 있는 거지? 나는 내 호흡을 지켜보고 있었는데!' 그렇게 생각에 빠져 있음을 알아차렸다면, 곧바로 다시 배가 들락거리는 모습을 지켜보는 것으로 마음을 돌립니다.

한동안 생각이 올라와 자주 자신의 뜻을 꺾으려 들겠지만, 그럴 때마다 정신을 차리고 다시 호흡으로 주의를 돌려 봅시다. 이런 과정을 반복하면 반복할수록 생각으로부터 호흡에 대한 인식으로 돌아가는 시간은 점점 더 빨라지게 될 것입니다. 이렇게 매일 꾸준히 조금씩이라도 자신을 들여다보는 노력을 계속하게 되면, 자신의 생각과 감정을 더욱 신속히 알아차릴 수 있는 자기 인식력이 커지게 됩니다. 이 효과는 반드시 이런 명상을 할 때뿐만 아니라 일상 속에서까지 영향을 끼치게 됩니다. 화가 나더라도 그 상황을 더 빨리 알아차리고 대응할 수 있게 되는 것입니다. 자신을 알아차리지 못한다면 자신을 개선할 여지도 사라집니다. 자기 인식력이 커지면 커질수록 자신을 더 크게 개선할 수 있게 될 것입니다.

 노력하지 않는 사람은 자신을 가꾸지 못한 채로 살아가게 됩니다. 이는 외모뿐만 아니라 마음에 대해서도 같은 이치로 작용합니다. 이제부터 하루에 잠깐씩 시간을 내어 간단한 명상을 통해 마음을 더욱 아름답게 가꾸어 보는 것은 어떨까요?

» 부정적인 생각을 다루는 방법

부정적인 생각을 다루는 방법을 알려 주세요.

생각에는 자신이 스스로 선택해서 하는 생각이 있고, 의도하지 않았지만 떠오르는 생각이 있습니다. 부정적인 생각 역시도 마찬가지입니다. 스스로 선택했기 때문에 하고 있는 부정적인 생각이 있고, 저절로 떠오르는 부정적인 생각이 있을 것입니다.

1. 스스로 선택하는 부정적 생각에 대하여

무엇보다 자신의 습관을 바꾸어야 합니다. 또한 습관을 바꾸는 데는 꾸준한 노력 외에는 지름길이 없다는 사실도 알아야 합니다.

매순간마다 생각을 선택하는 순간을 잘 들여다보세요. 처음에는 들여다보기 힘들지도 모릅니다. 처음에는 자기 마음속을 들여다보는 힘이 부족하지요. 생각들이 자꾸 휙휙 지나갑니다. 생각을 떠올리는 순간들이 너무 급히 지나가기에 그 포인트를 찾아내기 힘듭니다. 그래도 포기하지 말고 자꾸 자기 생각과 마음을 살펴보기 위한 노력을 계속하세요. 자신의 호흡을 통해 배가 들락날락하는 모습을 마음을 비우고 지켜보는 것이 크게 도움이 될 수 있습니다. 그러다 보면 점점 더 예리하게 순간 순간을 찾아낼 수 있게 되고, 스스로 부정적인 생각을 선택하고 있다는 사실을 더 빨리 알 수 있게 됩니다. 그런 꾸준한 노력이 시간과 함께 쌓여 나가다 보면, 보다 더 긍정적인 생각들을 선택하고 있는 자신을 발견할 수 있게 될 것입니다.

2. 저절로 떠오르는 부정적인 생각에 대하여

대중매체의 영향으로 부정적인 뉴스와 영화 등을 통한 부정적인 이미지와 정보들이 대량으로 마음에 입력되기 때문인지, 날이 갈수록 스스로 원치 않는 부정적인 생각들을 떠올리게 되는 경우가 점점 더 잦아지고 있는 듯합니다.

흔히 생각에는 힘이 있다고 합니다만, 한 번 슬쩍 떠올리게 되는 생각에는 별로 힘이 없습니다. 스스로 그것에 집착하여 마음으로부터 반복적으로 에너지를 주어서 성장시키지만 않는다면, 가끔씩 가볍게 떠오르는 생각이 가진 힘은 미미할 뿐이니 너무 걱정할 일은 아닙니다.

일단 부정적인 생각이 떠오를 수도 있다는 사실을 인정해야만 합니다. 떠오르는 생각은 지나가는 구름과 같습니다. 스스로 구름을 부여잡고 의미를 불어넣지 마세요. 저 구름이 나에게 큰 문제를 일으킬지도 몰라, 저 구름은 사자처럼 생겼으니 나를 잡아먹을지도 몰라(그리고 이어지는 온갖 생각들)……. 이렇게 혼자서 내면의 원맨쇼를 하고 있는 동안에는 결코 편안해질 수 없겠지요.

그저 지켜보세요. 이미 떠오른 생각은 이미 지나가 버렸습니다. 그것은 이미 과거의 일이 되어 버렸습니다. '그런 생각이 들었구나' 하는 정도의 생각에서 그치면, 더 이상 자신을 괴롭히는 어떤 힘도 갖지 못할 것입니다.

당장 좋아져야 하고, 긍정적이 되어야 한다는 성급함을 내려놓으세요. 수십 년 살아온 습관들이 한순간에 바뀔 것을 기대하는 것 자체가 무리인 것이고, 자신을 바꾸는 데 크게 방해가 됩니다. 천천히 일구어 가는 매일의 노력과 변화가 언젠가는 큰 결실을 맺으리라는 것을 굳게 믿으세요. 그렇게 순간 순간을 살아 나가다 보면 결국에는 크게 성장해 있는 자신을 발견하게 될 것입니다.

생각에 생각이 꼬리를 물고 이어집니다. 어떤 때는 아무 일도 일어나지 않았음에도 불구하고 생각을 통해서 두려움을 스스로 만들어 냅니다. 하지만 생각을 멈추려 해도 멈추어지지가 않네요. 강해지려고 노력할수록 더 약해지는 것만 같습니다.

정말로 그렇습니다. 생각은 멈추기 힘듭니다. 일어나는 생각 그 자체를 그만두려 하는 모든 노력은 결국 수포로 돌아가고야 말 것입니다. 생각을 다루는 가장 효과적인 방법 중 하나는, 생각을 멈추려 애쓰는 것이 아니라 그저 다가오는 그대로 수용하는 것입니다. 생각이 일어나면 그것에 저항하지 말고 받아들이세요. 그렇게 생각을 받아들이다 보면 생각을 '느끼는' 순간이 오게 됩니다. 이전까지 자신을 괴롭히던 생각조차도 더 이상 고통이 아닌 것으로 다가오게 됩니다. 그저 그 자리에 있어야 할 그 무엇으로 다가오게 되는 것입니다.

생각을 통해 두려움이 일어나는 것은, 저절로 일어나는 생각에 집착하며 다른 여러 가지 생각들을 덧붙이기 때문입니다. 그런 지점까지 생각을 붙들고 있으면 안 됩니다. 그것은 생각을 저항하고 멈추려는 시도이며, 사태를 더욱 악화시키는 결과만을 가져오게 될 것입니다. 생각은 죄가 아닙니다. 굳이 죄가 되는 것을 따진다면, 생각을 있는 그대로 받아들이지 못하고 저항하고 회피하려는 태도일 것입니다.

　무엇이 다가오든 그저 있는 그대로 받아들이세요. 저항하지 말고 느껴 보고 허락하세요. 지켜보세요. 그러한 노력들이 힘을 발휘할 때 생각이 주는 고통에서 빠져나올 수 있게 될 것입니다.

≫ 분노는 적절한 대응이 아니다

많은 사람들이 동물 실험은 '인간의 삶의 질'을 위해 필요불가분한 것이라 합니다. 저도 그것엔 원칙적으로 동의하는 사람 중의 하나이고요. 하지만 인간의 생명을 위해, 인간의 복지를 위해 그 어떤 명분을 내세워 행해지더라도 동물 실험은 '최소한의 필요악'에 머물러야 할 것 같은데, 제가 보았던 장면은 그 필요악을 넘어서는 것이었습니다.

대부분은 마취나 안락사 후에 어떤 조치를 가하는 거겠지 하는 제 순진한 바람과는 너무 동떨어진…… 저렇게까지 해야 하는가 싶을 정도로 참혹한 장면들이 많았습니다. 뿐만 아니라 실험당하는 동물들만이 느낄 수 있는 차디찬 공포감, 처절한 고통들이 그 눈빛들을 통해 제게 아프게 전달이 되더군요.

그리고 뻔한 결과를 확인하거나 단순히 통계상의 의미 있는 수치를 완성하기 위해 쓸데없이 행해진 경우도, 헤아릴 수 없을 거란 의구심도 들었고요. 여태껏 일반인들 모르게 얼마나 무수한 동물 실험들이 악랄하게 행해져 왔을지 자꾸만 제 가슴이 뜨끔거립니다.

이젠 TV에서 무심코 보여 주는 흰쥐를 이용한 간단한 동물 실험에도 항의하고 싶더군요. 그리고 공장식 가축 사육에 대해서도……. 예전엔 그저 '인간이 고기를 먹는다'는 행위는 지극히 당연할 뿐만 아니라, 그 먹는 행위에 딴지를 거는 다른 사람의 비판 자체가 너무 어이없는 거라고 생각했었거든요. 지금은 싼값에 흔하게 고기를 먹을 수 있는 시대가 되었으니, '세상 참 좋아졌다'란 생각도 한때 했었고요. 또 공장식 설비를 갖추고 대량 사육을 하니 그 첨단 설비의 혜택을 받아서 도살당할 때도 그나마 편안하게 생을 마감하는 줄 알았고요.

그런데 그것은 저만의 착각이더군요. 실상을 제대로 알지 못했던……. 최대의 이윤을 남겨야 하는 어쩔 수 없는 자본주의의 속성 탓인지, 오히려 공장식 사육을 당하면서 더 많은 가축들이 학대와 고통에 노출되어 있다는 것을 뒤늦게 깨달았어요. 그 외에도 환경과 지구에 엄청난 악영향을 끼친다는 것도요.

이젠, 착한 일을 한다는 사람들이 육식을 즐긴다면 다 가짜로 보입니다. 고기를 맛나게 먹는 보통 사람들을 보는 것이 결코 유쾌하지 않습니다. 가까운 지인에게 동물 실험이나 공장식 가축 사육에 관한 저의 이런 심정을 토로하기도 하지만, 때론 쉽지가 않더군요.

동물 실험이 행해진다는 걸 모르는 이도 없고, 소갈비와 삼계탕을 꼭 챙겨 먹는 그들의 식습관도 그렇고……. 왠지 나름대로 열심히 살고, 선하다고 인정 받는 그들에게 불쾌한 그림자를 드리우는 건 아닌지 싶어서요. 그리고 제 자신이 너무 고고한 척…… 기타 등등…… 나서는 듯싶어서요.

무엇보다, 그 무엇보다도 자꾸만 불쌍한 동물들의 눈빛과 몸짓들이 제 맘에 둥지를 틀고 절 힘들게 합니다.

「원령공주(미야자키 하야오 감독의 애니메이션)」를 보다 보면, 인간에 의해 자신의 숲을 파괴당하고 고통을 당한 멧돼지가 재앙신이 되어 인간을 향해 돌진하는 내용이 있잖아요. 인간이 지은 그 죄를 어찌 감당할 수 있을까요? 인간이 참으로 야속하게 느껴집니다. 제가 전에 그러했던 것처럼, 아마 많은 분들이 그 정도일 거라고는 차마 생각 못하는 순진한 분들이실지도……. 그래도 아픈 진실을 외면할 수 있는 인간의 마음이 싫어집니다.

제가 너무 감정적인 틀에 얽매여 있는 걸까요?
제가 너무 고통에 집착하는 걸까요?
제게 어떠한 말씀이라도 해주세요.

– 아침노을 님의 글
(아침노을 님의 허락을 받아서 전체 글을 올립니다)

➡️ 　저도 한때 채식을 했던 때가 있었습니다. 이유는 여러 가지입니다만, 지금은 가급적 적게 섭취하려고 할 뿐이지 육식을 아예 끊고 살지는 않습니다. 채식을 하면서 가장 어려웠던 부분은, '고기를 먹지 않는다'라는 부분보다는 일차적으로는 인간관계(심지어는 가족관계까지도)의 불편이었고, 이차적으로는 문화적 환경 변화에서 오는 외부의 저항감이었습니다.

　음식은 인류의 역사와 함께 이어 내려온 문화이고 전통일 것입니다. 한 개인의 습관을 단시일 내에 바꾸는 것도 그토록 어렵다고 느껴질 터인데, 수천 수만 년 문화를 바꾸기란 참으로 쉽지 않은 일일 테지요.

　님이 잘못되었다는 말씀을 드리는 것이 아님을 먼저 이해해 주셨으면 합니다. 다만 님의 분노는 개인적 분노로는 넘을 수 없는, 참으로 높은 벽에 맞닿아 있음을 일깨워 드리고 싶군요.

　님의 변화된 생각은, 님의 표현대로 '더 진화된' 생각이라는 데 대해서는 개인적으로 일정 부분 동의합니다. 그러나 그런 생각으로 인해 자신과 반대되는 의견이나 사람들을 심하게 비난하고 있고, '분노'라는 적절치 않은 감정으로 반응하고 있는 듯 보입니다.

　어떤 식으로든 분노는 파괴합니다. 동물학대와 육식에 대한 분노는 자신을 파괴하고(화라는 감정은 인체 내에 독성물질을 분비한다고도 하지요), 인간관계를 파괴하며, 정신세계를 파괴합니다. 분노는 적절한 대응 방법이 아니라는 말입니다.

먼저 현실을 인정하세요. 동물학대와 육식이 팽배해 있는 것은 현실입니다. 님이 분노한다고 해서 당장 달라지지는 않을 것입니다. 그러나 분명 인류의 정신과 문화는 더 높이 진화해야 합니다. 동물학대와 육식의 문화는 줄어드는 방향으로 가는 편이 좋을 것입니다.

그렇다면 지금 님이 할 수 있는 일이 무엇이겠습니까? 지금 님의 직업은 알 수 없지만, 동물학대에 대한 사회적 인식 변화와 채식을 몸소 실천하고, 여가시간을 통해 캠페인 등의 사회운동에 참여할 수 있을 것입니다. 그 밖에 또 다른 여러 가지 활동이 있을 수 있겠지요. 극단적인 분노를 그저 감정적으로만 표출하기보다는, 이러한 적극적이고 현실적인 대처가 합리적이고 적절한 대응 방법이 아닐까요? 남 앞에서 분노하지 않고, 스스로의 에너지를 파괴적으로 운용하지 않으면서도, 얼마든지 효과적이고 건설적인 방향으로 이끌어 갈 수 있는 선택들이 놓여 있지 않습니까?

진정한 행복이란 무엇일까요? 내게 있어서의 진정한 행복이란 무엇일까요?

행복이라는 말에 너무 집착하지 마세요. 그러면 행복을 잃게 됩니다. 무엇인가 좋은 기분이 들고 특별한 걱정 없이 마음이 편안할 때, 그것을 행복이라고 할 수 있을까요? 물론 그럴 수 있을 것입니다. 그냥 그것은 그렇습니다. 그렇게 있는 것입니다.

수시로 자신의 상태에 대고 '이것이 행복인가?'라고 질문하고 의심한다면, 그럴 때마다 어렴풋이 다가오던 행복도 깨어지고야 말 것입니다. 자꾸 꺼내어 흔들어대려 하지 말고, 그냥 가만히 느껴 보세요. 자꾸 말로 정의하려 들지 말고, 행복인가 아닌가조차도 판단하려 들지 말고 가만히 느껴 보세요. 그럴 때 슬며시 웃음이 나오겠지요. 좋은 향기가 날아가지 않고 오래 머무를 수 있을 것입니다.

지나간 유행가 가사 중에 생각 나는 구절이 있네요.

소리 내지 마. 우리 사랑이 날아가 버려~

움직이지 마, 우리 사랑이 멀어지잖아~

행복이란 그와 비슷합니다. 그러니 그것에 너무 집착하지 않는 편이 좋을 것입니다.

생각하는 사람이 되기보다는 행동하는 사람이 되십시오.

누구나 생각은 이미 넘칠 만큼 충분히 하고 있습니다.

있는 그대로의 현재를 충분히 느끼고

작은 생각이라도 행동으로 증명하는 사람이 되시기를 바랍니다.

이러한 날들이 이어질 때, 진정한 행복은 살며시 내려앉는 나비와 같이 우리의 곁에서 함께할 수 있게 될 것입니다.

오랫동안 죽마고우로 지낸 친구가 있습니다. 하지만 갈수록 그 친구와의 관계가 소원해지고 있습니다. 부끄러운 이야기지만, 그 친구는 의사고 저는 평범한 회사원이라는 사회적 지위의 차이로 인한 있는 열등감 때문이지요. 과거 학창 시절, 크게 노력하지 않았던 저 자신이 너무나 후회스럽습니다.

너무나 당연한 말이지만, 지나간 세월을 다시 되돌릴 수는 없습니다. 자신에 대해서 후회하는 것은 어떤 이득이 됩니까? 손해뿐입니다. 그렇다고 '후회하지 말아야지', '열등감을 가지지 말아야지'라고 결심하는 것만으로 모든 문제가 쉽게 해결될 리도 없겠지요.

우리는 해서는 안 될 것들을 규정하고 그것을 제거하려 하기보다는, 올바른 방향을 잡고 진정으로 원하는 것을 결정한 후, 그것을 이루기 위해 추진해 나가야 합니다. 부정적이고 나쁜 마음의 특성들을 제거하고자 하면, 그것은 너무 많아서 평생의 시간을 소모해도 원하는 결과를 얻지 못합니다. 반대로 원하는 것이 무엇인지를 명확히 정하고 그것을 얻기 위해 최선을 다할 때, 여러 가지 잠재적인 문제들을 극복하고, 훨씬 더 빨리 좋은 결과에 다가서게 되는 법이지요.

의사니 평범한 회사원이니 하는 겉모습 차원에서의 비교는, 가장 단순하고 얕은 수준의 비교일 뿐입니다. 외모, 돈, 사회적 지위 등은 사회생활을 하는 데 있어서 빼놓기 어려운 항목들일지 모릅니다. 하지만 그러한 것들이 우리에게 진정한 행복을 주는 것은 아닙니다.

돈 많고 사회적 지위는 높지만 행복하지 않은 사람들이 세상에는 얼마든지 있습니다. 겉으로는 삐지르르하지만 한꺼풀만 벗겨 보면 온갖 문제로 골치를 썩는 사람들이 너무나 많습니다. 참으로 행복할 만한 삶을 꾸려 나가고 있으면서도, 남들과의 외적이고 조건적인 비교로 스스로를 불행하다 여기는 사람들이 있다는 것은 참으로 안타까운 일이 아닐 수 없습니다.

진정으로 원하는 참된 행복을 찾으세요. 당신이 진정으로 원하는 것은 무엇입니까? 행복한 가정인가요? 그렇다면 누구보다 행복한 가정을 꾸리기 위해 노력하세요. 부자가 되기를 원하나요? 지금 다시 의사가 되기는 쉽지 않겠지만, 그보다 더 많은 돈을 벌 방법은 정말 없는 것입니까? 스스로 포기하지 않는 한 절대 그런 일은 없을 것입니다. 하늘이 무너져도 솟아날 구멍이 있다고 했습니다. 뜻이 있는 곳에 길이 있다고 했습니다. 하늘은 스스로 돕는 자를 돕는다 했습니다.

열등감과 후회로 보내는 세월은 결코 아무런 득이 되지 못합니다. 그러니 이제 일어나세요! 눈을 크게 뜨고, 정신을 맑게 깨우고, 당신이 원하는 진정한 행복을 찾으러 떠나십시오. 그것은 간절히 찾는 자에게는 반드시 전해지는 귀중한 보물과 같은 것이니까요.

인생의 흐름을 읽고 마음을 지키는 지혜

인생에는 누구에게나 흐름이란 것이 있습니다. 그 흐름은 때
론 아래로 흐르기도 하고 때론 위로 흐르기도 합니다. 인생살이 그 자
체에도, 세상에서 이루려는 일에도, 마음에도 역시 그런 흐름이 있습니
다. 세상 일이 그렇다는 것은, 일이 뜻대로 잘될 때가 있는가 하면 그렇
지 않을 때도 있다는 것입니다. 마음의 일이 그렇다는 것은, 괜히 마음
이 우울해지고 짜증 나는 등의 시기가 있을 때도 있고, 특별한 노력 없
이 환경이 그렇게 흘러가 자신감이 충천하는 때도 있다는 것입니다.

지혜의 길은 이런 흐름을 제대로 인식하고 흐름을 타는 데 있기도 하
고, 또 흐름을 거슬러 오르는 데 있기도 합니다. 흘러감과 거스름의 중
간에서 균형을 잘 지키는 일이 중요하다 하겠습니다.

그런데 대부분의 사람들은 이런 흐름이 있다는 것조차 알지 못합니
다. 자신이 강물 같은 흐름에 있는 줄 모르고 그저 흘러가다 궂은 일도,
좋은 일도 만나게 되는 것입니다. 하지만 좋은 일을 만났을 때 좋은 줄
몰라 감사할 줄 모르고, 궂은 일을 만났을 때 신세한탄만을 일삼습니

다. 좋은 흐름이 이어질 때는 자신이 잘나서 그런 줄로 자만하고, 좋지 않은 흐름이 이어질 때는 끝도 없는 혼란 속에 자신을 밀어 넣으며 우울해 합니다.

마음이 부정적으로 가든 긍정적으로 가든 결코 자만해서는 안 됩니다. 항상 끊임없이 마음을 살피고 돌이켜보아 마음을 지키려는 자세가 필요합니다.

항상 맑은 날만 계속 될 수도 없고, 그래서도 안 되듯이(만약 그렇다면 지구가 온통 사막이 되어 버리겠지요) 누구에게나 뜻하지 않은 흐름은 찾아올 수 있는 것입니다. 비 오는 날에 대비해 우산을 준비해야 하듯이, 가뭄에 대비해 물을 저장하듯이 항상 마음을 챙기고 다스리세요. 마음의 힘을 키우기 위한 대비를 하세요. 원치 않는 흐름을 극복하기 위해서는 명상이나 종교생활 등의 수행을 통하여 평소에 꾸준히 마음을 다스리는 힘을 키워 나갈 필요가 있습니다. 이는 물론 어려운 흐름의 시기에는 필수적이지만, 좋은 흐름일 때부터 필요한 일일 것입니다.

마음을 다스리는 일에 관심을 가져 보세요. 세상을 살아가는 데 큰 도움이 될 것입니다. 단, 이것은 단기간에 가능한 일이 아니라 평생토록 관심을 가지고 노력해 가야 하는 일임을 잊지 않아야 할 것입니다.

천 개의 얼굴을 가지기

→   많은 사람들이 이런 생각을 가지고 있지요.

항상 웃는 얼굴이어야만 해.

항상 좋은 사람으로 보여야 해.

화를 내서는 안 돼.

꼭 이래야만 해, 이렇게 해야만 해…….

정말 그렇습니까? 저는 그렇게 여기지 않습니다. 저는 이렇게 말하고 싶군요. '천 개의 얼굴'을 가져 보시라고요.

웃을 땐 마음껏 웃을 줄 알아야 합니다! 울고 싶을 땐 마음껏 울 줄 알아야 합니다! 살다 보면 필요에 따라 적당히 단호한 얼굴을 하고 화를 낼 줄도 알아야 합니다. 또 때로는 나이와 지위를 떠나 아양도 떨고, 애교도 부릴 수 있어야 합니다.

적당히 얼굴을 바꿀 줄 알아야 합니다. 어느 하나의 얼굴에만 빠질 때, 그것이 진짜 심각한 문제가 되는 것입니다.

웃기만 하다 보면, 남에게 비위만 맞추고 싫은 소리를 못하는 사람이 되어 속이 썩어 갈 것입니다. 울기만 하다 보면, 우울이 습관이 되어 우울증의 덫에 걸리겠지요. 늘 투덜거리고 화만 내다 보면, 사람들과 어울리지 못하고 소외되거나 남들이 싫어하는 사람이 될 것입니다.

시간을 내서 자신을 충실히 관찰하고 내면을 들여다보세요. 스스로 어떤 얼굴을 가장 크게 가지고 있는지 살펴보세요. 꼭 이래야만 한다든지 하는 강박관념을 갖고 있는 것은 아닌지도 찾아보세요. 만약 다양한 표정이 아니라 굳은 얼굴과 마음을 가지고 있다면, 다양한 감정과 다양한 체험을 향해 자신을 던져 보세요.

때로는 연기를 하듯이 살고, 또 자신의 감정에 충실히 살다 보면, 점점 더 삶은 유연해지고 부드러워져서 오히려 평화를 찾을 수 있게 됩니다. 천 개의 얼굴을 가질 수 있다면 말입니다.

이미 지나가 버린 생각은 놓아 버리세요

→ 많은 분들이 자신의 생각으로 인해, 원하지 않는 생각이 떠올라 고통스러워하는 모습을 보게 됩니다. 예를 들면, 뭔가 원치 않은 일이나 끔찍한 일이 일어나거나 자신이 그런 일을 저지를지도 모른다는 생각이 일어나는 것입니다. 그렇게 일어난 생각이 현실이 될지도 모른다고 두려워합니다. 그러나 그렇게 일어나서 지나치는 생각은, 스스로 그에 휘둘리지만 않는다면 현실화될 힘이 없습니다. 이러한 사실을 안다면 크게 두려워할 필요가 없는 것입니다.

떠오르는 모든 생각이 여러분 자신의 것은 아닙니다. 생각을 하늘에 떠다니는 구름이라고 상상해 보세요. 우연히 어떤 구름을 바라볼 수 있을 테지만, 그렇다고 해서 그 구름이 당장 당신에게 달려들지는 않을 것입니다.

현재를 살고 있는 우리는 많은 대중매체에 무방비로 노출되어 있습니다. 우리를 불안하게 만드는 온갖 것들이 TV와 같은 매체를 통해서 의식에 침투합니다. 그것들은 언제고 적절한 때가 되면 의식의 표면으로 떠오를 수 있습니다. 그런 매체나 영상 등에 대한 노출을 줄이면, 원하지 않는 생각들이 떠오르는 일도 자연히 줄어들 것입니다. 우리는 대부분 원치 않는 노출로부터 완전히 비켜 갈 수 없는 환경에 살고 있습니다. 그래서 마음을 바라보고 조절하는 일이 필요합니다.

떠오르는 생각들을 잘 살펴보세요. 어떤 생각이 떠오르는 것을 알아차리는 순간, 그것은 이미 '과거'의 일이 되어 버렸습니다. 그런 생각이 일어났다는 과거는 다시 되돌릴 수 없는 일이 되었습니다. 그러니 그 생각을 다시 끌어와 부여잡고 있지만 않는다면, 그것은 우리에게 영향을 끼칠 수 없는 것입니다.

하지만 여러분이 이런 일들을 얼마나 자주 반복하고 있는지를 살펴보세요. 0.1초 사이에 떠올랐다가 시간의 뒤안길로 사라진 생각들을 다시 현재에 붙들어 맵니다. 그것을 자꾸 떠올립니다. 이건 긁어 부스럼을 만드는 꼴입니다. 원하지 않는 생각을 계속 붙들고 있으니 말이죠. 그러면서도 이렇게 말합니다. "이 생각이 도무지 나의 머릿속에서 떠나질 않는단 말이지!"

일이 벌어지는 과정을 알고 나니 정말 그렇습니까?

그저 떠오르는 생각은 놓아 버리십시오. 그러면 그것은 과거의 일이 될 뿐입니다. 짧은 순간 스쳐 지나는 생각을 매순간마다 그렇게 흘려보낸다면, 그 생각은 우리에게 아무런 영향도 끼치지 않게 됩니다. 그러니 얼마든지 안심해도 된다는 것이지요.

반대로 불길한 한 가지 생각을 끊임없이 붙들고 늘어지는 경우를 살펴봅시다. 그 생각은 마치 좋은 토양과 햇볕과 물을 준 식물처럼 쑥쑥 자라게 될 것입니다. 원래 생각이란 정신 에너지의 하나이기 때문입니다. 따라서 어느 하나의 생각을 반복해서 떠올리는 것은 에너지를 계속해서 공급해 주는 것과 마찬가지이지요.

본래 자신에게 별 영향도 미치지 못했던 깨알만큼 작았던 생각일지라도, 그것을 반복함으로써 그 에너지가 눈덩이처럼 크게 불어나게 되는 것이죠. 비록 작은 생각을 반복하는 일이지만 티끌 모아 태산이 되는 것입니다. 그럴 때 생각은 자신만의 생명력을 갖게 됩니다. 그쯤 되면 그 생각은 고개를 돌린다고 즉시 사라지지는 않습니다. 뭔가 그것을 없애기 위한 조치를 취해 줘야 하지요. 현실에 영향을 주는 그것을 창조한 이는 누구입니까? 다름 아닌 자기 자신인 것입니다.

이제부터라도 바로 지금 일어나는 자신의 생각들을 그 어떤 것이라도 편안하게 흘려 보내도록 하세요. 그것이 마음에 들거나 아니거나는 판단하지 말고, 오가는 대로 가만히 내버려 두세요. 그럴 때 우리는 생각으로부터 자유로워질 수 있게 됩니다.

원치 않는 생각을 멈추는 방법

➡️   원치 않는 생각에 휘둘려 고통스러워하는 분들이 많은 줄로 압니다. 그래서 그런 생각을 하지 않기 위해 많이 애써 보지만 결과는 썩 좋지 않습니다. 어떤 생각을 하지 않기 위해 노력하는 그 자체가 그 생각을 불러오기 때문입니다. 결국 어떤 생각을 멈춘다는 것은 거의 불가능합니다. 물론 오랜 시간 체계적인 훈련을 통하여 모든 생각을 없애는 방법이 있지만, 일반인으로서는 상당히 힘든 일이지요.

이에 비해 비교적 쉽게 할 수 있는 방법이 있는데, 그것은 생각을 끊는 대신에 다른 생각으로 대체하는 것입니다. 뭔가 다른 쪽으로 생각의 방향을 옮겨서 그것에 강하게 집중하는 것이지요.

여기에는 두 가지 관건이 존재하는데, 그중 하나는 어떤 생각에 집중할 것인가 하는 문제입니다. 사람마다 취향이나 기호가 다르기 때문에 좋아하는 것이 다르고, 집중이 잘되는 것이 다르죠. 어떤 사람들은 취미에 몰두하면서 원치 않는, 자신을 괴롭히는 생각에서 벗어나기도 합니다. 무언가에 주의를 기울여 몰입하면 편안한 이유 중 하나가 바로 여기에 있는 것입니다. 몰입이 잘되면 잘될수록 생각이 없어지면서 편안해지죠.

어떤 사람들은 자전거 타기, 마라톤, 아니면 어떤 것이라도 다이내믹한 운동을 하면서 원치 않는 생각에서 빠져나옵니다. 또 어떤 사람들은 정적인 것에 쉽게 몰입합니다. 그림 그리기, 뜨개질, 옷을 만든다거나 수공예품을 만드는 일 등……. 어떤 것이 자신에게 잘 맞고, 몰입이 잘되며, 원치 않는 생각들을 없애 주는가 하는 것은 스스로 찾을 수밖에 없겠지요. 무엇이 자신에게 잘 맞는지 모른다면, 어떤 것이 자신에게 즐거움을 주는지 모르겠다면 다양한 시도들을 해볼 필요가 있습니다.

원치 않는 생각에서 다른 것으로 마음을 돌리는 관건이 되는 또 다른 하나는 집중력입니다. 어떤 대상에 강하게 집중할 수 있는 힘이 크면 클수록 원치 않는 생각으로부터 빠져나오기가 쉬워지는 것입니다.

이 두 가지 조건을 만족시키는 강력한 방법이 명상입니다. 명상은 어느 하나에 집중하도록 반복하여 훈련해 나가는 것입니다. 이러한 명상을 통해 자신의 생각과 감정을 쉽게 다스리고 조절하는 능력이 갖추어지게 되는 것이죠.

명상 – 환경으로부터의 자극과 반응을 관찰하기

자극과 반응 사이에는 빈 공간이 있다.
그 공간에 우리의 반응을 선택하는 자유와 힘이 있다.
그 반응에 우리의 성장과 행복이 달려 있다.

- 빅터 프랭클

우리는 주변환경으로부터 무수한 자극을 받으며 살아갑니다. 자신의 의지와는 전혀 상관 없는 듯 보이는 날씨가 주는 자극으로부터 주변의 소음, 가까운 사람 혹은 잘 모르는 사람이 주는 인상, 소리, 말, 그리고 기분을 좋게 하고 마음을 상하게 하는 온갖 사건들까지……. 세상에 존재하는 그 모든 것들이 우리를 자극하는 요인이 되는 것입니다.

그리고 우리는 이 모든 것에 반응합니다. 옆집에서 떠드는 소리에 반응하고, 윗집에서 쿵쾅거리는 층간 소음에 반응하고, 배우자의 바가지, 부모님의 잔소리, 회사 동료와 상사의 한마디에 반응하고, 심지어는 과거에 있었던(현재에는 전혀 일어나지도 않고 있는) 어떤 사건의 기억을 굳이 반복해서 떠올려 곱씹으면서 그 사건의 남은 잔상에 반응하고, 또 어떤 이들은 날씨에도 최악의 경우로 반응하기도 하죠? "나는 날씨만 흐리면 재수가 없더라." 하는 식이로요.

우리는 지성적인 존재이며, 활동하는 인간입니다. 그러므로 어떤 자극에 대하여 아무런 반응도 안 할 수는 없을 것입니다. 누군가 뭐라고 말을 하는데, 멍하게 아무런 반응 없이 가만히 있을 수는 없을 것입니다. 어떤 식으로든 환경에 반응하게 되어 있죠.

문제는 그 반응이 너무나 규칙적이고, 습관적이고, 선택의 여지가 별로 없다는 데 있습니다. 자신의 반응이 원하지 않는 방향으로, 고통스런 결과로 이어질 것임을 뻔히 알면서도 그렇게만 반응한다는 데 문제가 있습니다. 그런데도 대부분의 경우에 우리는 이런 자신의 반응을 합리화하며 정당화하고, '어쩔 수 없는 반응이었다'고 여깁니다.

늘 획일적으로 반응하는 데는 확실한 이유가 있지요. 그것은 빅터 프랭클의 말처럼 '자극과 반응 사이의 공간'을 인식하지 못하기 때문입니다. 자극과 반응 사이를 알아차리는 인식이 없을 때 나오는 반응은 무의식적인 것입니다. 무의식이라는 말은 '의식이 없다'는 의미가 아니라, 자신이 무엇을 하고 있는지 '모른다'는 의미에 가깝죠.

누군가가 미쳤다는 것은, 그의 '무의식이 의식을 완전히 장악해 버린 상태'를 뜻합니다. 그렇다면 '의식'이란 무엇일까요? 의식이란 자신을 알아차리는 기능을 가진 마음입니다. 그러므로 미친 사람이란, 지금 자신이 무엇을 하고 있는지 전혀 알지 못하고 행동하는 사람을 뜻하는 것입니다. 그런 의미에서 볼 때, 많은 사람들이 조금씩은 미쳐 있는 건지도 모르죠. 어떤 자극이 주어질 때 일어나는 일이 완전한 '선택에 의한 반응'이 아니라, 무의식적으로, 일어나는 대로, 되는 대로 반응한다는 의미에서, 자신이 하고 있는 선택이 무엇인지 모른다는 의미에서 그렇다는 것입니다.

그렇기에 우리는 늘 주의 깊게 자신의 마음을 잘 살펴야 합니다.

'나는 환경의 자극에 어떻게 반응하고 있는가?'

이것은 과거를 돌아보라는 말이 아닙니다. '마음 살핌'은 지금 이 순간, 실시간으로 일어나야만 합니다. 지금 여기에서의 마음이 어떻게 움직이고 있는지를 살펴야 하는 것입니다.

처음 시도할 때, 자극과 반응 사이의 공간은 바늘구멍처럼 너무도 작아서 눈에 잘 들어오지도 않겠지요. 실시간으로 바람처럼 빠르게 스쳐 지나가는 바늘구멍을 찾으려는 여러분의 시도는 어쩌면 번번히 실패할지도 모릅니다.

혹시 오래전 영화인 「록키」의 한 부분을 기억하시는지요? 상대방의 움직임을 더욱 긴밀히 파악하기 위해 레코드판을 돌려놓고 그것을 살피는 훈련을 하는 주인공의 모습이 나옵니다. 인간이란 참으로 대단한 존재여서, 그것이 무엇이든 반복하면 그에 대한 능력이 생기고 힘이 커지게 되지요. 마음을 들여다보는 시도 역시 마찬가지입니다. 자신의 마음을 자꾸 들여다보고 살피다 보면 살피는 힘, 즉 자극과 반응 사이의 공간을 인식하는 힘이 커지게 되는 것입니다.

자신이 얼마나 자주 환경적 자극에 대해 다른 선택의 여지를 포기하고, 자신을 괴롭히는 무의식적 반응에 순응하는지를 살펴보세요. 그것은 선택의 여지가 없기 때문이 아니라, '선택할 수 있는 힘', 즉 자극과 반응 사이의 공간을 인식할 '마음의 힘'이 충분하지 않기 때문입니다.

인간이라면 누구나, 자신을 성장시키고 행복하게 만들 마음의 힘을 키울 능력이 이미 존재하고 있습니다.

자극과 반응 사이의 공간을 인식하고, 반응을 선택할 힘을 키우는 데 가장 좋은 방법이 바로 명상입니다. 하루 중 일정 시간을 좌선하며 명상하면 더욱 좋겠지만, 그럴 시간과 의지가 아직 부족하다면 생활하면서 틈틈이 마음을 지켜보는 노력으로 시작하는 것도 괜찮습니다.

시작하기 위한 쉬운 비결은 마음을 지켜보는 데 있습니다.

어떻게든 당장 실천할 수 있는 것부터 시작해 봅시다!

마음에 심는 생각의 나무

→ 생각은 마치 나무와 같습니다. 그것은 처음에는 그저 작은 싹
으로 자라나기 시작합니다. 작은 싹일 때는 뿌리 채 뽑히기도 쉽고 말
라 죽기도 쉽지요. 나무를 키우기 위해서는 세심한 주의가 필요하고,
물과 햇볕, 즉 에너지를 주어야만 합니다.

생각의 나무는 햇볕과 물이 아니라 우리의 작은 시선과 주의가 성장
의 에너지가 됩니다. 나무가 일정 크기 이상으로 커지면, 그것을 쳐다
보지 않으려 해도 자꾸 시선이 가고 주의를 끌게 됩니다. 당연한 일이
겠지요. 좋은 생각이든 나쁜 생각이든, 원하는 생각이든 원치 않는 생
각이든, 크게 자라난 나무는 주인의 시선을 잡아끌어 붙잡아 두고 급기
야는 주인을 지배하게 됩니다.

스스로 키워 온 나무에 지배당하는 주인의 모습을 상상해 보세요. 지
금까지 여러분이 키워 온 생각의 나무는 어떤 것인지, 어떻게 그것에
이끌려 다니고 있는지, 어떻게 그것이 자신의 행동을 지배하고 있는지
를 잘 살펴보세요.

인생을 바꾸기 위해서는, 행동보다도 먼저 자기 생각의 나무를 다스려야 합니다. 마음의 땅에서는 지금도 새싹들이 올라오고 있습니다. 그 중에는 분명 여러분이 원하는 나무도 있고, 원치 않는 나무도 있을 겁니다.

우리는 원하는 나무의 싹만을 틔울 수 없습니다. 그것은 의도적으로 통제할 수 있는 일이 아닙니다. "나는 이런 싹은 원치 않아!"라고 말하며 그 싹을 오래도록 바라보지 마세요. 그렇게 바라보면 싹은 에너지를 받고 쑥쑥 자라나게 될 것이고, 그렇게 자라다가 일정 크기 이상이 되면 결국에는 우리의 행동을 지배하게 될 것이기 때문입니다.

혹여 원치 않는 생각의 싹을 발견하게 되더라도 그저 고개를 돌리고 무시하도록 하십시오. 그러면 그것은 곧 말라 죽게 됩니다. 이미 커져 버린 원치 않는 나무에 대해서도 마찬가지입니다. 그것을 쳐다보지도 말고 원하는 싹과 나무만 보도록 하세요. 물론 이미 커다란 나무이기 때문에 신경이 쓰이지 않을 수는 없겠지만, 최대한 그것을 무시하도록 하세요. 주인의 에너지를 받지 못하는 나무는 서서히 말라 죽게 됩니다. 우리는 충분히 기다리기만 하면 되는 것이지요.

동시에 인생에서 원하는 것에 관한 생각을 가능한 한 구체적으로, 확실히 정하도록 하세요. 그리고 어떤 나무를 키워 나갈지 확실히 하고, 거기에 최대한 집중하는 것입니다. 이제부터는 크게 자라기를 원하는 싹과 나무만 바라보아야 합니다. 나쁜 싹과 나무를 향해 털끝만큼의 시선도 돌리지 마세요. 그것에 양분을 주는 행동이니까요.

어쩌면 지금 당신의 마음은 원치 않는 나무들로만 가득히 숲을 이루고 있을지 모릅니다. 그 나무들 틈에서 원하는 작은 나무가 싹을 틔우고 자라 나가려면 크나큰 노력이 필요할 것입니다. 하지만 어렵더라도 스스로 해내야만 합니다. 어떻게든 노력해서 마음의 산을 원하는 나무들로만 가득한 숲으로 가꾸어 나가야 합니다.

　여기 좋은 소식과 나쁜 소식이 각각 하나씩 있습니다. 좋은 소식이란, 원하는 나무들이 늘어 가면 늘어 갈수록 원치 않는 나무들이 설 자리는 훨씬 더 줄어 가리라는 것입니다. 좋지 않은 소식이란, 어렵다고 포기하면 끝내 산은 원하지 않는 나무로만 가득하리라는 것입니다.

II

사랑,
그리고 사람

The Search for Self

1. 남과 여

» 집착을 완전히 떨쳐 내겠다는 집착

오랫동안 사귀었던 사람이 저를 떠났습니다. 마음이 많이 아프고 힘들었습니다. 1년이나 지났는데 아직도 잘 잊지 못하는 건지, 가끔 떠오르기도 하고 마음이 아프기도 합니다. 떠나간 그 사람이 다시 돌아오기를 마음으로 그리고 심상화해서 바라는 게 더 나을까요? 아니면 진정으로 평생을 함께할 사람을 만나게 해 달라고 기도하는 게 더 좋을까요?

이제 미련이 거의 남지 않았다고 여겨집니다. 완전히 남은 미련과 집착을 떨치는 방법에는 어떤 것이 있을까요?

가끔 그런 것에 관해 물어 오는 분들이 있습니다. "특정한 누군가와 잘되는 것을 심상화해도 되는가?" 여러 가지 의견이 있을 수 있겠지만, 저는 그다지 바람직하다고 생각하는 편은 아닙니다. 그에게는 그 사람 자신의 자유 의지에 의한 세계가 있을 것이기 때문입니다. 누군지 알 수 없지만 원하는 조건을 명확히 정하고, 그에 맞는 사람을 만날 수 있도록 마음을 쓰는 편이 나를 위해서나 미지의 상대방을 위해서나 훨씬 좋을 것입니다.

미련과 집착을 완전히 떨치는 방법을 물으셨네요. 미련과 집착을 '완전히' 떨치겠다는 그 생각이 바로 완전히 떨쳐지지 않은 미련의 증거가 아니겠습니까? 남아 있는 미련은 시간이 흐르면 자연스럽게 떨쳐지게 될 것입니다.

➡ 님은 어디까지나 그를 위하려는 좋은 의도였지만, 행동에는
문제가 있었는지도 모릅니다. 있는 그대로 사랑해 주지 못하고, 변화하
기를 요구하고 모욕까지 준 것은, 두 사람 사이의 신뢰관계를 깨뜨릴
수 있는 행동이었겠지요.

엎질러진 물은 다시 주워 담기가 힘들고, 깨진 접시를 다시 붙여 쓰기
도 어렵습니다. 일에서의 관계는 다시 이어지기도 하지만, 신뢰에 심각
한 금이 간 관계를 다시 이어 붙이고 회복하기란 쉽지 않은 일일 것입
니다. 이제는 현실을 바로 보아야 합니다. 어제는 그와 연인이었지만
오늘은 헤어졌습니다. 이제 내일을 위해서, 자신을 위해서, 사랑을 위
해서 어떻게 해야 할까요?

사람들을 잘 살펴보면 참으로 흥미로운 사실을 발견하게 됩니다. 대
부분의 사람들은 타인에게 자신을 대할 때와 유사한 태도를 취하고, 또

124

한 자신에게도 타인을 대할 때와 유사한 태도를 취합니다. 타인과 나 사이에는 마치 거울 같은 관계가 성립되는 것이지요.

남을 비판하기 좋아하는 사람은 자신을 비판하기도 좋아합니다. 자신을 비난하기 좋아하는 사람이 남을 비난하기도 좋아합니다. 자신을 사랑할 줄 모르는 사람은 남을 사랑할 줄 모릅니다. 물론 그 반대의 경우도 성립되지요. 자신을 있는 그대로 인정할 줄 모르는 사람이 남을 인정할 줄 모르고, 그 반대로도 됩니다. 이러한 것을 전문적인 용어로는 '투사'라고 표현합니다.

만약 남들을 업신여기며 자존심이 지극히 강한 것처럼 보이는 사람이 있다면, 그의 마음은 사실은 열등감에 가득 차 있을 것입니다. 심한 우월감과 열등감은 마치 동전의 앞뒷면처럼 반드시 함께 있는 것입니다. 우월감은 반드시 열등감을 동반하게 마련이거든요.

다시 당신의 문제로 돌아가 봅시다. 그 사람을 있는 그대로 사랑해 주지 못했던 당신은, 아마도 자신을 있는 그대로 사랑해 주지 못하고 있었을 것입니다. 그를 모욕한 당신은 아마도 자신에게 비난하는 일이 잦은 사람이었을지도 모릅니다. 이것이 내면과 외면에 있어서의 관계의 법칙이니까요. 마치 거울을 통해 자신의 모습을 비추어 보듯이 타인을 통해 자신의 마음을 보는 것과 같습니다.

타인을 먼저 바꾸려 드는 것은 늘 문제를 낳게 마련입니다. 자신을 바꾸는 것보다 몇 배로 어려우면서도 뜻대로 되지 않으며, 갖가지 예기치 못한 부작용들을 낳기 때문이지요. 상대방이 나의 거울이라면, 나를 먼저 바꾸는 것이 올바른 순서가 될 것입니다. 자신을 먼저 있는 그대로 인정해 주고 사랑해 준다면, 상대방을 그렇게 인정하고 사랑하지 못해서 불편했던 마음이 눈 녹듯이 녹아내리는 것을 경험하게 될 것입니다.

그 사람과 다시 만나든 다른 사람을 만나든, 이러한 변화는 앞으로의 님의 삶에서 자신을 행복하게 하고 관계를 풍요롭게 하는 가장 큰 지혜가 되어 줄 수 있을 것입니다.

» 두려움, 그리고 사랑

너무나 사랑하는 사람에게 너무나 화가 나서 이성을 잃고 너무 심한 말을 해버렸습니다. 그의 과거의 일을 비웃고, 악담을 미친 듯이 쏟아부었지요. 제가 왜 그랬는지 몰라요. 무릎 꿇고 잘못했다고 빌었지만, 그는 크게 상처 받았나 봅니다. 점점 멀어지는 것 같아 두렵습니다. 너무 힘드네요. 그의 마음을 돌려놓으려면 어떻게 해야 하나요?

→   님에게 드릴 두 가지 이야기가 있네요.

이야기 하나.

특히 관계에 있어서 우리가 가장 흔히 하는 실수가 바로 그것입니다. 고삐 풀린 망아지처럼 발광하는 마음의 고삐를 순간적으로 놓치게 되어 일을 그르치고 마는 것이지요. 어떤 일이든 보는 관점에 따라 전혀 다른 시각으로 볼 수 있습니다. 같은 일이라고 해도 내 감정이 나쁜 상태일 때의 일은 그만큼 더 나쁘게 느껴지고, 좋은 감정일 때는 나쁜 일이라도 무덤덤하게 받아들여지기도 하는 법이죠. 우리는 그런 사실을 늘 숙지하고서 마음의 고삐를 늦추지 않도록 주의하고, 평소에 늘 마음을 다스리는 명상과 같은 공부에 유의하여야 할 것입니다.

이야기 둘.

지금의 고통에서 벗어나기 위해 가장 먼저 받아들여야 하는 것은, 바로 '타인의 마음을 바꿀 수는 없다'는 사실입니다. 지금의 관계를 포기하라는 이야기는 절대 아닙니다. 그러나 지금 님을 가장 고통스럽게 하는 요인이 '두려움'임을 인식해야만 합니다.

헤어질지도 모른다는 두려움. 그 사람이 없으면 죽을 듯이 괴로울 거라는 집착. 지금의 그런 괴로움과 집착 속에서는, 어떤 행동으로 그를 대하든 그의 무의식에 부정적인 영향을 주게 되어 있습니다. 우리 마음은, 스스로 확실히 알 수 있는 표면적인 의식뿐만 아니라, 훨씬 더 큰 부분을 구성하고 있는 무의식에 의해 더 큰 영향을 받는 존재이니까요.

먼저 자신의 마음을 다스리세요. 먼저 자신의 마음을 편안히 내려놓으세요. 헤어지기를 바라는 건 결코 아니겠지만, 최악의 경우 그런 일이 일어나더라도 시간이 조금 지나면 편안해질 수 있다는 사실을 받아들이세요. 그 사람이 없으면 조금 괴로워질지는 모르지만, 시간이 지나면 괜찮아질 거라는 가능성을 인정하고 받아들여 보세요. 그렇게 마음을 내려놓으세요.

스스로의 마음이 정리가 되면, 그때는 그를 진정한 사랑으로 대하기 위한 최선의 노력을 기울여 보시기 바랍니다. 그를 잃으면 너무나 괴로울 거라는 두려움을 마음에서 내려놓고, 그저 진정으로 그를 사랑하는 마음만을 가득 채워 그를 대해 보세요.

그가 계속 님을 사랑할지 어떨지는 그 자신의 선택입니다. 두려움을 통해 그에게 집착할지 진정한 사랑으로 그를 대할지는 님에게 해당되는 일입니다. 그의 마음을 바꾸어 놓을 수는 없습니다. 바꾸어 놓으려는 외적인 노력은 모두 허사로 돌아가거나, 억지로 인한 부작용을 낳을지도 모릅니다. 그러나 스스로의 내면을 다스림으로써 저절로 드러나는 사랑은, 그의 결정에 분명 좋은 영향을 끼치게 될 것입니다.

이제 둘 중 하나를 선택하는 일만이 남았습니다.
두려움 아니면 사랑…….
무엇을 선택하겠습니까?

나를 떠난 그 사람이 내게 다시 돌아올까요? 너무나 다시 만나고 싶어요.

그 사람을 사랑하는 것은 당신의 마음입니다. 당신은 그를 사랑하기를 선택할 수도 있고, 더 이상 그러지 않기를 선택할 수도 있습니다. 때로 사랑은 스스로도 알지 못하는 마음이 선택하곤 합니다. 불교에서는 그것을 '업'이라고 부르고, '카르마'라 부르기도 하지요. 그러나 당신은 지금 '그를 사랑하지 않기'를 결코 선택할 수는 없을 듯이 보이는군요.

이 사실을 분명히 아셔야 합니다. 가장 핵심적인 문제는 그가 떠났다는 게 아닙니다. 진정한 문제는, 당신이 오직 그를 사랑하는 선택만을 하고 있다는 것입니다. 그러므로 문제의 핵심과 해결의 열쇠는 스스로 쥐고 있는 것입니다. 그것은 무슨 말입니까? 스스로를 고통스럽게 만드는 것의 핵심은 바로 자기 자신의 마음이지, 떠나 버린 그가 아니라는 뜻입니다.

아마도 그를 사랑한다고 하면서도 실은 그를 원망하고 있을지 모릅니다. 내 곁에 원하는 만큼 있어 주지 않는다고, 내가 원하는 대로 해주지 않았기에, 나는 이토록 간절한데 그는 내게 간절하지 않다고 그를 원망하고 있을지도 모릅니다.

　당신은 그를 사랑했습니다. 오직 당신의 방식대로 말입니다. 완전무결하고 순수한 사랑은 아니었습니다. 진정한 사랑이었다면 당신은 오직 그에게 베푸는 것, 주는 것만으로 행복할 수 있었겠지요. 그러나 당신은 그러지 못했습니다. 그 또한 아마도 당신을 사랑했을 겁니다. 그 나름의 방식대로. 당신과 마찬가지로 말입니다. 그 또한 완전한 사랑은 아니었습니다. 그리고 그는 떠나갔습니다. 그 나름대로, 자신의 방식대로 말입니다.

　당신에게는 당신의 방식이 존재하듯이 그의 방식을 인정해 주어야 합니다. 그가 내린 결정을 인정하고, 존중하고, 사랑해 주어야 합니다. 당신이 그토록 사랑하는 그가 내린 결정이고, 선택이기 때문입니다. 그것이 더욱 진정한 사랑에 가까울 것이기 때문입니다.

　이별이 아프다는 것은 누구라도 압니다. 세상 모든 이들이 그런 아픔을 겪어 가며 성장하고 있습니다. 그리고 대부분의 사람들이 잘 극복해 나가고 있습니다. 하지만 아플 땐 오직 나 혼자 세상에서 가장 고통스러운 것처럼 느껴집니다. 아마 당신도 그럴 것입니다. 그러나 그것은 당신 혼자만의 아픔이 아니라는 사실을 이해하세요. 그런 일을 겪은 대부분의 세상 사람들, 그것은 어쩌면 인류 공통의 아픔이기도 한 것입니다. 그러므로 이제부터라도 마음을 바꾸기 위해 노력해 보세요. 이제부터라도 그를 진정으로 사랑하는 법을 배워 보세요. 비록 떠나간 사람이지만, 그가 내린 선택을 인정하고 존중해 주세요. 눈곱만큼이라도 그를 원망하는 마음이 있다면, 그를 완전히 용서하세요.

자신에 대해서도 마찬가지입니다. 그가 떠난 것은 당신이 모자라서도 아니요, 당신이 무언가 부족했기 때문도 아니요, 잘못했기 때문도 아님을 이해하세요. 그것은 오직 그가 내린 결정 때문이었음을 알아야 합니다. 자신의 모든 면을 있는 그대로 인정하고, 사랑하는 법을 배워야 합니다. 그를 떠나게 만들었다는 자책으로 자신을 원망하지 말아야 합니다.

당신에게는 이미 이 고통스런 상황을 지혜롭게 헤쳐 나갈 지혜가 내재되어 있습니다. 그를 기다리고 싶다면 기다려도 좋습니다. 그러나 하루라도 빨리 기다림을 놓고 마음을 비울수록 더 평화로워지리라는 사실은 이미 스스로도 알고 계실 것입니다.

스스로를 치유하는 내면의 지혜가 온전히 함께하기를 기원드립니다.

사랑하는 그녀가 떠났습니다. 오늘도 난 다시 눈물을 흘리지 않으려고 노력합니다. 오늘도 여전히 그녀를 생각하며 이렇게 하루가 지나갑니다. 오늘도 가슴이 많이 아픕니다…….

●   마음이 떠난 여자가 눈물로 부여잡는 남자에게 마음을 돌릴 확률이란 과연 얼마나 될까요? 영화나 드라마에서는 아주 가끔씩 그런 일이 일어나기도 합니다. 그렇다면 현실에서는 그런 일이 더 자주 일어날까요? 아니면 그것은 거의 불가능한 일일까요?

삶 속에는 아주 많은 가치—중요하다고 여기는 것—들이 존재합니다. 사랑, 돈, 명예, 소유, 마음의 평화, 친구, 가족…… 이 수많은 가치들 중에서 지금 님이 부여잡고 있는 것은 사랑이라는 범위에 국한된 가치라는 것을 꼭 말씀드리고 싶네요.

그래요. 아주 젊을 때의 사랑이라는 가치는, 다른 그 어떤 가치보다도 더 높은 우선 순위를 차지하겠지요. 그에 따른 상처, 방황, 아픔, 그리고 그로 인한 기쁨과 환희로부터 삶에 필요한 많은 것들을 배우고 추억하게 될 것입니다. 모두 좋은 일이고, 바람직한 일입니다.

하지만 그러한 일로 인해서 자신을 너무 고통스럽게 만드는 것은 좋지 않습니다. 무엇보다도 스스로를 불필요한 고통 속에 빠뜨리는 것이지요. 한발짝 물러나 고통스러워하는 자신의 모습을 지켜보세요. 마치 관찰자가 된 듯 제 3자의 눈으로, 자신의 몸에서 빠져나온 영혼이 몸을 바라보는 것처럼, 비탄 속에 빠져 고통스러워하는 자신의 모습을 보세요. 오직 그녀만 전부인 것처럼 집착하고 매달려 있는 자신의 모습을 보세요. 그런 장면을 눈을 감고 구체적으로 상상해 보세요.

객관적인 눈으로 자신을 바라볼 수 있다면, 지금 느끼는 대부분의 고통이 그녀로 인한 것이 아니라 스스로 짊어진 마음의 고통이라는 것을 알 수 있습니다. 그리고 얼마든지 지금 당장이라도 그 짐들을 스스로의 힘으로 내려놓을 수 있다는 것을 알게 될 것입니다.

지난 일은 지난 일로 잊으십시오. 떠난 사람은 떠난 사람인 채로 내버려 두십시오. 흘러가는 강물은 그대로 흘러가도록 내버려 두고, 새로운 강물들을 맞이하세요. 앞으로 펼쳐질 많은 날들이 있습니다. 지금까지보다 더 많은 인연들을 만나고, 또 그 속에서 배우고, 느끼고, 성장하게 될 것입니다.

지금 바로 이 시간, 애정에의 집착을 제외한다면 님이 이루고 싶은 것은 무엇인가요? 앞으로 다가올 미래를 위해 무엇을 준비해야 할까요? 마음을 가다듬고, 자신을 일으켜 세우고, 어떤 노력을 해나가야 할까요?

» 사랑은 유리 같은 것

1년 정도 사귄 남자친구가 있어요. 우리는 결혼을 하기로 서로 약속까지 했죠. 그래서 관계까지 가졌는데, 그 이후에 제 마음이 초조했나 봐요. 저는 제 나름대로 어리광도 부리고 화도 내고 하면서 자꾸 기대려고 했죠. 그러다 크게 싸우기도 하고, 제가 심한 말도 하게 되고……. 서로 연락 안 한 지 한 달이 다 돼 가는데…… 이러다 헤어지는 게 아닌지 걱정도 되고…… 미치겠네요.

어떤 경우든 후회라는 감정이 좋은 영향을 미치는 일은 없습니다. 모든 부정적인 감정이 그렇듯이 말입니다. 과거는 오직 과거의 일일 뿐입니다. 어찌 되었든 과거의 일에 대해 후회한다면, 그것은 자기 파괴적인 감정이 될 뿐입니다. 사랑했든 사랑하지 않든, 관계를 가졌든 그렇지 않든 간에, 과거의 일에 대해서는 그저 마음을 훌훌 털어 버리고 잊어버리는 것이 상책입니다.

지난 일요일, 청소를 하다가 꽃병을 하나 깼습니다. 아내와 만난 지 얼마 되지 않았을 때 아내가 제게 선물로 주었던 청보라빛의 예쁜 꽃병이었는데, 다른 걸 치우면서 툭 하고 살짝 건드렸을 뿐인데 옆으로 쓰러지더니 깨져 버렸습니다. 그 화병을 만들기 위해서는 어지간한 노력이 있었을 겁니다. 하지만 그것이 깨지는 것은 무척 짧은 한순간이었지요.

혹시 '엔트로피의 법칙'이라는 말을 들어보셨는지요? 세상의 엔트로피(무질서한 정도)는 자연적인 상태로 놔두었을 때 증가되는 성질을 가지고 있습니다. 특별히 손쓰지 않으면 무질서의 정도는 계속해서 증가됩니다. 우리가 만들어 가는 관계도 그와 같습니다. 우리가 만들어 가는 사랑이라는 관계는 더더욱 그러합니다.

'그땐 몰랐어요~ 사랑은 유리 같은 것~'

그런 오래된 노래 가사가 있었죠. 깨진 병과 사랑은 다시 맞추기 힘듭니다. 우리에게 필요한 지혜는, 병이 깨지고 나서 울고 매달리며 병을 맞추려 애쓰기보다는, 평소에 늘 아름다운 꽃병을 소중히 간직하고 가꾸어 나가는 일인 것입니다. 평범한 진리이지만 늘 마음에 되새겨 잊지 않아야겠습니다.

제게는 오래된 남자친구가 있습니다. 힘들고 아픈 상처를 많이 주었고, 책임지지 못할 일까지 저지른⋯⋯. 그래도 저를 사랑하는 줄 알았는데, 지금은 사랑하지 않았다고 말합니다. 이런 제가 너무 바보 같고 멍청하게 느껴집니다. 너무 힘들고 속상합니다. 다시는 누군가를 제가 더 좋아하지는 않을 겁니다.

여기 하나의 원칙이 있습니다. 그것은 바로 '인간은 자신의 운명을 자신이 결정하고, 그 결정은 바꿀 수 있다'는 것입니다. 이것은 '교류 분석'이라 불리는 상담의 한 영역에서 이야기되는 기본적인 전제입니다. 운명이라는 말을 빼고 좀 더 편안한 표현으로 바꾸어 본다면, '내가 경험하는 모든 일은 바로 나 자신이 선택한 결과이며, 나 자신에게 그 책임이 있다'라고 할 수 있겠지요. 이런 원칙의 진위 여부를 떠나서 일단 참이라 가정하고 님의 경험을 다시 바라봅시다. 어째서 그러한 경험을 하게 되었을까요?

그는 내게 상처를 많이 준 사람입니다. 그래도 나는 그를 잊지 못하고 계속 받아들였습니다. 마음 한편에서는 사랑을 갈구했기 때문이겠지요. 어쩌면 그 사람도 언젠가는 나아지리라 생각했을지도 모릅니다. 또한 나의 다른 마음 한편에서는 나 자신의 상처와 고통을 갈구하고 있었는지도 모릅니다. 왜냐하면 마음 깊은 곳에는(스스로 제대로 알아차리지 못하고 있었을지도 모릅니다) '나는 온전히 사랑받을 자격이 없다'라는 믿음이 자기도 모르는 사이에 도사리고 있을 수 있기 때문입니다. 그러한 믿음이 그에 합당한 경험을, 즉 사랑과 관계에 무책임한 그 사람을 끌어오고, 계속해서 그와 같은 선택을 반복하게 만들었는지도 모릅니다.

어째서 그가 계속해서 상처 주었음에도 불구하고 그를 내치지 않았을까요? 왜 그런 일이 계속되도록 허용하고 있었을까요? 이것은 어쩌면 그와의 관계상의 문제가 아닌지도 모릅니다. 만약 그가 아니면, 그 아닌 또 다른 누군가가 님에게 비슷한 경험을 주었을지도 모릅니다. 이것은 어쩌면 정말로 나 자신의 마음과 그로 인한 선택의 결과였는지도 모릅니다.

지금 해야 할 좋은 선택은, 내가 더 좋아하는 사랑은 하지 않겠다고 마음을 닫아 버리는 일이 아닙니다. 자신이 초라하게 느껴지는 것은 분명 인지상정이겠지만, 그렇게 자신을 놓아 두는 것은 결코 좋은 선택이 아닙니다. 지금 해야 할 선택은 먼저 자신을 돌아보는 일입니다. 마음의 어떤 부정적인 부분이 원치 않는 경험을 낳았는지를 돌아보고, 그 부분들을 잘 알아차릴 수 있어야 하는 것입니다.

지금 가져야 할 또 하나의 선택은, 자신을 있는 그대로 인정하고 사랑하는 일입니다. 스스로를 비난하고 초라해 하는 일이 아닙니다. 이런 것을 흔히 자존감-자아존중감-이라고 부릅니다. 자신에게 자부심을 갖고, 긍정적으로 바라보는 자존감이 높은 사람에게는 그에 합당한 일이 일어납니다. 자신을 비하하고, 낮추고, 자신에 대해 나쁜 이미지를 가지고 있는, 자존감이 낮은 사람에게 좋지 않은 일이 일어나는 법입니다. 스스로 그러한 선택을 무의식 중에 반복하기 때문입니다.

지금 님이 가져야 할 선택은 너무나도 명확합니다. 그것은 자신의 내면을 깊이 돌아보고 자존감을 높이는 일입니다. 이제부터는 좋은 선택만을 거듭할 수 있기를, 좋은 일만 가득하기를 진심으로 기원드립니다.

1년 넘게 사귄 남자친구에게 다른 여자가 생겨서 헤어졌습니다. 그동안 정말 믿고 의지하고 사랑했는데, 알고 보니 제가 많이 속고 이용당했고, 그는 바람둥이였다는 것을 알게 되었어요. 오래 진행해 오던 회사 일도 엉망이 되어 버려 그만둘까 생각하고 있어요. 어떻게 새로 시작해야 할지, 앞으로 어떻게 살아 나가야 할지도 고민이에요. 어떤 말이라도 좋으니 도움을 주세요.

지금은 뭔가 일을 바꾸거나 새로운 결심을 할 때가 아닌 것 같군요. 내적으로 공허해진 마음을 바로잡고 현재 있는 자리에서 충실함을 기할 때이지, 새로운 어떤 것을 찾아 나설 때는 아닌 듯합니다.

도화지를 한 장 구해서 책상 위에 펼쳐 보세요. 그리고 그림을 그려 봅시다. 5년쯤 후에 내가 되어 있을 가장 긍정적이고 멋진 모습과 환경을 그려 보세요. 상상이 되나요? 상상이 중요합니다. 내가 정말 잘되어서 원하는 삶을 이루어 살고 있다면, 그때의 모습은 어떨지를 충분한 시간을 들여 구체적으로 상상해 보세요. 그리고 그림으로 그려 보는 겁니다. 그런 상상과 그림만으로도 마음 상태가 좋은 방향으로 바뀔 수 있을 것입니다.

그림이 완성되면 현재가 그림 속의 5년 후라고 상상하면서 지금의 모습을 뒤돌아보세요. 현재가 5년 후의 미래라고 가정하고, 지금 나의 힘든 모습을 상상해 보는 거예요. 그때 지금의 내 모습은 어떻게 보일까요? 아마도 '그때는 나름대로 힘들었지만 아름다운 시간들이었다'고 기억되는 장면들일 것입니다.

미래의 시점에서 과거가 되어 있을 현재를 돌아보면, 그렇게 힘들지도 고통스럽지도 않을 것입니다. 추억과 회상 속의 시간들처럼 그것은 오래된 흑백 사진의 장면과 비슷한 기억들일 테니까요. 그다지 어려울 것도 고통스러울 것도 없습니다. 모두 마음으로 지어낸, 기억이라는 허상으로 인해 고통스러워하고 있을 뿐인 것입니다. 스스로 짊어지고 덮어쓰고 있는 관념들로 빚어진 환상을 벗겨 놓고 보면, 현실이란 그저 아름답게 펼쳐진 경험들일 뿐인지도 모릅니다.

현재에, 지금 여기에서 바라보고 해나갈 수 있는 일들에 마음을 쏟으세요. 너무 완벽하게 하려고 애쓸 필요도 없습니다. 지금 해야 할 일들을 지금 하는 데 온 마음을 쏟는다는 것뿐. 나머지는 시간이 돌보아 줄 것입니다. 사랑의 상처는 결코 시간 앞에 영원할 수 없는 것이니까요.

>> 그녀를 어떻게 이해해야 하는지

저의 애인은 명상하는 사람입니다. 저는 실연의 아픔을 겪은 후 얼마 되지 않아 그녀를 만나 아픈 마음의 많은 부분을 치유 받았습니다. 그리고 서로 사랑하게 되었습니다. 그런데 지금 그녀는 다른 사람을 만나면서 '너를 사랑하지만 육체는 영혼의 도구일 뿐이고 여러 사람을 체험해 보고 싶다'며 이해해 달라고 합니다. 그녀를 어떻게 이해해야 하는지, 그녀의 이야기의 어디까지 맞는 말인지, 핑계만을 대고 있는 건지 너무 답답합니다.

'육체는 영혼의 도구일 뿐'이라는 이야기는 그녀의 '이야기'입니다. 그녀는 그렇게 믿고 있습니다. 그렇게 믿고 있기에 그것이 그녀의 현실인 것입니다. 그녀의 관점에서는 그것이 진실로 보일 뿐입니다. 단지 그뿐입니다.

이제 당신에 관한 '이야기'를 살펴볼까요? 실연으로 마음 아파하던 차에 그녀를 만났습니다. 그녀의 이야기에 귀 기울였고, 그것을 믿고 그녀에게 이끌렸습니다. 그리고 사랑한다고 믿었습니다.

이 이야기는 무엇입니까? 이 이야기는 당신의 '이야기'입니다. 당신은 이렇게 믿고 있습니다. 그러한 관점으로 사건들을 보고 있습니다. 당신의 관점에서는 이것이 진실로 보입니다.

좀 더 객관적인 진실은, 서로가 서로의 이야기를 하고 있다는 것입니다. 그리고 또 하나의 진실은, 두 이야기가 충돌할 때 님의 이야기가 더 견고하지 못하므로 님의 이야기가 깨어지고, 님은 혼란스러워한다는 것입니다. 님은 예전 애인에게서 받았던 상처의 틈을 그녀의 이야기와 관심과 애정으로 메워 왔기 때문에, 그녀와의 트러블을 통해 그 틈이 다시 벌어졌습니다. 그래서 상처 받았습니다. 그러나 그녀는 그렇지 않습니다. 그녀는 그녀의 이야기를 견고히 이어 나가고 있기 때문이지요. 그녀는 앞으로도 계속해서 자신의 이야기를 이어 나갈 것입니다.

원한다면 그녀를 계속 지켜보십시오. 지금 관계를 유지하고 있는 남자와 헤어지면 또 다른 남자와의 이야기를 계속 만들어 가고, 그렇게 계속 그녀만의 이야기는 이어질 것입니다. 그녀 자신의 이야기를 스스로 바꾸거나 멈출 때까지 쉬지 않고 말입니다. 이제 다시 님의 상처를 돌아봅시다.

님은 그녀로부터 치유 받았다는 표현을 썼습니다만, 치유는 타인 또는 외부 요인으로부터 일어나는 현상에 대해 쓰는 표현이 아닙니다. 치료는 타인 또는 외부로부터의 작용을 통해 일어나는 표현에 사용하지만, 치유는 내면의 자연스러운 작용에 의해 일어나는 것을 말합니다. 그녀가 있을 때는 치유되었고, 그녀가 떠나자 다시 상처 받았다는 것은 진정한 치유가 아닙니다. 그저 잠시 님의 상처를 그녀가 메워 준 것이지도 모르지요.

예전의 그녀와의 상처를 지금의 그녀가 메워 주었듯이, 반드시 그녀라야만 하는 것이 아님을 이해하세요. 가장 이상적인 치유는, 그녀 또는 그 누군가가 없이도 스스로 자신의 내면을 돌이켜서 정리하고, 덕지 덕지 덧붙이고 꾸며대는 내면의 이야기를 스스로 멈출 때 일어난다는 사실을 이해하시기 바랍니다.

그녀만 보던 눈을 내면으로 돌리십시오.
이제 눈을 크게 뜨고 이야기 속에서, 환상 속에서 깨어날 때입니다.

사랑하는 사람에게 고백했다가 일방적으로 차였습니다. 저에게 부담을 느꼈는지 어느 날부턴가 전화를 받지 않더군요. 마음이 너무 힘들고 아파요. 어떻게 하면 그녀의 마음을 얻을 수 있을까요?

● 그녀를 돌아오게 하는 일이 전혀 불가능이라고는 할 수 없겠지요. 쉬운 일은 아닐지도 모르지만요. 성경에 보면 '믿음이 있으면 산을 옮긴다'는 이야기가 있습니다. 가장 중요한 것은, 어떤 주변 상황과 조건에도 비켜나지 않는 부동심(不動心)입니다. 걱정과 불안에 떨지 않고, 흔들리지 않는 마음 말입니다. 그녀가 수십 번, 수백 번 외면한다 해도 꿈쩍 하지 않는 마음과 사랑이면, 마음을 움직이는 일이 불가능한 것만은 아니라고 봅니다.

혼자서 찔끔거리고 그녀의 작은 반응에도 흔들리는, 그런 마음으로는 어림도 없습니다. 마음을 강하게 먹으세요! 그녀의 마음을 얻기 위해 현 상황에서 할 수 있는 최선의, 그리고 적절한 노력을 하세요. 포기하지 말고! 그녀의 마음을 얻는 그날까지! 하늘이 두 쪽 나도 끝까지 해내리라는 마음과 하늘도 감동시킬 만한 노력이면, 그녀의 마음뿐 아니라 누구의 마음이라도 움직일 수 있습니다.

지성이면 감천이라고 했습니다.

좌절은 그녀에게서 오는 것이 절대로 아닙니다.

좌절은 바로 나 자신에게서 오며,

오직 자신만이 허용할 수 있는 것입니다.

좌절에 결코 굴하지 않는 의지와 부동심으로

건승하시길 빕니다.

» 짝사랑은 이루어지지 않는다?

몇 년째 짝사랑을 하고 있고, 그 사람 이외에는 관심도 없습니다. 그는 내게 있어서 이 세상에서 다시 찾을 수 없을 만큼 유일하고 독특하게 여겨집니다. 하지만 많은 잠재의식 관련 서적들에서 '짝사랑은 항상 이루어지지 않는다, 특정 상대를 심상화하지 말라, 집착하지 말라, 무조건 베풀기만 하는 것이 진정한 사랑이다'라고 읽었습니다. 이해는 하지만 정말 답답합니다. 저에게 희망을 주세요.

짝사랑이든 어떤 사랑이든, 사랑을 하고 계신다니 무엇보다도 우선 축하드립니다. 그런데 참으로 이상하고도 재미있는 신념을 가지고 계시네요. '짝사랑은 이루어지지 않는다' 는 이야기에 대해서 저는 금시초문입니다만, 책들을 통해서 잘못 이해하신 것으로 여겨집니다. 제가 보기엔, 님이 원래 가지고 있던 짝사랑에 대한 부정적인 믿음을 통해서 그와 유사한 이야기들을 읽을 때마다 과다하게 부정적으로 해석하신 것으로 보이는군요. 특정한 상대를 끌어오기 위해 심상화하는 것은 그다지 추천할 만하지 않다는 이야기는 있을 수 있겠지만, 그렇다고 해서 '짝사랑은 이루어지지 않는다' 라니요?

그렇게 중요한 상대라면 다른 생각은 떠올릴 필요도 없습니다. 될 때까지 대시하세요! 요즘은 여자가 남자에게 대시하는 것도 흔한 세상인데, 잠재의식이고 뭐고 다 필요 없으니 그냥 될 때까지 하세요. 좀 무모하다 싶어도, 좀 억지스럽다 싶어도 밀어붙이세요. 오직 원하는 것만 생각하고, 집중하세요. 안 된다는 생각은 없는 겁니다. 적어도 불가항력적으로 불가능한 사태가 발생하기 전까지는 말이죠.

부정적인 마음과 짝사랑은 이루어지지 않을 거라는 마음 따위는 모두 버리고, 그의 마음을 얻는 데 도움이 되는 것들에만 집중하세요. 그리고 절대로 자신의 마음을 흔들리게 내버려 두지 말고요. 이제부터 시작입니다. 되고 안 되고 하는 생각이나 걱정은, 할 수 있는 모든 노력을 다한 이후에 해도 절대로 늦지 않을 것입니다.

스스로에게 희망을 주세요. 희망도 결국 자신으로부터 나오는 것이니까요.

사랑하는 사람이 있지만, 그의 모든 것을 포용하며 절대적인 사랑을 할 자신이 없습니다. 그의 좋은 점만 사랑하고 싶지, 그렇지 않은 면까지 사랑할 자신이 없습니다. 저의 마음이 사랑으로 충만해 있지 않은 것을 알기에 그를 사랑할 자격이 없다 여겨집니다. 그래서 사랑이 두렵습니다.

생각은 하늘에 떠가는 구름과 같습니다. 생각은 그냥 떠다니는 구름입니다. 아무도 생각을 완전히 멈출 수는 없습니다. 그러나 떠다니는 구름 중 자신에게 가까이 오는 것이라 해서, 그 구름에 대해 심각하게 생각하고 판단할 때 스스로 괴로워지게 됩니다.

구름을 그냥 구름으로 바라보십시오. 생각을 그냥 생각으로 바라보세요. 나에게 다가온 생각이 반드시 나만의 생각일 거라 집착하지 마세요. 그저 떠오르는 생각은 그대로 지나치도록 놓아 두세요.

좋은 사람이 다가오고 스쳐 지나갑니다. 그들에게 환상을 품는 것도 생각이었고, 그런 나를 판단하는 것도 생각이었습니다. 그런 생각들 속에서 스스로 괴로워했습니다.

누구도 '완벽한 실재'를 볼 수 없습니다. 인간의 감각적 한계와 사고적 특성에 따라 생각으로 인해 투영된 왜곡된 현실을 보고, 우리 생각을 투사하며 재창조된 세상을 바라보며 살아갈 뿐입니다. 누구나 그러합니다. 그러나 그 속에서 누구는 행복을 보고, 누구는 괴로움을 느낍니다. 차이는 마치 구름처럼 지나치는 생각을 스스로 어떻게 받아들이고 어떻게 투사하느냐에 달려 있는 것이지요.

완벽하게 순수한 사랑을 해야 한다고 집착하고 자신을 가두기보다는, 그저 현재 서 있는 자리에서 사랑이라고 여겨지는 것을 있는 그대로 받아들이는 것은 어떨까요? 언젠간 또 깨지겠지요. 하지만 그 속에서 무언가를 배우게 될 것입니다. 그리고 또 무언가가 오면 거부하지 말고 도피하지 말고 받아들이는 것입니다. 그러면 또 배우게 되겠지요. 다만 일부분이라도 사랑하는 것이, 완전한 사랑에 자신이 없어 전혀 사랑하지 않는 것보다 훨씬 낫지 않겠습니까? 그래서 다음번엔 더 크고 순수하게 사랑할 수 있게 되지 않을까요?

자신을 생각 속에 가둬 두지 마세요. 자신을 가둔 생각으로 이루어진 항아리는 성장하지 못하도록 제한합니다. 병에 넣어 키운 열매는 딱 그 병의 크기까지만 자랄 수밖에 없는 것입니다. 언제까지나 생각 속으로만 도피할 수는 없습니다. 결국 언젠가는 항아리를 깨뜨리고 나와 넓은 세계로 성장해 나가게 될 테니까요.

» 아무것도 해줄 수 없는 나

사랑하는 사람이 있는데 해줄 수 있는 게 아무것도 없어요. 이런 내가 너무 작고
보잘것없이 느껴져서 초라하네요. 그래서 화가 납니다.

➡   사랑하는 사람에게 마음을 주세요. 우리는 어떤 이에게 사랑
하는 마음을 떠올리는 것만으로도 엄청나게 큰 것을 줄 수 있는 존재입
니다. 마음을 보내면 마음이 갑니다. 정말로 마음이 간다는 말입니다.

마음은 눈에 보이지 않는 에너지로, 눈으로 감지할 순 없지만 진정으
로 작용하는 구름처럼 날아가 그의 주위를 맴돌 것입니다. 이것은 그리
가깝지 않은 미래의 과학이 밝혀낼 사실입니다.

그러니 아무것도 해줄 수 없다고 체념하지 마세요. 그 사랑을 단념하
지 말고 그에게 사랑을 주세요. 진정 사랑한다면 마음만으로도 엄청난
일을 하는 것임을 믿으세요.

» 그와 그녀가 함께 있는 상상

좋아하는 사람과 멀리 떨어져 있어요. 그런데 그의 앞에 다른 사람이 나타나고, 그 후부터 너무나 마음이 불안하고 힘들어졌어요. 자꾸 짜증 내고 집착하고 조바심 내고, 그와 그녀가 함께 있는 상상 때문에 너무나 힘듭니다. 내가 이러니까 그도 흔들리는 거 같아요. 내가 이래도 그전처럼 이해하고 따뜻하게 감싸 줄 거라 생각했는데 아닌가 봐요. 혼자 너무 집착하고 힘들어하는 내가 너무 바보 같아요.

➡ 우리가 현실을 살아가면서 자신을 움직이게 만드는 동인(動因) 두 가지는 '필요'와 '고통'입니다. 목이 마르면 물을 마시기 위해 필요에 의해 몸을 움직이고, 목이 마름에도 불구하고 움직이지 않다가(귀찮다는 등) 더 심해지면 갈증으로 인한 고통 때문에 몸을 움직이게 됩니다.

마음을 다스릴 필요를 만들어 봅시다. 마음을 다스리지 않아 얻게 될 고통을 상상해 봅시다. 님이 계속 짜증 내고 집착하고 조바심 내고 아파하고 힘들어하면, 그 사람은 점점 더 심하게 흔들릴 것입니다. 그 때문에 결국 헤어지게 될지도 모르지요. 상상력을 동원해서 상상해 보세요. 그리고 느껴 보세요. 그런 결과를 통해 느끼게 될 고통을. 그리고 짜증 나려 할 때 집착하려 할 때 조바심 나고 힘들어지려고 할 때마다, 지금 상상하면서 느낀 고통을 떠올려 보세요. 몇 번만 떠올려 보면 어째서 마음을 다스려야 하는지 분명히 이해하게 되고, 습관이 될 수 있을 것입니다.

그의 마음은 님이 어쩔 수 없는 것이라는 사실을 이해하셔야 합니다. 내가 고통스럽게 발버둥치고, 좋은 일만 생기기를 아무리 바란다 해도, 관계란 두 사람이 함께 만들어 가는 일입니다. 혼자서의 조바심으로 결정되는 일이 아니라, 그의 결정에 큰 영향을 받을 수밖에 없는 일이라는 사실을 확실히 알아야 합니다.

옛말에 진인사대천명(盡人事待天命)이라고 했지요. 지금 할 수 있는 일은 내 마음을 다스리는 것뿐입니다. 그것이 더 나은 관계를 이어 나가는 데도 도움이 될 것입니다. 지금 할 수 있는 일은 거기까지입니다. 그와 내가 계속 잘되고 아니고는 나 혼자 결정할 수 있는 일이 아닙니다. 그러므로 마음을 놓아 버리는 노력이 필요합니다. 그리고 나서야 일은 순리대로 이어져 나가게 될 것입니다.

친구의 애인에게 자꾸 관심이 갑니다. 그를 사랑하게 된 것 같아요. 저는 어떻게 해야 할까요?

●   어떠한 상황에서든 사랑에 대한 결정은 전적으로 님 자신의 책임입니다. 자신의 가치관에 따라 스스로 결정하고, 그에 관한 책임을 지면 되겠지요. 사람마다 중요하게 여기는 가치가 다릅니다. 어떤 이에게는 사랑이 가장 중요한 가치일 것이요, 또 어떤 이에게는 마음의 평화를 지키는 일이 최우선적인 가치일 것입니다.

제가 만약 님과 비슷한 처지에 있다면, 제 개인적인 삶의 주관으로는 그런 사랑을 따르지 않겠습니다. 저와 이미 관계 맺고 있는 사람이나 가정이 있음에도 불구하고, 내 마음이 누군가 다른 이와의 사랑에 빠지도록 허용하는 상황이 일어나도록 절대로 내버려 두지 않겠습니다. 그렇게 어려운 상황에서는 평화로운 마음을 유지하기가 쉽지 않을 것입니다. 저는 스쳐 지나갈 사랑보다 평화로운 마음을 훨씬 더 중요하게 여깁니다. 마음의 평화를 원합니다. 평화로운 관계를 원합니다. 불필요한 사건의 씨앗을 뿌리도록 마음을 방조해서 기존의 관계를 어렵게 만들고, 책임지기 어려운 일을 만들고, 스스로 고통 속에 빠지는 상황을 만들기를 원하지 않습니다. 그래서 이러한 생각에 맞는 행동을 선택하고 그에 대한 책임을 지겠습니다.

　미래가 예상되는 좋지 않은 씨앗을 뿌리지 마세요. 비록 그 사랑이 순수할지라도, 그 사랑이 확실히 이루어질 보장이 되어 있다 하더라도, 자신을 비롯한 주변의 이들에게 얼마나 큰 고통을 가져오는 씨앗을 뿌리는 일입니까? 남의 사람을 빼앗아서 내가 편하겠습니까? 연인이 있으면서 다른 이에게 옮겨 온 그의 마음은 편하기만 할까요? 남에게 연인을 빼앗긴 사람은 얼마나 괴로울까요?

　많은 경우에 가장 고통스러운 결과는, 이것과 저것 사이에서 '나의 힘으로는 이 상황을 어찌할 수 없다'는 허망한 믿음을 표류하는 데서 오는 것입니다. 아직은 얼떨결에 뿌려진 씨앗이라면 거둘 수 있을 때 거두십시오. 그러나 정녕 다시 거둘 수 없는 씨앗이라면, 그 사랑을 할 수밖에 없다면, 뒤돌아보지 말고 사랑하십시오. 순도 100퍼센트의 순수한 사랑만을 하세요! 그리고 그에 따르는 모든 결과에 대해 전적으로 책임지는 마음을 가지면 되는 것입니다.

　눈에 뻔히 보이는, 평화롭지 않을 사랑을 굳이 선택해야 한다면 그리하십시오. 다만, 삶의 모든 선택과 책임은 전적으로 자신에게 달려 있는 것임을 반드시 기억하시기 바랍니다.

>> 나에게 마음을 빼앗긴 남자들이 주는 고통

20대 초반의 여대생입니다. 남자가 많은 과라서 그런지, 여러 남자들이 저에게 사랑하는 감정을 갖게 되었다고 합니다. 하지만 저는 그들 모두가 부담스럽고, 이런 상황이 너무 힘듭니다. 저를 좋아하는 남자들도 제가 마음을 받아 주지 않아서 힘들어합니다. 저는 공부에 전념하고 싶은데, 이런 일들 때문에 집중도 잘 안 되네요. 차라리 학교를 포기하고 싶은 마음까지 듭니다. 저만 없으면 이런 일도 없을 텐데요. 하지만 저의 미래를 위해서라면 그런 결정을 내려서는 안 되겠죠?

일단은 그와 같은 사건들에 대해서 사실 그대로를 인정할 필요가 있습니다. 님에게 마음을 빼앗겼지만, 그 마음을 받아 주지 않기에 괴로워하는 사람들. 이것은 그저 일어나는 사실일 뿐입니다. 이런 사실들로 괴롭거나 그렇지 않거나 하는 것은 전적으로 님 자신의 마음의 선택에 달려 있는 것입니다. 어떤 사람들은 님과 똑같은 상황에 처해서도 괴로워하지 않고 무덤덤하게 반응하기도 합니다. 그런데 왜 님은 유독 학교를 포기해야겠다 싶을 만큼 괴로워하는 것일까요? 그것은 반드시 상황이 그렇기 때문이라기보다는 님의 마음 구조가 그렇게 작용하도록 되어 있기 때문인 것입니다.

먼저 일상 속에서의 집중력을 키워 보도록 하세요. 자신의 미래와 공부에 집중하시라는 말입니다. 자신을 괴롭히는 생각들에 마음을 내어 주지 않으면 괴롭지 않을 것입니다. 물론 어떤 생각을 하지 않으려 하고, 생각을 비워 두고자 한다고 해서 아무 생각도 하지 않을 수는 없는 노릇이지요.

원치 않는 생각과 상황들로부터 마음을 비우려 애쓰기보다는 그와 다른 생각에 강하게 집중해야 합니다. 님의 경우에는 공부에 욕심이 있으니, 앞으로 만들어 가려고 하는 좋은 미래와 현재의 공부에 집중하세요. 원치 않는 것이 아닌, 원하는 것에 강하게 마음을 집중하세요. 절대로 원치 않는 생각들에 자신을 내어 주지 마세요! 자신의 마음을 깊이 들여다보고 통찰하는 힘을 키우는 명상과 같은 방법을 통해 꾸준히 훈련하는 것은, 원하는 것에만 집중하도록 힘을 키우고 마음의 평화를 유지하는 데 큰 도움이 될 것입니다.

혹시라도 동정심으로 님에게 매달리는 그들을 편안하고 따뜻하게 대해 주지 마세요. 그러면 그들은 쉽게 희망을 버리지 못할 것이고, 결과적으로 님과 그들의 괴로운 관계는 계속 유지될지도 모릅니다. 너무 남들의 마음에 휘둘려 스스로 아파할 필요까지는 없습니다. 마음의 차원에서 볼 때, 내가 나의 생각을 다스리지 못해 고통을 선택하게 되는 것과 마찬가지로, 결국에는 그들 역시도 각자 자신의 마음으로 고통을 선택하는 것이기 때문입니다.

나를 좋아한다고 따라다니던 남자가 다른 여자가 생겼다고 소식을 전해 왔습니다. 궁금해서 그녀에 대해 알아봤는데 꽤 괜찮은 사람이었어요. 내가 좋다던 그가 다른 여자에게 가버려서 내가 많이 속상한가 싶었는데, 가만히 들여다보니 그녀와 내가 너무 비교되고 부러워서 그런 거였어요. 생각할수록 너무 답답하고 화가 납니다.

→ 당신이 태어난 목적은 무엇일까요?

당신이 삶을 선택한 목적은 무엇일까요?

당신이 지금 이렇게 살아가고 있는 목적은 무엇일까요?

마음속 깊은 곳에서는 그것에 목말라 합니다.

영혼은 그것에 목말라 합니다.

분명히 무언가가 있습니다. 그러나 얕은 마음으로만 살아온 당신은 그것을 알지 못합니다. 그러한 고민을 이제 시작하고 갈증을 느끼기 시작한 당신은, 아직 그것을 알아낼 만큼 깊은 마음을, 영혼의 외침을 듣지 못합니다.

그녀처럼 잘나고 싶다.

그녀보다 멋지게 살고 싶다.

나태하게 정체되어 있는 듯한 이 생활이 싫기만 하다.

이러한 혼란들은 당신의 진짜 마음이 아닐지도 모릅니다. 어쩌면 진짜 마음은 진정한 영혼의 목적을 찾고 길을 따르고 싶다는, 그래서 그것을 이루고 싶다는 열망인지도 모릅니다. 비교와 나태함으로 점철된 지금의 생활과 마음은 진정한 그것을 찾지 못한 부작용인지도 모릅니다.

남과의 비교를 통해 더 나아지고자 시작된 모든 노력의 궁극적인 결과에 대해서 진지하게 떠올려 보십시오. 아무리 외견상으로나 물질적으로 더 나아진다 해도, 나보다 더 나은 사람은 반드시 존재합니다. 따라서 아무리 외적으로 더 좋은 조건을 갖춘다 해도 언제나 제자리걸음을 하게 될 뿐입니다. 더 나은 자신이 되려는 모든 시도가 외견상으로 볼 때는 비슷해 보일지 몰라도, 진정한 보물을 찾는 길은 '비교'를 통해서가 아닌 '진정한 자신'을 찾음으로써 발견하게 될 것입니다.

이제 '진정한 나'를 찾아 마음의 여행을 떠나 보시기 바랍니다. 진정으로 원하는 목적을 찾고, 나라는 존재도 찾으세요. 그러한 여행 속에서 마음에서 일어나는 갈증을 마음껏 풀어 가시기 바랍니다. 그것이 무엇인지, 그것을 어떻게 풀어 나갈지, 오직 당신 자신만이 알고 있습니다. 왜냐하면 그것은 당신의 마음과 영혼 안에 숨겨진 보물이니까요.

그 여행을 혼자 해야 한다는 사실이 혹시 두렵습니까? 답답합니까? 사실은 말이지요, 당신이 보고 있는 모든 주위의 사물과 일어나는 일들이 그것을 알려 주기 위한 지표로 작용하고 있다는 것을 알아야 합니다. 단지 스스로가 눈을 감고 있어서, 그것을 보지 못하고 있을 뿐임을 알아야만 합니다.

  그대에게 숨겨진 영혼의 보물을 찾아가는 여행에 축복이 가득하기를 기원드리겠습니다.

진정으로 서로 아끼고 사랑하며 험난한 세상을 함께 헤쳐 나갈 동반자를 꿈꾸지만, 언제 어떻게 만날지 궁금합니다. 그 사람이 나타나면 내가 어떻게 확신을 가질 수 있을까요? 알아볼 수 있을까요? 선택한 후 후회되면 어떡하나요? 점점 나이가 들어갈수록 외로움이 커지고, 누군가를 만나야 한다는 강박관념에 시달립니다. 어떻게 하면 좋을까요? 내 짝은 도대체 언제 나타날까요?

백마 탄 왕자님을 기다리지 마세요. 나이에 너무 구애 받지 말고 적극적으로 많은 만남을 가지세요. 다양한 사람들을 만나 보세요. 자유롭게 가슴이 뛰는 대로 마음을 열고 사랑을 하세요. 그렇게 만남을 가지다 보면, 서로 진정으로 아끼고 사랑할 동반자를 알아보는 눈을 가지게 될 것입니다.

사랑도 경험이 필요합니다. 처음에 그것은 너무 밝고 뜨거워 우리 눈을 멀게 만듭니다. 외로움과 적적함으로 가득 찬 얼음나라에 살다가 갑자기 사랑을 만나면, 그것을 제대로 알아보거나 판단할 수 없습니다. 그래서 익숙해지기 위한 경험이 필요한 법이지요.

사랑과 결혼은 다릅니다. 사랑은 약간의 아픔을 참으면 언제고 되돌릴 수 있지만, 결혼은 그러기가 어렵습니다. 선택한 후에 후회하면 몹시 큰 흉터를 남기게 됩니다. 결혼은 반드시 신중해야 할 일생일대의 결정입니다. 너무 급히 서두르지 마세요. 서두르다 잘못되는 결혼보다는 아무 일 없는 것이 천 배 만 배 나을 것이기 때문입니다.

　누군가 이성이 곁에 없어도 많이 외롭지 않을 수 있도록 자신을 가꾸고, 마음 다스리는 법을 배우세요. 혼자 있을 때 많이 외롭다면, 결혼 후에도 그 외로움은 크게 달라지지 않는 법입니다. 외로움의 모든 부분을 상대방이 채워 줄 수는 없습니다. 반드시 혼자서 채워야만 하는 부분이 있기 때문입니다.

>> 집에서 반대하는 사랑

사랑하는 사람이 생겼습니다. 자상하고 따뜻한 사람이지만, 집에서는 조건이 좋지 않다고 결혼을 반대합니다. 하지만 그가 너무 좋고 마음에서 버릴 수가 없어요. 저는 어떻게 해야 하나요?

결혼에 있어서 결코 조건이 다는 아닐 것입니다. 많은 조건들이 시간이 지나면 바뀌게 마련입니다. 부모님이 틀리고 님이 옳을 수도 있습니다. 또 지금은 그랬던 것이 나중에는 역전될 수도 있겠지요. 지금은 아무것도 확실히 알 수 없습니다. 지금 가장 확실히 알 수 있는 것은 님의 마음인지도 모르나, 이 또한 확실히 알 수는 없는 것입니다. 확고한 결심과 의지가 없다면, 시간이 흐르면 달라질 수도 있는 것이 사람의 마음이기 때문입니다.

가능하면 시간과 여유를 두고 조금은 지켜보시기를 바랍니다. 2~3년 정도? 그 시간 동안 어떻게 결혼을 하지 않고 기다리고, 주위의 압력을 어떻게 이겨 낼 수 있을까요? 평생을 압축시킨 짧은 시간 동안 강도 높은 트레이닝을 겪어 낸다고 여겨 보세요. 정말로 사랑하는 그 사람을 지금보다 3년 뒤에 만났다고 상상해 보면 어떨까요? 그래도 그렇게 터무니없게만 느껴질까요?

그렇게 한 번 지켜봅시다. 평생을 함께하고 싶은 사람이라면, 여유를 가지고 천천히 지켜보면서 상황을 이겨 내 봅시다. 주위에 보여 줍시다. 그리고 훗날 당당히 말합시다. 이렇게 어려운 환경 속에서도 꿋꿋이 참아 내고 이겨 내었노라고! 그 사이 많은 일들이 일어나고, 모든 것이 불 같던 관계 속에서 많은 일들이 스스로 제 모습을 드러내게 되겠지요.

성급함은 일을 그르친다는 사실을 잊지 마세요. 젊은 날의 불 같은 사랑은 너무도 쉽게 깨어질지 모르고, 그것을 지켜 낼 수 있는 방패는 여유로움과 인내일 수밖에 없다는 사실을 꼭 기억하시기 바랍니다.

저는 궁합에 많이 의지를 하지만, 지금까지 도움이 된 일은 거의 없습니다. 하지만 어머니는 궁합이 꼭 필요하다고 생각하십니다. 궁합이 실제로 존재하는 것이며, 좋고 나쁨이 실제로 만남에 있어 얼마나 큰 영향을 끼치는지 궁금합니다.

➡ 궁합이라는 것은, 자유연애가 불가능하던 시절에 어쩔 수 없이 두 사람이 잘살지를 맞추어 보기 위한, 최소한의 정보의 출처로서 나온 것이라 생각됩니다. 허나 지금은 시대가 달라졌습니다. 얼마간이라도 사귀어 보지 않고 결혼하는 사람의 수가 얼마나 되겠습니까?

직접 만나서 그의 요모조모를 따져 보십시오. 현실적인 조건만 재어 보라는 이야기는 절대 아닙니다. 물론 그것도 하나의 기준에 포함될 수는 있겠지만, 그 사람의 인격, 성격, 미래의 비전 등 종합적인 인간상을 그려 보세요. 그러면 그 사람에 대해서 알게 되지 않겠습니까? 나와 그가 잘 맞는지 아닌지를 알게 되지 않겠습니까?

그러면 된 것입니다. 서로가 어느 정도 적절하다고 생각되면 결혼해서 살면서 맞추어 가는 겁니다. 100퍼센트 딱딱 맞아 떨어지는 사람은 참으로 드무니까요. 단 이렇게 자신의 눈으로 직접 보는 궁합을 확인하려면 사람 보는 눈을 필수적으로 키워야겠지요. 그의 현재 모습보다는 비전을 보고, 사람 됨됨이를 보고, 나와 잘 맞는지 아닌지 성격을 맞추어 보는 일도 중요할 것입니다.

만약 얼굴 한 번 못 보고 결혼해야 하는 처지라면, 반드시 궁합에 의거하여 결혼하시기 바랍니다!

- 궁합 및 사주에 대해 덧붙이는 이야기

궁합이 시대착오적 미신이며 근거 없다는 이야기는 절대 아닙니다. 이런 체계는 동양의 수준 높은 철학이자 과학이라고도 말할 수 있을 것입니다. 하지만 현실적으로 사주나 궁합을 직업으로 삼는 이들 중 많은 이들이 충분한 실력이나 경륜을 지니지 못하고, 경솔한 언변을 늘어놓기까지 합니다. 사주라는 삶을 알려 주는 일종의 암호와 같은 코드를 놓고, 그들 대부분은 올바른 해석을 하지 못하거든요. 만약 스스로 자신의 운명을 풀이하고자 하는 마음이 있다면 직접 배워 보는 것도 좋겠지요!

›› 궁합 탓일까요?

한 시간 정도 떨어져 있는 조금 먼 곳으로 직장을 옮긴 후부터 시간 때문에 남자 친구와의 관계가 나빠졌습니다. 궁합이 정말 맞는 걸까요? 언젠가 궁합을 보았는데 나쁘게 나왔거든. 노력한다고 애쓰고 있지만, 달라지는 것 없이 늘 제자리인 것만 같아요. 이런 게 궁합 탓일까요? 헤어지기도 어렵고 계속 만나기도 힘들어요.

결론부터 말하자면, 두 사람의 관계는 궁합이 만들어 내는 일이 아니라 두 사람의 마음이 만들어 내는 일입니다. 먼저 궁합이라는 것이 무엇인지 제대로 이해하셔야 합니다. 또한 궁합에 대해서 알기 위해서는, 그보다 먼저 사주가 무엇인지에 대해서도 알아보아야 합니다.

많은 심리학적 견해들이 인간의 선천적으로 타고난 부분보다는 후천적인 환경에 의해 형성되는 성격을 중요시합니다. 하지만 거의 비슷한 환경에서 자라는 형제들에게조차도 성격이나 적성 등이 상당 부분 차이를 보입니다. 사주라는 것은, 생년월일시를 통한 음양오행의 원리가 적용된 십간 십이지와 같은 동양철학의 상징화되고 암호화된 코드로, 그 사람의 타고난 부분을 보여 주는 것입니다. 즉 그 사람을 직접 보지 않더라도, 사주를 통해 일종의 마음의 특성을 알 수 있도록 해주는 것이지요.

궁합이란 과거에 유난히 그 필요성이 대두되었을 것입니다. 궁합은 두 사람이 서로 만나 보지 않은 상태에서 함께했을 때 마음들이 어떻게 작용할까, 잘 맞을까 아닐까를 확인하는 도구였지요. 과거에 얼굴도 못 보고 결혼할 때는 이런 과정이 필수였겠지만, 지금은 누구나 가장 확실한 궁합을 볼 수 있습니다. 서로의 마음이 잘 맞는지 아닌지는, 만남의 횟수가 늘어나면서 자연스럽게 알게 되지 않나요?

서투르게 사주와 궁합 보는 이들의 말보다(사실상 제대로 볼 수 있는 이는 꽤나 드뭅니다) 몇 배 더 정확한 것을 본인들은 알고 있을 것입니다. 서로가 심적으로 환경적으로 잘 맞는가 아닌가 하는 점 말입니다. 조금만 마음을 차분히 하여 집착을 배제하고 살펴본다면, 서로가 얼마나 잘 맞는지 알아보는 일은 그리 어렵지 않을 것입니다. 물론 님과 남자친구도 알고 있을 겁니다. 그런데 타인의(사주 보는 이) 경솔한 몇 마디에 일희일비하면서 그토록 의존할 필요가 어디에 있습니까?

어찌 보면 궁합을 보는 것보다 더욱 어리석은 일은, 서로가 맞지 않아 고통스러워하면서도 지나온 시간들이 아깝기에, 혹은 새로 만들어가야 할 미래의 시간들을 감당할 자신이 없기에, 계속해서 그대로 살아가는 일일지도 모릅니다. 자신의 마음을 바꾸지도 못하고, 맞지 않는 줄 알면서도 상대를 바꾸지도 못하고…… 그렇게 결혼하고 아이가 생기면 어찌 됩니까? 가족들의 관계가 얽히고, 더 많은 시간이 지나면 지날수록 더 힘들어지겠지요.

어떤 선택을 하든 그것은 전적으로 자신의 자유이고, 또 결과적으로 자신이 책임져야 할 일입니다. 님은 지금의 남자친구를 계속해서 만나며 똑같은 마음을 가지고 고통스러워할 수도 있고, 계속 만나며 마음을 바꾸어 성장과 자기 성찰의 기회로 삼을 수도 있으며, 헤어질 수도 있을 것입니다.

현실에서의 일이 어떻게 펼쳐지든, 그 사건들을 자기 영혼의 성장을 위한 좋은 계기로 받아들일 수 있을 것입니다. 그러나 대부분의 사람들은 그러지 못하고 있습니다. 어쩌면 인류가 직면한 가장 큰 문제는, 이미 주어진 너무 큰 자유를 감당해 낼 자신이 없는 것인지도 모릅니다.

앞에서 잠깐, 사주가 우리의 마음을 보여 주는 암호 같은 것이라고 말씀드렸습니다. 또한 사주는 우리네 운명의 흐름을 보여 주기도 한다는 사실을 통해 유추하여 볼 때, 결국 우리 운명은 마음에 달려 있는 것이라 풀이할 수 있습니다. 부디 현명하고 지혜로운 선택과 처신으로 님의 마음을 바꾸고, 그로 인해 운명을 보다 긍정적이고 밝은 방향으로 풀어 나가시기를 바랍니다.

>> 남편을 믿고 싶지만

연애를 1년 정도 하고 결혼을 했습니다.

간단히 적자면, 지금 신랑은 무척이나 무뚝뚝한 성격이신 아버님을 보고 자란 장남이라서 그런지 무척이나 무뚝뚝합니다. 애교도 부리긴 하지만, 제가 보기에는 무척이나 무뚝뚝한 성격이라고 생각합니다.

전 예전에는 애교도 많고 그랬는데, 이 사람 만나 살다 보니 저도 자연스럽게 그 애교스러움이 반 이상 사라져 버렸어요. 물론 제 나름대로 그 애교를 없애지 않으려고 노력은 합니다. 하지만 그 애교도 받아 주지 않을 땐 가끔은 혼자 무척이나 상심하고 가슴 아파하죠.

결혼한 지는 한 3개월 정도 되었고, 지금은 시댁에서 살고 있어요. 처음에 이곳에서 적응하는 것이 어찌나 힘들던지 혼자 많이 울고 그랬어요. 가슴 아파하면서요. 그래도 신랑은 모르죠. 요 며칠은 좀 덜하지만, 그래도 좀 귀찮아 하는 것도 많고, 자긴 그런 식으로 이야기를 하는 것이 아닌데도 받아들이는 전 그 말이 얼마나 싫은지 모릅니다. 그래서 솔직히 저도 가끔은 이야기합니다. 이러지는 마라, 좀 더 다정하고 다감하게 이야기해 주고, 내가 애교 부리면 가끔은 받아 달라고 말입니다.

그런 것은 다 좋습니다. 예전부터 내가 자기를 믿지 않는다고 생각을 하더군요. 그래서 신랑도 저한테 믿으라고, 자길 더 믿어 달라고 이야기를 하곤 했죠. 근데…… 이런 말을 한 사람이 일주일 전에 저에게 거짓말을 했습니다. 친구 만나고 온다고 하면서 다른 사람을 만나고 왔습니다.

원래 만난다는 친구는 저도 아는 친구거든요. 그날은 그래도 집 근처에서 밥을 먹고 온 겁니다. 조금의 의문을 지닌 채 그냥 잊으려고 노력했었죠. 근데 어제 또 그 친구와 다른 친구를 강남에서 만나고 온다고 그러더군요. 근데 알고 보니 아니었습니다.

혼자 많은 생각을 했습니다. 나한테 거짓말을 한 이유가 뭘까? 물론 예전에 알던

»

여자를 만나고 온 건 확신합니다. 밥 먹고 술까지 한잔 하고 왔더군요.
제가 오빠가 허튼 짓 할 사람이 아닌 것은 압니다. 그런데…… 그렇게까지 거짓말을 하는 사람이 저에게는 믿어 달라고 하니 좀 실망스럽고 화도 납니다.
내 자신을 이해하려고 해도 안 되네요. 잘 안 됩니다.

오빠 성격상 내가 이런 사실을 알고 이야기하면 자기가 더 화내고 기분 나빠합니다. 어찌 해야 할지, 그냥 혼자 또 아무렇지 않은 듯이 잊어야 하나요? 전 기억력이 너무 좋아서…… 그리고 잊기가 너무 힘듭니다.
답답합니다. 그 사람을 믿자 하면서도, 그 사람의 이런 행동을 볼 때면 내 자신이 힘드네요…… 너무나도…….

그 사람 성격은 자존심이 무척 강해서…… 답답합니다…….

– 나를 사랑하자 님의 글
(나를 사랑하자 님의 허락을 받아서 전체 글을 올립니다.)

➡️　　　　상대방을 나의 뜻대로 바꾸려는 노력은 헛된 것입니다. 상대방이 나의 말로써 조금씩이나마 바뀌어 갈 수는 있겠지만, 그렇게 바꾸기 위한 백 마디 말 때문에 나 자신이 더욱 괴로워집니다. 자기 자신을 바꾸는 데 드는 노력도 보통이 아닌데, 어찌 한갓 말로써 상대방을 쉽게 바꿀 수 있겠습니까?

차라리 나를 괴롭히는 그 고통을 향한 노력을 완전히 내려놓으세요.

차라리 자신을 바꾸는 노력을 하세요. 물론 냉담하게 사랑을 포기하라는 이야기는 절대 아닙니다. 그것은 또 다른 상처와 고통을 낳고야 말테니까요. 사랑으로 자신을 변화시키는 노력을 하세요. 상대방에 대한 사랑의 끈을 절대로 놓지 말고, 나 자신을 그 사랑으로 바꾸어 좋은 관계를 만드는 노력이 필요할 것입니다.

둘째로 거짓말을 하고 만난 여자 문제에 대해서는 '예전에 알던 여자'라고 하셨는데, 예전에 사귀던 여자인지 아니면 그저 친구로 지내던 사람인지 궁금하네요. 친구로 지내던 사람이라고 가정하고 말씀드린다면, 모든 행위 뒤에 사실은 긍정적인 의도가 숨어 있다고 합니다. 지금 님과 남편의 사이에 좋은 사랑의 싹이 자라는 중이라고 한다면, 남편은 그 사랑의 싹에 혹시라도 찬물을 끼얹는 말과 행동을 하지 않기 위해서 선한 의도로 님에게 둘러댔을 수 있다는 것이지요. 님이 편안하게 받아들이지 못할 것을 염려해서 둘러댔을 수 있다는 것입니다.

혼자서만 속으로 끙끙 앓지 마시고 진정으로 사랑하는 남편이라면 마음을 활짝 열고 있는 그대로를 터놓아 보시기 바랍니다. 솔직한 것이 가장 큰 무기라는 말이 있듯이 말입니다. 단, 부정적인 감정이 강하게 섞인 상태로 말을 건네는 것은, 상대방에게 같은 감정을 만들어 대화를 어렵게 만들겠지요. 님 자신의 마음을 먼저 편안하게 다스린 후에, 좋은 분위기에서 상대방을 배려하면서 조심스럽게 이야기를 꺼내 보는 요령이 필요할 것입니다.

마지막으로 꼭 당부드리고 싶은 말씀은, 너무 자신의 입장에서만 상대방을 보기보다는 '우리'라는 관점에서, 두 사람과 환경을 다 함께 고려한 관점에서 상황을 바라보라고 말씀드리고 싶군요. 편안한 둥지의 새는 둥지를 떠날 리가 없습니다. 가시나무로 지어진 둥지에 앉은 새가 얼마나 오래 머무를 수 있겠습니까? 편안한 둥지가 되세요. 따뜻하게 지켜 주고 품어 줄 수 있는 편안한 둥지가 되세요. 그럴 때 둥지를 찾은 새는 오래도록 편안히 머무를 수 있을 것입니다.

» 결혼 전에는 눈을 크게 뜨고, 결혼 후에는 반쯤 감아라

저의 요즘 문제점을 한마디로 표현하자면, 싸움을 하면 예전의 일들이 떠올라 너무 화가 난다는 겁니다. 그래서인지 항상 화가 나 있다고 해야 하나, 뭐라 딱히 상대방은 잘못한 게 없는데도 예전의 일들이 머릿속을 떠나지 않아 평소에도 쏘아붙이곤 합니다.

남편은 화가 나면 말을 안 합니다. 참는다는 표현이 아니라 그냥 말을 안 한다는 표현이 맞는 거 같습니다. 첨엔 그냥 참는 것이구나 했는데, 시간이 지난 후 저는 어느 정도 풀려도 그는 이틀이고 사흘이고 말하지 않는 상태가 지속이 되더라고요. 그러니 말을 안 하는 것은 참는 것이라기보다는, 흥분해서 제가 말한 것들을 차곡차곡 모아 뒀다가 며칠 동안 화를 내고 있는 것이죠. 문제는 그것에 대한 불만이 저 또한 차곡차곡 쌓인다는 것에 있습니다.

과거 남편은 돈을 너무 함부로 해서 많은 빚이 있었습니다. 그래서 그걸 제 돈으로 갚다시피 했죠. 결혼 후 모든 게 달라질 줄 알았는데, 월급 모두를 가져다 주지 않습니다. 한 달 동안 쓴 돈의 양도 말해 주지 않고, 그냥 생활비만 주는 상태입니다. 항상 이런 불만을 안고 산다고 해야 정답일 거 같습니다. 자신은 조금씩 나아질 거라고 하니 믿어야만 하는데, 그게 사실상 잘 되지 않는답니다.

계속 불만이 쌓이고, 그러나 대화를 하려 해도 잘 되지 않고, 항상 화가 나 있고……. 거기다 아이까지 있다 보니, 내 생활이 뭔지 내 자신이 왜 이러는지도 이성적으로 생각할 수 없어집니다. 아이를 위해서도 맘을 잡아야 하는데 그게 잘 되지 않습니다.
자꾸만 우울증이 생겨 앉아 있다가도 눈물이 나거나 아님 먹는 걸로 해결하려 하고…….
제 자신이 죽는 상상까지 하면서 못나게 하루하루를 보내고 있습니다. 어떻게 해야 할까요? 과연 방법은 있을까요? 저에게 문제점은 무엇일까요?

- 곰곰 님의 글
(곰곰 님의 허락을 받아서 전체 글을 올립니다.)

→ 이것은 저의 추측입니다만, 왠지 님에게는 '내 돈으로 남편의 문제를 해결해 주었으니, 결혼 후에는 착실히 살 것'이라는 조건적 전제가 깔려 있지 않았나 생각됩니다. 그래서 더 화가 나는 것일까요? '내가 돈을 대서 해결해 주었는데, 나의 공을 모르고!' 혹시나 그런 마음이 깔려 있는 것은 아닐까요?

결혼에 관한 상당히 현실적인 문제는, 상대방에 대해 충분히 알아볼 시간이 있었음에도 불구하고, 상대방에 대해 너무나도 모르는 채로 결혼하는 것이 아닌가 싶습니다. 말하자면 경솔함이지요. 그것이 사랑이고, 눈이 멀어서 그랬다고 한다면 할 말은 없습니다. 다만 그에 관한 책임에서 벗어날 수 없다는 뼈저린 현실이 기다리고 있을 뿐입니다. 더 이상 뒷걸음 칠 곳은 없습니다. 물러날 곳이 없습니다. 억울할지도 모르겠지만, 완강한 현실에 대해 자신의 마음을 지켜 낼 수 있는 길은 사실을 인정하고 책임지는 것뿐입니다.

미우나 고우나 내가 선택한 사람입니다. 그의 고운 점은 받아들이고 미운 점은 물리치고 싶겠지만, 현실은 그렇지 못합니다. 그의 고운 점을 받아들이듯이 미운 점도 받아들여야 합니다. 인정하세요. 돈을 주지 않는다면, 그래서 요구했는데도 되지 않는다면 일단은 받아들여야 합니다.

바보처럼 그저 평생을 남편에게 쥐어 살기만 하라는 이야기는 절대로 아닙니다. 미련한 곰이 되지 말고 약은 여우가 되라는 말씀입니다.

일단 현실을 받아들인 후에 원하는 것을 얻어 낼 묘수를 어떻게든 짜내야 할 것입니다. 분통을 터트리며 감정적으로 대응해 봤자, 돌아올 결과는 심한 스트레스와 우울증, 그 밖의 모든 부작용일 뿐입니다.

결혼과 관련된 속담 중에 '결혼 전에는 될 수 있는 한 눈을 크게 뜨고, 결혼 후에는 눈을 반쯤 감아라' 라는 이야기가 있지요. 하지만 대부분의 사람들은, 결혼 전엔 눈을 감고 결혼 후에 눈을 크게 뜨는 것 같습니다. 이제부터라도 눈을 반쯤 감으세요. 그의 단점이 잘 보이지 않도록, 그래서 내 마음이 상하지 않도록 말입니다.

눈을 감을 준비가 되셨습니까?

» 무뚝뚝한 남편

저의 남편은 늘 무뚝뚝하고 정이 없는 편입니다. 제 몸이 아플 때도, 아이 때문에 힘들 때도, 남편의 배려와 관심 없이 저 혼자 치러내야만 했지요. 이제는 따뜻하고 행복한 가정을 꾸려 보고 싶은데, 남편은 가족과 함께 시간을 보내기보다는 늘 게임에 빠져 있습니다. 밤을 새고 들어오기도 합니다. 남편에게 함께 있어 달라는 요구를 해도 잘 들어주지 않아요.

요구는 변화시킬 힘이 없습니다. 왜 그는 여기에 있지 않고 거기에 있는 것일까요? 그것은 아마도 여기보다 거기에 더 큰 즐거움이 있고, 더 큰 편안함이 있기 때문이겠지요. 그런 그에게 반드시 여기 있어야 한다고 붙들어 매어 놓는 일은 어떤 결과를 가져올까요? 더더욱 그를 여기 있지 못하게 만드는 구실이 될지도 모릅니다.

이곳이 더욱 편안한 곳이 되도록 하세요.
이곳이 더욱 즐거운 곳이 되도록 하세요.
이곳이 더욱 사랑스런 곳이 되도록 하세요.
이곳이 더욱 그가 머물고 싶은 곳이 되도록 하세요.
마음이 머무는 곳이 되도록 하세요.

일단은 나 자신부터 편안해져야 그런 공간을 만들 수 있습니다. 억지로는 안 됩니다. 마음은 고달프지만 가정을 위해서 나의 얼굴과 표정을 희생하겠다. 그러니 당신도 따라주어야 한다!'는 불편한 전제가 깔린 마음으로는 절대로 되질 않습니다. 사람들은 진심이 담긴 마음과 그렇지 않은 마음을 미묘하게 간파하고 알아차립니다. 모든 마음은 무의식이라는 차원에서 연결되어 있기 때문이지요.

지금 있는 그 자리에서 자신이 가진 모든 것에 감사하는 마음을 갖도록 해보세요. 항상 지금보다 훨씬 더 힘들었을지도 모르는 상황의 가능성이 있었지만, 우리는 그런 상태에 빠지지 않았습니다. 지금 모자란 것에 마음을 맞추자면 한량없는 것과 마찬가지로, 지금 누리는 감사한 것에 마음을 맞추는 데도 끝이 없습니다.

감사는 오직 스스로의 마음으로만 가능합니다.
그런 진정한 감사의 에너지를 자신의 공간에 펼쳐 놓으세요.
그런 진정한 사랑의 에너지를 자신의 공간에 펼쳐 놓으세요.
그런 진정한 평화의 에너지를 자신의 공간에 펼쳐 놓으세요.
그런 진정한 기쁨의 에너지를 자신의 공간에 펼쳐 놓으세요.

겉으로만 그런 척하는 거짓된 마음으로 상대방이 바뀌리라는 전제를 깔고 그리하지는 마세요. 오직 진심으로, 대가 없이 순수한 마음을 가질 수 있을 때라야 원하는 모든 것을 얻을 수 있을 것입니다. 현실에 진정한 변화의 꽃이 피어나게 될 것입니다. 순리대로 마음을 다스려 나간다면 꽁꽁 얼어붙었던 정원에는 다시금 봄이 오고, 새와 꽃과 푸른 하늘이 돌아올 것입니다.

남편이 제게 다정하지 못하고 무심해서 우울증에 걸렸습니다. 마음이 외로워 방황합니다. 그저 '남편이 있는 것만으로도 감사해야지' 하고 가끔 생각은 하지만, 사랑받으며 살고 싶다는 욕심이 생기면 남편이 미워지고 다른 즐거움을 찾고 싶은 마음이 듭니다.

● 님은 바라겠지요. 남편이 다정다감하고 따뜻한 사랑으로 자신을 감싸 주기를. 저도 그러기를 바랍니다. 저도 두 분이 함께 누가 먼저랄 것도 없이 서로 따뜻한 사랑을 주고받으며, 화목한 가정을 이루어 살아가기를 바랍니다.

그러나 안타깝게도 현실은 그렇지 못합니다. 님의 남편은 아마도 본래부터 다정다감한 성격이 아니거나, 결혼 후에 전과는 달리 사랑이 어디론가 날아가 버렸는지도 모르지요. 그것이 현실입니다. 이런 현실에 대한 일차적인 책임은 과연 누구에게 있을까요? 님은 어쩌다 지금의 다정다감하지 못한 남편을 '선택'하셨습니까? 그러한 선택은 그저 우연히 재수가 없어서 일어난 일이었을까요?

일단은 남편의 다정함이나 사랑에 대해 체념하십시오. 이것이 고통을 줄이는 길입니다. 사람은 자기 자신을 변화시키기도 쉽지 않은데, 자기도 아닌 타인을 변화시키기란 정말로 쉽지 않은 일이기 때문입니다.

어쩌면 님에게 숨겨져 있는 인생의 진정한 목적은 '참사랑'에 대해 알아 가는 것인지도 모릅니다. 그러니 이제 '받는 사랑'에 대해서는 체념하세요. 그리고 '주는 사랑'에 대해서 알아 갈 때입니다. 주는 사랑이 주는 기쁨에 대해서 알아 갈 때입니다.

하지만 아직은 사랑을 주지 마세요. 자기 안에 사랑이 없는데, 자신의 내면이 허전하게 비워져 있는데, 자기 아닌 다른 누군가에게 사랑을 준다는 것은 억지입니다. 그것은 '내가 이만큼 주었으니 너도 이만큼을 다오'라고 하는 묵언의 계약입니다. 그것은 어쩌면 사랑의 탈을 둘러쓴 위선일지도 모릅니다. 그러니 먼저 자기 자신에게 사랑을 주세요. 우리는 굳이 남으로부터 사랑을 갈구하지 않아도 자신을 사랑으로 가득 채울 수 있는 참으로 오묘한 존재입니다.

어떻게 자신을 사랑하느냐고요? 누군가를 진정으로 사랑한 적이 있다면 그때를 떠올려 보세요. 내가 가진 그 무엇을 주어도 아깝지 않았던 그때. 그가 그 어떤 실수를 해도 사랑스럽게만 보이고, 있는 그대로를 인정할 수 있었던 그때. 나의 의견과 태도에 반(反)하더라도 모든 것을 수용할 수 있었던 그때……. 그렇게 자신을 대하면 됩니다.

나의 어떤 실수도 용납할 수 있습니다. 여태까지 마음에 들지 않았던 나의 모든 면들을 인정할 수 있습니다. 나의 부정적인 생각과 태도와 습관들에 대해서조차도 수용할 수 있습니다……. 그렇게 나는 나 자신을 사랑하고 좋아할 수 있는 것입니다.

이렇게 나를 사랑할 수 있을 때 스스로 행복을 깨닫게 됩니다. 이렇게 나를 사랑할 때 내 안에서 솟아나는 사랑이 내가 가진 항아리를 채우고 넘칩니다. 그리고 그 사랑은 주위를 향해 흘러갑니다. 그가 내게 사랑을 주지 않아도, 나는 그에게 사랑을 줍니다.

님은 지금 참사랑의 도전과 기회 앞에 서 있습니다. 이런 기회와 도전을 받아들이세요. 이것은 일생일대의 가장 위대한 삶의 목적일지도 모릅니다.

결혼해서 아내와 아이가 있습니다. 하지만 제 평생 처음으로 저와 너무나 잘 맞는 여자를 만나게 되었고, 서로 사랑하게 되었습니다. 그녀가 제 인생의 전부가 되었고요. 아내에게 이혼을 청하려 했지만, 아내가 가엾기도 하고 아이들의 장래도 걱정이라 도무지 갈등으로 인해 그럴 수도 없었습니다. 일단은 가정을 지키기 위해 애쓰고 있지만, 저의 마음은 온통 그녀에게 가 있습니다. 가정을 지키려 하는 것이 지금 저에겐 희생이며 고통일 뿐입니다. 저는 도대체 어떻게 해야 합니까?

우리가 인생에서 어떤 선택과 결정을 내릴 경우, 가장 중요한 것은 바로 '가치'의 문제입니다. 가치란 쉽게 말하자면 '그것이 내게 얼마나 어떻게 중요한가'라는 것이지요. 예를 들면 가정이 더 소중한 사람이 있고, 돈이 더 소중한 사람이 있습니다. 사랑이, 연애 감정이, 친절이, 배려가, 봉사가, 종교가, 혹은 자신이 믿고 있는 어떤 신념이……. 그런데 이렇게 자신이 중요하다 여기는 가치들 중에서 어떤 것들이 서로 충돌할 때 선택에 있어 큰 어려움을 겪게 됩니다.

님의 경우에는, '가정을 지켜야 한다'는 가치와 '내 인생의 소중한 사랑'이라는 가치가 충돌하게 되겠지요. 또한 배우자와의 신의나 인간적인 도리의 문제 등도 함께 걸려 있을 겁니다. 이런 충돌이 일어날 때, 서로 존립할 수 없는 두 가지 가치가 상반될 때는 어찌 해야 할까요? 사실 해결 방법은 간단합니다. 과연 무엇이 자신에게 있어서 더 중요한 가치인가를 확실히 결정하고, 그 결정에 따르는 것이지요. 아니면 그러한 상황하에서 최대한 지혜롭게 자신이 가진 가치들을 재조정하든지요. 상황은 천차만별입니다. 나쁜 상황을 껴안고 사느니 때로는 이혼을 하는 편이 아이들에게도 더 유익한 상황을 가져다 줄지도 모릅니다. 어떻게든 이혼은 피하는 편이 더 나은 상황이 될지도 모릅니다. 그래서 결코 쉽게 말할 수 없고, 가볍게 판단할 수 없는 것입니다.

일단은 상황을 명료하게 볼 수 있는, 맑고 투명한 마음을 가지도록 노력하시기를 바랍니다. 그리고 사태를 바로 보아서, 혼란과 어려움 속에서도 가장 현명하게 처신할 수 있는 판단을 내리시기 바랍니다. 무엇보다도 중요한 것은, 자신의 선택과 그에 따르는 모든 일들에 대해 책임지려는 마음일 것입니다. 마음을 굳건히 세워 중심을 잡고, 그에 따른 선택을 내리고, 그로 인한 모든 결과에 대해 책임을 져야 할 것입니다. 다른 어떤 이나 상황에 책임을 돌리는 것이 아닌, 자기 자신이 스스로 책임을 지려는 굳은 심지가 있다면, 그 어떤 어려운 상황과 사건 속에서도 마음은 평화로움을 찾게 될 것입니다.

반드시 기억하십시오. 다른 그 무엇도 누구도 아닌 당신 자신이 바로 삶의 주체자라는 사실을 말입니다. 자신이 완전히 우주의 중심이라는 인식을 가지고, 경험하는 모든 현실을 온전히 수용하며 책임지고 받아들이십시오. 그럴 수 있을 때, 당신은 주관적 우주의 창조자이자 현실 창조의 근원으로서의 관점을 회복하게 될 것입니다.

2. 가족

» 하늘은 스스로 사랑하는 자를 돕는다

어릴 때 어머니가 돌아가셨습니다. 그래서 항상 무조건적인 모성애를 갈구하며, 고통과 외로움 속에 타인들의 사랑을 갈구하며 지냈습니다. 이런 감정을 어떻게 해결할 수 있을까요?

먼저 한 가지 가정이 필요할 듯합니다. 만약 다른 어떤 사람이 님과 똑같은 경험을 거치며 자랐다고 가정해 봅시다. 그렇다면 그런 경우에 님과 비슷한 고통을 받고 괴로워하게 될 것인가 하는 것입니다. 누구나 그러한 경험을 하게 되지는 않을 것입니다. 유사한 경험이 유사한 마음을 만들어 낼 수도 있을 것입니다. 하지만 반드시 그렇지만은 않습니다. 그렇다면 어째서 같은 경험이 서로 다른 결과를 낳게 되기도 하는 것일까요?

특정한 경험이 그와 관련 있는 특정한 신념을 지어내거나 강화시키기도 하고, 반대로 특정한 신념이 그와 연관된 경험을 불러오기도 합니다. 특정한 신념이 그러한 경험을 불러오는 것은 예측할 수 있으나, 특정한 경험이 반드시 그러한 신념을 지어내는 것은 아닙니다. 경험의 결과에 따라 생기는 신념은 저절로 생기는 것이 아니라, 환경의 영향을 받기는 하되 스스로 창조하는 것이기 때문입니다.

무엇보다도 먼저 자신이 어떤 신념을 가지고 있는지 똑똑히 보고 인식하실 필요가 있습니다. 신념들 중에서도 님을 가장 괴롭히고 있는 것은 아마도 '나는 어머니로부터 충분히 사랑받지 못했다'라는 신념일 것입니다. 그저 생각으로 슬쩍 떠올릴 것이 아니라, 똑똑히 보고 명확히 인식하시기 바랍니다. 진정으로 그러한 신념이 존재한다는 사실을 느껴 보세요. 두 눈을 크게 뜨고 똑바로 보십시오. 그러한 신념을 창조해 낸 것은, 다른 그 누구도 무엇도 아닌 자기 자신의 힘이었습니다.

또한 자세히 마음을 들여다본다면, 어머니로부터 사랑받지 못했다는 신념만 가지고서는 그렇게 크게 고통스러워할 일은 아닌지도 모릅니다. 어쩌면 사랑받지 못했다는 신념에 덧붙여 너무나도 끈덕지게 '사랑받아야만 한다'고 집착하는 마음이 가장 큰 고통의 원인은 아닙니까?

그러한 집착이 '사랑받지 못했으므로 어떻게든 사랑받아야만 한다'는 신념을 강화시키고 있습니다. 이것은 악순환의 고리를 만들어 냅니다. '사랑받지 못했다'고 하는 고통을 주는 신념에 덧붙여진 '반드시 사랑받아야만 한다'는 집착의 악순환……. 그것들이 서로 뒤엉켜 지어내는 한편의 드라마 같은 것인지도 모르지요.

스스로 다음의 질문을 해결해 보시기 바랍니다.

'사랑받지 못했다'는 신념의 실체는 무엇인가? 그것과 나와의 관계는 어떠한가? '사랑받지 못했으므로 사랑받아야만 한다'는 집착의 실체는 무엇인가?

　사랑받아야만 한다는 집착을 놓지 못하면 아무것도 해결할 수 없습니다. 과거는 없는 것입니다. 그것은 가장 큰 환상입니다. 과거 또는 전생과 같은 것들로부터 답을 찾으려고 노력하면 할수록, 그에 관한 신념을 가지면 가질수록 더 큰 과거의 에너지가 압박해 올 것입니다. 모든 문제를 푸는 열쇠는 바로 지금 여기에 이미 주어져 있습니다.

　어머니이든 누구이든 간에, 외부의 누군가로부터 반드시 사랑을 받아야만 한다는 집착은 항상 문제를 일으킨다는 것을 꼭 기억하세요. 사랑은 본래 받는 것이 아니라 주는 것입니다. 사랑받고자 하는 집착이 강하지만, 그 욕구를 채워 줄 사람이 없다는 것은 대부분의 이들이 경험할 수 있는 냉혹한 현실입니다. 사랑받고 싶다는 마음을 채우는 것은 반드시 뜻대로 되는 욕구가 아닙니다.

　반대로 먼저 남에게 사랑을 주는 경우를 생각해 봅시다. 받기 위한 사랑에 집착하기보다는 봉사활동 등을 통하여 나보다 어렵고 지친 이들에게 먼저 도움을 주고 사랑을 준다면 어떨까요? 사랑을 받는 것은 항상 뜻대로 될 수 없는 일이지만, 주는 것은 다릅니다. 이런 과정을 통해서 분명 님은 진실된 사랑을 느낄 수 있게 될 것입니다. '어머니로부터의 부족한 사랑을 채워야만 한다'는 단 하나의 집착만 내려놓을 수 있다면 말입니다.

남에게 사랑을 주는 일이 아직은 어렵게만 느껴지나요? 그렇다면 다른 누구보다도 먼저 자신에게 사랑을 주고 좋은 기분을 느끼도록 애써보세요. 자기 자신에게 사랑을 줄 수 있는 사람은 오직 자기 자신이고, '하늘은 스스로 돕는 자를 돕는다'는 속담처럼 하늘은 스스로 사랑하는 자를 도울 것입니다. 이렇게 자신을 채운 사랑은 결국 타인을 향해 흘러넘치고, 이렇게 '주는 사랑'의 과정은 몇 곱절 증폭된 사랑의 에너지가 되어 님 자신에게 되돌아올 것입니다.

친어머니를 일찍 여의고, 어린 시절 사랑을 충분히 받지 못해서 그런 걸까요? 너무 외롭습니다. 너무 외로워서 누군가로부터 절실히 사랑을 받고 싶어요. 마음이 의지할 곳도 없고, 마음을 다져 보고자 마음먹어도 뜻대로 안 됩니다. 남편은 타지에서 일하고, 텅 빈 집에 찾아오는 이 없어 하염없이 외롭기만 하네요.

스스로도 너무 잘 느끼고 있겠지만, 지금 부족한 것은 사랑이겠지요. 가뭄에 바짝 타 들어가 갈라져 버린 흙바닥처럼 속이 너무 메말라 있어서 쏟아져 내리는 애정의 단비를 갈구하고 있을 테지요. 그러나 우리가 발 디딘 현실 속에는 사랑에 마른 목을 축여 줄 단비가 저절로 쏟아져 내릴 일은 그다지 많지 않습니다. 그렇기에 님의 애정을 향한 갈구가 저의 마음을 더욱 아프게 합니다.

안타깝게도 님의 마음은 척박한 기후에 놓인 황폐한 토양에 비유할 수 있을 것입니다. 기다려도 기다려도 그 황폐한 토양을 충분히 적시고, 비옥하게 만들 만큼의 비가 저절로 내리지는 않을지도 모릅니다. 이것이 어쩌면 냉혹하기까지 한 현실입니다.

이런 현실 속에서 무엇보다 먼저 분명히 알아야 할 것은, 자신을 구원할 수 있는 사람은 오직 자기 자신뿐이라는 사실입니다. 정신을 똑바로 차리고 현실을 직시해야 합니다. 척박한 기후가 바뀌기를 무작정 기다리며 울부짖어 봐도, 메마른 기후가 저절로 좋은 기후로 바뀌지 않는다는 현실을 똑똑히 인식해야 합니다. 안타깝시만 현실이 그러합니다.

그렇다면 희망을 버려야 하는 걸까요? 그건 절대 아니겠지요. 비가 오지 않는다면 물을 끌어다 대주어야 할 것입니다. 척박한 토양이라면 자갈을 치우고, 퇴비를 주고, 땅을 갈아엎어야 합니다. '왜 나의 땅은 이런가' 하고 주저앉아 우는 것은 아무런, 정말로 한치의 도움도 되지 않습니다. 그런 행동은 스스로를 더욱 큰 고통 속으로 몰아갈 뿐입니다.

그러니 이제 두 주먹을 불끈 쥐고 일어서세요. "나는 나의 척박한 토양을 어떤 수를 써서라도 개간해 내고야 말겠다!"라고 선언하고 마음을 굳게 먹으세요! 단호한 의지를 표명하세요! 다시는 예전과 같이 스스로 나약해지는 추한 꼴을 자신에게 보이지 않겠다고 다짐하세요!

진정으로 그렇게 단호한 결심을 내렸다면 이제 어떻게 해야만 할까요? 매순간마다 좋은 생각을 선택해야 합니다. 마음은 자꾸 부정적으로 생각하고 느끼려 하는 과거의 습관으로 돌아가려 할 것입니다. 하지만 그것은 그저 습관일 뿐입니다. 좋은 습관이든 나쁜 습관이든, 습관은 그저 습관일 뿐입니다. 순간 순간의 작은 선택들이 모여서 습관을 만듭니다. 이제부터는 긍정적인 생각만을 선택하여야 합니다. 다시 과거의 습관에 따라 부정적인 생각과 느낌에 빠져들더라도, 그것을 알아차리는 즉시 긍정적인 생각으로 바꾸도록 애써야 합니다. 그렇게 시간이 좀 지나면, 긍정적인 생각과 느낌을 가지는 마음이 습관처럼 생겨날 것입니다.

마음에 끊임없이 좋은 양식을 먹여 주세요. 좋은 음악을 들으세요. 몸과 마음을 감싸 주는 명상 음악을 듣는 것도 좋겠지요. 좋은 가사를 가진 가요만 들으세요. 좋은 글을 통해 마음을 긍정적인 에너지로 채우세요. 찾아보면 세상에 좋은 책과 글들은 얼마든지 많습니다. 부정적인 뉴스와 눈물이나 질질 짜는 드라마로 가득 찬 TV 따위는 당장 꺼 버리세요. 좋은 글과 그림, 그리고 음악과 향기로 자신의 주변을 가득 채우세요. 우리는 과거의 어느 시대보다도 훨씬 더 좋은 것들을 선택할 수 있는 선택권이 있지 않습니까?

모자란 사랑을 밖에서 구할 수 없다면 스스로가 만들어 내야 합니다. 그것이 누구보다 먼저 자기 자신을 사랑해야 하는 이유입니다. 무엇보다도 먼저 자기 자신에 대한 비난을 멈추고, 부정적인 것까지 자신의 모든 면모들을 인정해 주고, 깊은 마음에 관심을 가져 주고 사랑을 주어야 합니다. 그것이 바로 마음의 척박한 토양에 물을 길어다 붓고 땅을 갈아엎어 스스로를 비옥하게 만드는 길입니다.

아름다운 날 만들어 가시기를 가슴 깊이 기원드리겠습니다.

결혼 4년 차 전업주부입니다. 사는 데 큰 문제는 없지만, 시댁이 점점 싫어집니다. 시부모님은 좋은 분들이지만, 저희에게 너무 관심이 많아서 부담이 될 정도입니다. 처음에는 당연히 해야 한다 여기던 일들도 이제는 더 이상 하기 싫어지네요.

→ 마음이란 본래 그런 특성을 가지고 있지요. 좋은 것을 좋은 줄 모르고, 마땅히 감사해야 할 일에도 감사할 줄을 모릅니다.

아주 복잡하고, 시끄럽고, 골치 아픈 집을 하나 찾아보세요. 고부간의 갈등이 너무나도 심하거나, 뭔가 엄청난 문제가 있는 집을 좀 찾아보세요. 그러면 조금이라도 감사할 줄 모르는 마음에 쇼크를 줄 수 있지 않을까요?

감사할 일에 감사하지 못하고, 불평과 불만을 늘어놓는 마음의 극으로 가 봅시다. 상상해 보세요. 점점 더 강하게 마음속에서의 불평이 얼굴로 드러납니다. 시부모님들도 점점 그걸 느끼겠죠. 신경질도 생기고, 그런 일이 점점 더 늘어 갑니다. 시댁 식구들과의 관계가 점점 더 불편해지고, 그런 불편함이 남편과의 관계도 불편하게 만들고……. 그리고 또 어떤 일이 일어날 수 있을까요? 어떤 최악의 일이 일어날 수 있을까요? 그런 가상의 미래에서 사소한 불평불만을 가지고 감사할 줄 모르는 현재를 돌아본다면 어떤 마음이 들까요?

현재 주어진 것에 감사함을 느껴 보세요.
감사할 줄 모르는 마음의 함정에 빠져들지 마세요.
지금의 평화로운 일상을 경험하는 것이 얼마나 감사한 일입니까?

제가 어릴 때 엄마가 바람을 피웠다는 아버지의 오해로 부모님이 이혼하였습니다. 아버지는 평소에는 잘해 주시지만 술을 드시거나 화가 나면 이성을 잃으시는 것 같아요. 저를 엄마와 동일시해서 화를 내시는 것 같기도 합니다. 그러다 저도 화가 나면 막 대들고 그러죠. 어떻게 해야 할지 모르겠어요.

가족간의 문제 중에서도 부모와 자식 간의 갈등 문제는 더더욱 해법을 찾기 어려운 일인 듯합니다. 님이 지금 할 일이란 무엇보다도 먼저 아버지의 마음을 이해하려는 노력이 아닐까요? 몇 년이 지난 지금까지도 아버지는 왜 그렇게 화를 내고 있는 걸까요?

사랑이 없으면 미움도 없다는 말이 있지요. 아버지에게 아무런 감정도 남아 있지 않다면 아마 화를 내지도 않으셨을 겁니다. 그 마음속에는 어머니에 대한 미움과 사랑, 과거에 대한 아쉬움과 회한들이 남아서 몇 년이 지난 지금까지도 그렇게 화를 내고 계신 것은 아닐까요? 그것도 하필이면 님에게 말이에요.

더 오래전으로 거슬러 올라가 보는 건 어떨까요? 아버지와 어머니는 어떻게 만났나요? 어떤 사건과 감정과 이유들로 결혼하게 되었을까요? 가정을 이루고, 님을 출산하고 키워 오면서 어떤 좋은 일과 나쁜 일들이 있었을까요? 그렇게 가정을 꾸려 가던 어느 날 뜻하지 않은 배우자의 배신(사실인지 오해인지는 알 수 없지만 아버지의 주관적 입장에서의 충격은 무척 컸으리라는 사실은 추측해 볼 수 있겠지요)은 또 얼마나 큰 충격으로 마음에 상처를 남겼을까요?

아버지도 한 명의 인간입니다. 어쩌면 나약한지도 모릅니다. 어쩌면 나 자신보다도, 내가 알고 있는 그 어떤 사람보다도 나약한 마음을 가진 인간인지도 모릅니다. 아버지가 받았을 상처가 얼마나 깊은지, 우리는 헤아리지 못하고 있었는지도 모릅니다. 아버지라는 가정에서의 위치만으로 그 모든 상처가 아물어지지는 않는 법입니다. 아버지도 자식 앞에서 강한 척하고 있는 한 사람일 뿐입니다.

특별한 조치를 취하지 않는다면 마음은, 나이가 들면서 더 유연하고 지혜롭게 성장해 가는 것이 아니라, 갈수록 노쇠해져 가는 몸처럼 굳어지는 경향이 있습니다. 아버지의 마음은 지금 님의 마음보다 유연하지 못합니다. 20년이 지난 과거의 충격에서 아직도 헤어나지 못하고 있습니다. 어쩌면 아버지는 더 이상 변하지 않을지도 모릅니다. 지금의 패턴을 그대로 껴안고 남은 평생을 지낼지도 모르는 일입니다.

바뀔 수 있는 유일한 것은 님의 마음입니다. 훨씬 더 젊고, 유연하고, 얼마든지 확장되고 성장할 가능성을 가진 마음입니다. 어쩌면 이 어려운 사건과 가정에서의 고질적인 패턴은 님의 마음을 더 유연하게 확장시킬 것입니다. 더 큰 사랑을 보여 줄 수 있도록, 성장하도록 돕는 운명의 배려일지도 모릅니다. 이런 배려가 없다면 어떻게 우리는 훨씬 더 깊이 사랑하는 법을 배우고, 크게 성장해 나갈 수 있겠습니까?

아버지가 바뀌어야 한다는 기대를 내려놓으세요. 바뀔 수 있는 유일한 것은 오직 님 자신의 마음입니다. 아버지가 바뀌어야 한다는 기대와 요구는 더 큰 갈등만을 낳을 것입니다. 물론 아버지의 마음을 바꾸어 놓을 기회를 완전히 포기하라는 이야기는 아닙니다.

아버지와 함께 명상을 배울 기회를 만들어 보는 것은 어떨까요? 종교가 맞는다면 아버지와 함께 템플스테이 등의 기회를 가져 보는 것은 어떨까요? 아버지와 함께 마음을 더욱 여유롭고 풍요롭게 할 수 있는 취미생활의 기회를 자주 마련해 보는 것은 어떨까요?

우리에게는 얼마든지 기회가 열려 있고, 더 아름다운 길이 기다리고 있습니다. 우리는 얼마든지 더 크고 넓게 사랑할 삶의 길을 찾아갈 수 있습니다.

≫ 못된 새어머니 길들이기?

어릴 때부터 새어머니로 인해 너무 힘들고 마음의 상처를 많이 받았습니다. 제가 성인이 된 지금의 눈으로 보아도, 새어머니는 너무 이상한 성격에 도무지 정상이 아닌 것 같아요. 어떻게 좀 바로 고쳐 놓을 방법이 없을까요?

님의 말씀대로만 본다면, 새어머니는 정신적으로 문제가 있는 참 불쌍한 분이시군요. 현실을 있는 그대로 보지 못하는, 마음이 아픈 분인지도 모릅니다. 그런 분 밑에서 어린 시절부터 고통 받았을 님의 심정은 충분히 이해가 갑니다. 하지만 이제 님은 성인입니다. 누구도 그런 상처와 고통에 대해서 책임져 주지 않습니다. 오직 스스로 상처를 치유하고 털고 일어나야 할 뿐입니다. 외부 환경이 어떻든 자신의 삶은 오직 스스로 책임져야 하는 것이지요.

두 가지 선택권이 놓여 있습니다. 하나는 새어머니의 행동에 감정대로 대응하는 것이고, 다른 하나는 그분의 행동과는 상관없이 더 크고 성숙된 마음으로 의연하게 대처하는 것입니다. 이 두 가지 중 후자의 선택은 참으로 쉽지만은 않을 것입니다. 하지만 불가능한 것은 아닙니다. 지금까지는 왜 그렇게 할 수 없었을까요? 그것은 아마도 스스로 그럴 생각도 하지 않고, 노력하지도 않았기 때문이겠지요.

그분을 깔보고 내려보라는 의미가 절대 아님을 이해하시기 바랍니다. 더 크고 포용력 있는 존재로 안아 주세요. 그것이 자신을 힘든 감정으로부터 구하고, 더 나아가 그를 살릴 기회를 주는 일입니다. 이와 같은 태도와 더불어 한 가지 더 생각해 볼 것은, 왜 그런 일이 일어났을까 하는 것입니다. 어째서 그렇게 고단한 이가 님의 부모라는 자리에 들어오게 되었을까요? 그것은 순전히 아버지의 잘못된 선택과 인연일 뿐일까요? 물론 우리는 그에 대해 확실히 알 수 없습니다. 그것에 대해 '업'이라고 말할 수도 있고, '우연한 결과'라고 말할 수도 있고, '신의 뜻'이라고 말할 수도 있겠지요. 하지만 그저 우연한 결과라고만 돌려놓고 외면하기에는 감당해야 할 현실이 너무나도 큽니다.

'당했다'고 여기는 관점은 아무런 도움도 안 됩니다. 반드시 좋은 의미가 있을 거라고 관점을 바꾸기 위해 애써 보세요. '좋은 방향으로 관점 돌리기'에 관한 하나의 예는, '나를 더 크게 성장하게 하려고 그런 일이 일어났다'고 여기는 것입니다. 그런 생각이 처음에는 잘 들지도 않고 믿기도 어렵겠지요. 하지만 어렵다고 하더라도 자꾸 그렇게 생각되도록 애써 보세요. 우리는 어떻게든 현실에 굴복하기보다는 그것을 바꾸어 나가야만 하니까요.

과연 어떤 생각을 선택하는 편이 도움이 되겠습니까? 과거로부터의 피해자라는 관점과 이 모든 일들이 비록 부당하게 여겨지기는 하지만 자신을 더 큰 존재로 만들기 위해 일어났다고 여기는 관점. 이 둘 중에서 어떤 것을 취함이 유익할지는 깊이 생각해 보지 않아도 쉽게 알 수 있을 것입니다.

어둠이 있기에 빛이 더욱 빛을 발하는 것입니다. 여러 장애와 저항이 있기에 그것을 극복한 성취가 더욱 빛나는 것이고, 일의 고됨이 있기에 꿀맛 같은 휴식의 기쁨이 있는 것입니다. 또한 미움이 있기에 사랑이 있는 것이고, 방해와 핍박이 있기에 우리는 더욱 큰 사랑의 존재로 성장해 나갈 수 있는 것입니다.

이제부터 새로운 관점으로 삶에서 일어나는 부정적인 사건들을 바라보는 것은 어떨까요? 그렇게 되면, 새어머니로부터 상처 받은 마음이 아니라, 오히려 더 크고 아름답게 성장하는 영혼인 존재로 자신을 돌아볼 수 있지 않을까요?

» 사랑하는 가족들을 두고 죽고 싶지 않아요

아빠는 술만 드시면 실수를 합니다. 이런 아빠 때문에 엄마는 마음에 병이 생길 지경이지만, 너무 착하기만 해서 답답합니다. 오빠는 번듯한 직장도 없이 늘 기가 죽어 지내지요. 우리 집의 모든 것들이 작고 초라하고 가난합니다. 저는 쓸데없이 자존심만 세고 열등감으로 가득 차 있어요. 하지만 저에겐 꿈이 있고, 그 꿈을 꼭 이루고 싶어요. 자주 죽고 싶다는 생각이 들어요. 하지만 사랑하는 가족들을 두고 죽고 싶진 않아요. 저는 살고 싶어요. 저 자신과 가족들을 사랑하고 싶어요. 도와주세요.

집이 가난하고, 가족들이 많이 배우지 못했습니다. 답답하기만 합니다. 그런 가족들과 환경을 싫어하고, 나 자신에 대해 부정적인 마음을 많이 가지고 있는 나. 분명 좋은 점이라 하기는 어렵겠지요. 비록 많이 배우지 못했고 어려운 환경이지만 착한 어머니와 오빠가 있고, 가족들 중 누구도 심하게 삐뚤어져 나가는 사람은 없어 보입니다. 배우자나 자식을 폭행하는 아버지가 있거나, 계부 계모의 괴롭힘을 받거나, 죽어라 사고만 치고 다니는 오빠가 있었을 수도 있었습니다. 하지만 그렇게까지 힘든 환경은 아닌 것입니다.

반드시 성공하고 싶다는 마음을 가지고 있고, 꿈을 가지고 있고, 마음의 평안을 찾고 싶은 마음이 확실히 있습니다. 포기하지 않았습니다. 단지 아직 원하는 것을 이룰 방법을 모르고, 적절한 궤도에 들어서

지 못했을 뿐이지요. 전체적으로 볼 때 '좋다'라고 말하기도 어렵겠지만, '아주 나쁘다'라고 하기도 어려운 여건입니다. 모든 것은 마음에 달려 있습니다. 더 열악한 여건 속에서 긍정적인 마음으로 살아가는 사람도 있고, 더 좋은 여건 속에서 부정적인 마음으로 살아가는 사람도 있습니다.

지금의 모든 경험의 원인이 자기 자신으로부터 비롯되었다는 사실을 분명히 알고 받아들일 수 있어야 합니다. 결코 다른 누구를 탓할 일이 아니라는 것을 말입니다. 지금 경험하는 이 모든 일들과 환경들을 다른 누구도 아닌 나 자신이 창조했다고, 책임이 있다고 깊이 절감해야 합니다. 그래야만 어렵고 고된 현실을 바꿀 수 있고, 그 힘을 가진 사람도 오직 나 자신이라는 사실을 알게 됩니다. 다른 사람과 환경을 탓하는 사고방식의 밑바탕에는, 그것들에 의해 내가 좌우된다는 믿음이 깔려 있습니다. 그렇다면 환경이 저절로 바뀌지 않는 한, 나 스스로 어떻게 이 상황을 바꿀 수 있겠습니까?

이와는 반대로, 모든 것이 자기 자신으로부터 비롯되었다고 믿어야만이 잘못된 것을 되돌릴 힘이 이미 자신에게 있음을 알게 됩니다. 그제서야 비로소 자신의 현실을 강력하게 좌지우지할 수 있는 힘을 회복하게 되는 것입니다.

자신과 가족들을 사랑하고 싶다고 하셨네요. 자기 자신을 사랑하지 않고는 다른 누구도 제대로 사랑하기 어렵습니다. 그래서 우리는 타인을 사랑하려 하기 이전에 자신부터 사랑하는 법을 배워야만 합니다. 자신을 사랑하기 위해서는, 먼저 자신에 대한 비난을 무조건적으로 멈출 필요가 있습니다. 평소 자신에게 던지는 비난의 말을 잘 살펴보세요. 잘했건 못했건 자신을 비난하는 일은 이제부터는 절대로 해서는 안 됩니다.

'하려고 작정했던 일을 다 하지 못했어. 난 왜 이리 의지가 약할까! 난 늘 이래! 바보! 한심한 얼간이!'

이런 태도로 자신을 비난해서는 안 됩니다. 이것은 사랑하는 마음의 결과가 아니지요. 달면 삼키고 쓰면 뱉고, 잘할 때에만 칭찬하고 못하면 욕하는 것은 참된 사랑이 아닙니다. 잘하면 충분히 칭찬해 주고, 혹시 실수했더라도 다음번엔 더욱 잘할 수 있도록 격려해 주는 것이 참된 사랑이겠지요. 이제 자신에 대해 비난이 아닌 칭찬과 격려를 하도록 하세요. 지금 있는 그대로의 자신을 무조건적으로 인정하세요. 그것이 바로 자신을 사랑하는 첫걸음입니다.

이런 사랑이 자신의 내면을 가득 채우고 흘러넘칠 때 가족, 친구, 주변 사람들을 적시게 될 것입니다. 그제서야 타인을 진정으로 사랑할 수 있게 될 것입니다. 그렇게 자신을 사랑하게 될 때, 쓸데없는 자존심과 자기 비하를 멈추고, 사물과 현상을 온전히 있는 그대로 보게 될 것입니다. 참된 마음의 평화를 얻게 될 것입니다.

스스로 먼저 행복해지세요. 흔히 행복은 멀리 있는 것이 아니라 가까이 있는 것이라 하지요? 행복은 가족이 부유해짐에 있는 것이 아니라, 맨 먼저 나의 마음을 긍정적으로 밝히는 데 있습니다. 내가 먼저 마음으로 행복해지고, 그 행복한 미소와 사랑스런 웃음을 가족들에게 보여주세요. 진정한 기적은 바로 그때 일어날 것입니다. 진실된 미소와 웃음이 진정으로 자기 자신을 넘어 가족들의 가슴속 깊숙한 곳으로까지 전해질 테니까요.

3. 성장을 위한 축복

백지에 찍힌 점 하나가
남들이 나를 좋아하게 하려면
두려움을 이겨 내는 방법
그냥 이렇게 살다가 죽을래요
마음을 바꾸면 세계가 바뀐다
소외에 관하여
나보다 못했던 친구들의 행복한 모습
성장을 위한 축복
스스로 짊어진 영혼의 무게

* 편안한 관계를 맺기 위한 저자의 멘토링

  1. 누구도 미워하지 말아야 할 이유
  2. 따뜻하고 행복한 가정을 이루기 위해서
  3. 사람 속에서 내가 사는 법
  4. 사랑은 유리 같은 것
  5. 홀로서기
  6. 가족관계의 변화도 결국은 나 자신으로부터

≫ 백지에 찍힌 점 하나가

어릴 때부터 받은 상처가 큽니다. 부모님으로부터의 과잉보호와 완벽주의, 친구들로부터의 왕따, 그런 나쁜 기억 때문에 고등학교를 자퇴했습니다. 폐쇄적인데다가 너무 쉽게 상처 받기까지 하는 성격입니다. 대인공포증까지 생겼죠. 이제는 외출 한 번 하는 것도 너무 힘들고 싫습니다. 그래도 꿈을 잃지 않으려 취미 동호회에도 나가 보곤 하지만, 인터넷 동호회에서 사람 만나는 것은 오래 가지도 않고 저를 너무 힘들게 합니다. 저에게 희망을 주세요.

알고 보면 생각보다 훨씬 더 많은 사람들이 상처, 어려운 일, 괴로움을 겪으며 살아갑니다. 그리고 그러한 기억들을 잊거나, 가슴 깊이 묻어 두거나, 더 이상 현재에 영향을 미치지 못하도록 억압하면서 살아가게 되지요.

백지에 우연히 점이 하나 찍혔습니다. 그 점을 계속해서 바라보았습니다. 드넓은 백지에 찍힌 하나의 점은 무심히 지나칠 수도 있고, 반대로 끝도 없이 그 점만 의식할 수도 있을 것입니다. 매일 그 점만 쳐다보며 하루에 한 개씩 그 점 바로 옆에 다른 점을 찍어 나갔습니다. 하루, 이틀이 지나고, 한 달이 지나고, 1년이 지나자 점은 점점 더 늘어 갔습니다. 그리고 어느 날, 백지는 온통 새까매졌습니다. 이제는 본래 하얗던 때를 기억하기도 힘들게 되었습니다.

백지는 본래 나 자신의 삶이었습니다. 이제 나는 새까만 종이를 들여다볼 수밖에 없습니다. 나의 새까만 종이에 비하면, 남들의 얼룩덜룩한 종이는 아주 순수한 백지처럼 보입니다. 이제 나는 어떻게 살아야 합니까?

하루 아침에, 순식간에, 모든 점을 다 지울 수는 없습니다. 하지만 확실한 것은, 최소한 하루에 하나의 점을 지울 수 있는 지우개가 누구에게나 들려 있다는 사실입니다. 짧은 시간에 너무 많이 지우려 욕심을 내면 종이가 찢어질지도 모릅니다.

너무나도 확실한 사실이 하나 있습니다. 점은 오직 자신의 손으로 매일 조금씩 지워 낼 수 있다는 것입니다. 결국 종이는 다시 백지로 바뀔 수 있으리라는 사실입니다. 시간과 노력이 필요할 뿐입니다. 성급함은 버려야 합니다. 아직 늦지 않았습니다. 용기를 내어 처음부터 다시 시작할 수 있습니다. 너무 욕심 내지 말고, 차근차근 스스로 쌓아 올린 두려움의 실타래를 풀어 나간다면 말입니다.

» 남들이 나를 좋아하게 하려면

많은 사람들이 좋아해 줄 수 있는 사람이 되고 싶어서 실제 마음과는 달리 착한 척했어요. 그런데 그런 행동이 거짓으로 보였는지, 사람들이 저를 좋아해 주기는 커녕 오히려 따돌리는 듯한 느낌이 듭니다. 저의 성격을 고치고 싶은데, 어떻게 해야 하나요?

사람들이 나를 좋아하도록 만들 수 있는 행동이 있다면 그러한 행동을 할 수 있을 것입니다. 그렇게 행동하는 것은 '나의 자유'입니다. 그런 행동 이후에 그들이 나를 좋아할지 어떨지는 항상 나의 뜻대로 될 수 없습니다. 왜냐하면 그것은 '그들의 자유'이기 때문입니다.

내가 원한다고 하여 항상 뜻대로 될 수만은 없습니다. 그런데도 어떤 것이 뜻대로 되지 않는다고 하여 초조하고 불안해 하며 마음의 평화가 깨진다면, 사람들은 무의식 중이라도 그런 것을 감지합니다. 그리고 그것을 느낄 것입니다.

예컨대 착한 '척'하거나 억지로 애교를 떨거나 비위를 맞추는 등 눈에 보이는 부분만이 전부는 아닙니다. 비록 눈에 보이지는 않는다 하더라도 숨겨진 진실이 상당한 영향을 끼치는 것이지요. 단순히 성격을 뜯어고치고, 표면적으로 보이는 모습을 바꾸어 남들과의 관계 속에서 좋은 결과를 얻겠다는 생각을 버려야 합니다. 많은 사람들이 무의식 중에 '진실'을 알고 있기 때문입니다.

사람들이 나를 좋아하도록 만들기 위한 쉽고 단순한 진리가 존재합니다. 그것은 내가 먼저 그들을 향해 마음을 열고 '척'하는 것이 아닌, 진심으로 좋아해야 한다는 사실입니다. 남들을 진심으로 좋아하려면, 그보다 먼저 선행되어야 할 선결 과제가 있다는 것을 알고 있습니까? 자신에게 가슴을 활짝 열어 보일 수 있는 사람만이 타인에게도 가슴을 열어 보일 수 있으며, 자신을 진정으로 좋아할 줄 아는 사람만이 타인을 진정으로 좋아할 수 있고, 자신을 진정으로 사랑할 줄 아는 사람만이 타인을 진정으로 사랑할 수 있습니다.

너무나도 단순하지만 놀라운 사실이지 않나요? 그러므로 남이 나를 좋아하게 만들고 싶으면, 겉으로 보이는 성격 따위를 뜯어고치겠다는 생각보다, 먼저 자신을 진심으로 좋아하고 사랑해야만 하는 것입니다. 그렇게 진심으로 자신에 대한 좋은 감정과 마음을 갖춘 후에야 성격이 바뀔 수도 있고, 힘을 가지게 됩니다. 그제서야 사람들이 나를 진정으로 좋아하게 되는, 진정한 변화가 가능해지는 것입니다.

» 두려움을 이겨 내는 방법

밖에 나가면 마주치기 싫은 사람들을 만날까 봐 불안합니다. 마주치기 싫은 사람을 우연히 만나면 너무 힘들 것 같아요. 좋지 않은 기억이 계속 따라다닐 것을 생각하니 두렵네요. 어디론가 도망치고 싶은 심정이에요.

선택은 단순하게도 다음 둘 중의 하나겠지요. 마주치기 싫은 사람들을 만날까 봐 집 밖에 나가지 않거나, 혹은 만나기를 각오하더라도 나가거나. 불안하고 두렵다고 막연히 생각만 하기보다는 구체적인 미래를 상상해 보세요. 집 밖에 나가지 않는 상상. 그러면 어떻게 될까요? 당장은 편안할지도 모르지만 점점 더 폐쇄적이 되어 가고, 만나기 싫고 두려운 사람들을 피하면 피할수록 더욱더 두려움만 커질 것입니다. 더욱더 폐쇄적이고 움츠러드는, 미래의 자신의 모습을 상상해 보세요.

시간이 갈수록 두려움은 더 커집니다. 지금보다 훨씬 더 부풀려진 두려움을 극복하기란 갈수록 더 힘들어집니다. 한 번 피하기 시작하면 미래의 언젠가 '이대로는 안 되겠다'고 다짐해도 상황을 바꾸어 내기란 힘들어집니다. 지금보다 몇 배나 더 힘들고 어려운 고통을 겪게 될 것입니다.

'좋지 않은 기억이 계속 따라다닐 것을 생각하니 두렵네요.'

기억이 문제가 되는 것은 아니랍니다. 기억과 연결된 감성이 문제가 되는 것이죠. 기억은 언제까지고 살아 있을 것입니다. 하지만 그것은 전혀 문제가 되지 않아요. 오직 그것에 얽혀 있는, 스스로 풀어내지 못한 감정이 문제가 될 뿐이지요.

지금, 두려움이 작은 참새만할 때 그것과 부딪쳐 이겨 내세요. 일단 피해 다니기 시작한다면, 그것은 언젠가 독수리처럼 크게 자라나 당신의 마음을 파먹고야 말 테니까요.

» 그냥 이렇게 살다가 죽을래요

사람들과 마주치는 게 싫어서 휴학했어요. 매일 집에만 있어요. 벌써 몇 주째 그렇습니다. 인간관계를 제대로 맺어 본 일이 한 번도 없어요. 그전에는 학교에서 말 한마디도 안 하고 집에 돌아오면 TV만 보며 살았습니다. 그리고 또 학교, TV, 학교, TV…… 이런 저에게도 성장하고 싶은 마음은 있지만, 이젠 도저히 밖에 나갈 자신이 없어요. 그냥 이렇게 살다가 죽으면 되겠죠…….

'이렇게 살다가 죽을 거야'라고 말할 수는 있겠지만, 그렇게 죽을 수는 없습니다. 님의 상황을 자세히 알 수는 없지만, 다시 학교에 가야 할 상황이 닥칠 것입니다. 그러면 또 고통이 오겠죠. 하지만 학교는 졸업을 하게 됩니다. 그러면 취직을 하거나 사회생활을 해야 할 테지요. 그러면 원하든 원하지 않든, 사람들과 만나고 부대끼는 상황이 어쩔 수 없이 벌어집니다. 지금은 그나마도 나은 편입니다. 학생이니까요.

집에만 있다가 어떻게든 누군가를 만나서 결혼을 했다고 가정해 봅시다. 그래도 또 인간관계라는 것은 발생합니다. 남편의 친구들, 남편의 가족과 친척들과 얽힙니다. 보기 싫다고 보지 않을 수 있는 관계가 아니지요. 세월이 가고 나이가 들수록 점점 더 강제적인 관계들이 늘어갑니다.

그래서 그렇게 살다가 죽을 수는 없습니다. 그나마 지금은 피할 수라도 있지만, 피할 수조차 없는 고통은 점점 더 커져만 갈 것입니다. 피하면 피할수록 고통은 점점 더 커져 갑니다. 조금이라도 더 빨리 고통스러운 것들과 직면하여 해결하고 넘어가는 것이 현명한 처사입니다. 두 눈을 똑바로 뜨고 고통스러운 것을 정면으로 직시해야 합니다. 나중으로 미루면 미룰수록 더 큰 고통을 피하기 위해 몸부림치며 도피해야 할 것입니다. 결국에는 그보다 훨씬 더 큰 고통을 체험할 수밖에 없게 되겠지요.

미래에 다가올 더 큰 고통을 피하기 위해 지금의 작은 고통들과 가슴을 열고, 인내심을 가지고 만나십시오. 그것들 속에 뛰어들어 뒹굴며 그것과 하나가 되도록 껴안아 보세요. 그 속에서 모든 답이 자신의 마음속에 있다는 깨달음을 얻어야 합니다. 두려워하거나 힘들어했던 원인은, 사람들이 아니라 나 자신의 마음속에 있었다는 사실을 결국에는 깨닫게 될 것입니다.

≫ 마음을 바꾸면 세계가 바뀐다

자꾸 자신감이 없어지고, 사무실 사람들이 갑자기 말이 없어지면 내가 또 잘못했
나 하는 마음이 듭니다. 너무 긴장해서 사람들과 눈을 마주치기도 힘들고, 집에
오니 자꾸 눈물이 납니다. 나는 왜 이 정도밖에 안 되는지, 제대로 하는 것도 없
고 실수투성이인 내가 너무나 원망스럽습니다. 직장을 그만두고 다른 일을 찾아
보면 좀 나아질까요? 어떻게 해야 할까요?

→ 주위 환경이 자기 모습을 만들어 내는 것이 아니라, 자신을 대
하는 태도가 자신의 미래의 모습을 만들어 냅니다. 주위 환경이 마음에
들지 않게 돌아갈 수도 있지만 그런 일들이 고통스럽다고 해서 반드시
'나는 왜 이 정도밖에 안 되느냐'고 자학해야만 하는 것은 아닙니다. 무
엇보다도 먼저 확실히 인식해야만 합니다. 스스로를 자학하는 행동은
자신을 서서히 갉아먹는 행위일 뿐이라는 사실을 말입니다.

인간은 세계를 있는 그대로 받아들이기 어렵습니다. '진짜 세계'를
보는 것이 아니라 '믿고 싶은 세계'를 봅니다. 자기 관념의 세계 속에서
스스로 지어낸 세계만을 보게 됩니다. 지금 겪고 있는 모든 상황들이
사실은 자기 마음을 반영한 것이고 투사한 것입니다. 스스로 자기를 무
시하기 때문에 그 결과인 상황들 역시도 스스로를 무시하는 것처럼 일
어납니다. 세계 속에 마음이 있는 것이 아니라 마음속에 세계가 있기
에, 마음을 바꾸면 세계가 바뀝니다. 님이 어디를 가더라도, 다른 일을

찾더라도 이런 사실은 변하지 않을 것입니다.

지금 직장을 그만둘 수도 있겠지요. 신로를 달리하여 다른 꿈을 가질 수도 있겠지요. 그리하여 지금과 같이 힘든 상황으로부터 조금은 더 나아질 수 있을지도 모르지요. 그러나 결국 본질은 같습니다. 자기 마음의 반영이 자신이 경험하는 주관적인 세계를 만들어 낸다는 사실 말입니다. 아무리 현실을 바꾸고자 외적인 노력을 해도, 마음이 바뀌지 않는 한은 그와 유사한 세계 속의 체험이 계속될 것입니다.

그러면 마음은 어떻게 바꿀 수 있을까요? 그에 대해서는 전문가를 찾으십시오. 만약 TV가 고장 난다면, 가장 빠르고 손쉬운 방법은 TV의 전문가인 AS 기사를 부르는 것입니다. 혼자 TV를 고쳐 보겠다고 뜯어 봤자 TV가 고쳐질 리는 만무합니다. 훨씬 더 많은 시간과 기회비용이 소모될 것입니다.

찾는 자에게 길이 트이고, 두드리면 문은 열립니다. 님에게 마음을 바꾸고자 하는 충분한 의지와 결단이 있다면, 찾고자 하는 그것은 결국 모습을 드러내고야 말 것입니다.

과거에 사람들로부터 따돌림당한 일이 있어서 그런지, 누군가 나를 싫어하는 기색이 조금이라도 보이면 무척이나 불안하고 신경이 쓰입니다. 그러면서도 마음 한편으로는 가까이 지내고 싶은 마음도 있고요. 사람들과 만날 때, 소외되는 것이 두려울 때 어떻게 마음먹어야 할까요?

꽃의 주위로 벌이 모여듭니다.

어째서 벌은 꽃으로 모여들까요?

사람의 주변에 사람이 모여드는 이치도 그와 같습니다. 물론 동물의 세계에서와 같이 모든 사람들이 이익만을 향해 모여들지는 않을 것입니다. 그러나 순연(純然)하지만은 않은 세상사에서 인간관계의 상당한 부분을 차지하는 이치가 이와 같을 것입니다.

눈에 보이는 조건적인 유익함 이외에도 그 사람의 마음이 전해 주는 에너지, 성격, 쾌활함과 역동성 같은 유익한 조건들이 사람을 잡아 끌게 될 것입니다. 그래서 소외라는 문제에 대한 답은 자신의 마음에 있다고 할 수 있습니다. 두려움에 떠는 마음, 어둡고 침울한 마음, 스스로 자신을 사랑하지 않는 마음, 자신만이 옳다고 고집하는 태도…… 이런 여러 가지 부정적인 마음의 특성들이 드러나면, 사람들이 멀리하게 될 것입니다. 소외는 결코 타인들에 의해 일어나는 것이 아닙니다. 자기 마음의 어떤 특성과 주변인들의 거부가 만나 함께 창조되는 결과가 바로 '소외'라는 것입니다.

그러니 이제 자신의 마음을 잘 살피는 꾸준한 노력을 통하여 어떠한 면이 부정적인가, 어떠한 면이 사람들을 멀리 가게 하고 있는가를 찾아야 합니다. 행여 마음의 문을 스스로 닫아걸고 있지는 않은가 자신의 마음을 잘 살펴서, 누구라도 들어와 쉬어 갈 수 있도록 활짝 열어 두어야 할 것입니다. 밝고, 깨끗하고, 정리되고, 환한 마음의 방에 배고픈 새들이 찾아와 맘껏 쉬다 갈 수 있도록 마음의 문을 열어 두어야 할 것입니다.

>> 나보다 못했던 친구들의 행복한 모습

저도 한때는 앞날이 창창한 사람이었어요. 하지만 어느 날부턴가 인생이 꼬이기 시작했죠. 그렇게 실패한 나로부터 도망쳐 몇 년 동안 은둔하며 살았습니다. 나보다 못했던 친구들의 행복하고 성공한 모습을 보면서 너무 힘듭니다. 너무 답답합니다.

하늘은 스스로 돕는 자를 돕는다고 하였습니다. 님의 인생은 님 스스로만이 도울 수 있습니다. 어떻게 하면 될까요? 저의 이야기를 잘 들어보시기 바랍니다.

님의 모든 문제는 '비교'에서부터 시작되었을 것입니다. 친구들의 무엇이 그렇게 나보다 못했습니까? 나는 무엇이 그렇게 잘났었나요? 지금은 친구들의 무엇이 그렇게 낫고, 나는 또 무엇이 그렇게 못합니까? 자신의 인생이 꼬이고 답답하게 느껴진다면, 이제는 다른 사람들과의 비교를 그치세요. 그리고 자신의 마음을 들여다보세요. 비교와 우월이라는 마음이 지어내는 환상이 얼마나 자신을 괴롭게 하는 것인지……. 그 속에서 발버둥 쳐 봐야 한갓 실재가 아닌 그림자를 붙들고 씨름하는 것일 뿐임을 이해할 수 있겠습니까?

님에게 지금 절실히 필요한 것은, 남보다 더 잘 나가게 성공하는 일이 아닙니다. 님에게 지금 진정으로 필요한 것은, 먼저 자신의 마음을 들여다보고 '꼬인 인생'이 아닌 '꼬인 마음'을 풀어내고, 진정한 마음의 평화를 찾는 일일 것입니다.

너무 꼬집어 드려서 죄송합니다. 하지만 할 수 없습니다. 진정한 답은 바로 님의 마음속에 있는 것이니까요. 꼬인 인생을 푸는 길은, 님의 꼬인 마음인 비교와 우월의 환상을 푸는 것입니다. 진정으로 님의 마음이 평화로워지고, 남들과의 비교 없이도 똑바로 설 수 있는 마음이 되기를 바랍니다.

» 성장을 위한 축복

저는 자존심이 강하고 남에게 지기 싫어하는 성격입니다. 회사에서 어떤 동료와 사이가 나빠진 후 그 사람 곁에만 가도 불안해지더니, 이젠 가까운 친구나 가족과 있을 때도 불안하고 함께 있기가 힘듭니다. 어떻게 해야 하나요? 정신과 병원이 라도 가야 할까요? 너무 걱정스럽네요.

이미 알고 계시겠지만, 표면적인 원인은 불안하다는 것입니다. 그렇다면 무엇이 불안한지를 찾아보아야겠지요. 처음에는 불안의 원인이 다른 사람들 때문에 일어나는 것으로 보일 것입니다. 혼자 있을 때에는 불안하게 느껴지지 않을 테니까요. 그러나 진짜 원인은 자신의 마음 안에 있는 것입니다. 진정한 원인은 자신의 진짜 모습을 들키기 싫다는 것입니다.

누구나 약한 모습을 가지고 있지만, 그것을 겉으로 내보이기는 싫어합니다. 유난히 겉으로 강해 보이려는 이들은, 사실은 내면이 약하기 때문에 억지로 강한 척 내보이려 하는 것입니다. 더 강한 척 터프한 척 보이려는 이들의 내면이 사실은 그와 정반대인 경우가 훨씬 더 많다는 사실을 아십니까? 진정으로 강한 이는 강함을 굳이 드러내려 애쓰지 않아도 되기 때문입니다. 그렇게 갑옷을 둘러치기만 해서는 현실에서 회피하고 도망가는 꼴밖에 되지 않습니다. 속으로 곪은 것은 숨기더라도 언젠가는 터져 나오게 마련입니다.

누구나 그런 때가 오게 되어 있고, 원치 않더라도 적절한 타이밍에 경험하게 되어 있습니다. 어쩌면 이것은 참으로 축복이라 할 만한 일인지도 모릅니다. 그런 계기가 없다면 어찌 자신의 있는 그대로의 모습을 인정하고, 진정으로 자신을 향한 사랑을 배우며 성장해 나갈 수 있겠습니까?

자신을 있는 그대로 인정하고 사랑하는 법을 먼저 배워야 합니다. 그래야 결국에는 갑옷 따위 입지 않아도 세상을 향해 가슴을 활짝 열어 보일 수 있게 될 것입니다. 그렇게 성장을 향한 여행을 한 발 한 발 이루어 가는 것입니다.

» 스스로 짊어진 영혼의 무게

다들 내가 재수를 해서 대학에 들어간 줄 압니다. 하지만 난 시험장에 들어가길 포기했었죠. 그렇게 대학생인 척한 지 벌써 3년이 지났습니다. 거짓말에 거짓말이 계속 꼬리를 물고……. 이 나이에 다시 시작하자니 무엇을 원하는 건지도 잘 모르겠네요. 하루하루를 지내는 게 너무 고통스러워서 죽고 싶어요. 살 가치도 없는 나. 죽고 싶지만 방법은 모르겠고, 자살 사이트라도 찾고 싶어요. 정말로 떳떳한 모습으로 살고 싶은데…….

순간의 실수로 인해 계속되는 거짓된 모습과 스스로 짊어져야 할 고통……. 그러한 일들로 인한 끔찍한 현실이 저에게도 너무나 크게 느껴집니다. 그러나 죽음은 결코 그 답이 될 수 없습니다. 그저 죽어 버리면 모든 고통과 죄값이 사해지는 걸까요? 아니요, 결코 그렇지 않습니다. 세상은 그렇게 호락호락하고 쉽게 넘어갈 수 있는 곳이 절대 아닙니다.

죽음을 택할 때, 지금까지의 마음의 짐과 고통에 더해서 스스로 생명을 포기한 고통까지 덧붙여 매달게 될지도 모릅니다. 결자해지(結者解之)라는 말처럼, 스스로 묶은 매듭은 결국 스스로 풀어야만 하는 법입니다. 그게 우주의 법칙이고, 세상 돌아가는 이치입니다.

요즘 가만히 보면, 사람들이 특히나 나이에 대한 부담을 지고 있는 듯합니다. 30대면 아직 창창한 나이인데도 "나이 때문에……"라고 말하며 스스로 제약을 지어냅니다. 20대 초반이면 전혀 나이에 제약받을 시기는 아니랍니다. 얼마 전 뉴스에서는 어든이 되어서 계속 공부하는 할아버지에 관한 이야기가 있었습니다. 손주까지 둔 할머니가 검정고시를 보고 합격하여 수능을 본다는 뉴스도 심심찮게 들립니다. 무엇이든 할 수 있는 나이입니다. 나이로 인해 스스로를 제한하는 신념을 강하게 갖지만 않는다면, 몇 살이 되었든 간에 그렇게 큰 걸림돌이 될 것으로 보이지는 않네요.

이미 지나간 과거는 과거일 뿐입니다. 그 과거를 솔직히 털어놓아 매를 맞게 된다면 맞아야겠지요. 하루라도 더 늦기 전에 빨리 매를 맞고 치우세요. 너무나도 지루하고 길게만 느껴지는 고통스런 나날들이 계속되었겠지만, 매를 맞는 순간은 잠깐입니다. 그것은 무척 짧은 순간에 휙 하고 지나가 버리고, 대부분의 일상들이 다시 제자리를 찾아가게 될 것입니다.

하고 싶은 게 뭔지 모를 때는 무엇이든 해야만 합니다! 무엇이든 마음이 가는 것을 행하고, 그 결과를 피드백 삼아 진정으로 원하는 것을 향해 천천히 나아가야 합니다! 지금은 더 이상 고민할 때가 아닙니다. 지금은 묵은 과거의 짐을 던져 버려야 할 때입니다. 1분, 1초가 지날 때마다 점점 더 무겁게 쌓여 가는 거짓이라는 마음의 짐이 더 무겁게 쌓여 자신을 완전히 짓눌러 버리기 전에, 몇 대 매를 맞더라도 거짓의 굴레를 던져 버려야 할 시간입니다.

맹세코 장담하지만, 지금껏 마음을 무겁게 짓누르던 그 마음의 짐보다는 잠깐 맞는 매가 훨씬 더 가벼울 것입니다. 지금이라도 빨리 서두르세요. 더 늦지 않게! 스스로 짊어진 영혼의 짐이 단 1그램이라도 더해지기 전에 말입니다.

누구도 미워하지 말아야 할 이유

→   세상의 그 누구도 자기 혼자만의 존재일 수는 없습니다.

아주 작고 순수한 아이 하나를 떠올려 보세요. 그 아이의 순진무구한 마음속에 세상으로부터의 생각과 믿음, 사고방식들이 넘치도록 흘러 들어갈 것입니다. 가장 가까이에 있는 부모로부터의 생각들이, TV로부터 비롯된 생각과 뉴스들이, 주변에 머무는 사람들로부터의 생각들이, 그리고 아이가 경험하는 세상 모든 곳으로부터의 생각들이……

아이는 서서히 자라나 자기도 모르는 사이에 자신이 접한 환경으로부터의 온갖 생각들을(그것이 부정적인 것이든 해로운 것이든 가리지 않고) 자신의 마음속에 받아들이고, 결국에는 그것들을 '자기 자신의 일부'로 만들어 버립니다.

그러므로 그 누구도 혼자이지 않습니다. 그 누구도 자기 자신만의 세계 속에서 독립적으로 존재할 수는 없는 것입니다.

당신이 미워하는 그는 '세상의 일부'이지 그 사람 혼자만의 존재가 아니며, 세상 속에서 부딪치고 깨어지며 형성된 모든 조각들이 모여 지금의 인격과 성격을 형성하게 된 것입니다. 그러므로 비록 그렇게 보일 지라도, 정확히 어느 한 사람에게 모든 책임을 돌리며 미워하는 것은 무의미합니다. 그것은 그 자신의 책임이자, 그가 평생을 거쳐 만난 모든 주변인들의 책임이며, 사회의 책임이기도 하기 때문이지요. 이것은 그 어떤 과거의 행동과 이유에도 불구하고, 당신이 당신 자신을 미워하지 말아야 할 이유도 되는 것입니다.

그를 이해하기 위해, 당신 자신을 이해하기 위해 노력하세요. 그와 당신, 세상의 모든 이들이 세상으로부터 빚어진 산물이니까요. 모든 이들의 죄를 함께 통감하세요. 세상에 단 한 사람, 홀로 동떨어진 죄인은 없기 때문입니다.

따뜻하고 행복한 가정을 이루기 위해서

→ 　어떤 이들에게는 따뜻하고 행복한 가정을 이룬다는 것이 있는 그대로 별다른 노력을 하지 않아도 가능한 일일지 모릅니다. 그러나 어떤 이들에게는 아무리 노력해도 이루기 어려운 일이기도 합니다. 문제는, 세상에는 후자에 해당되는 가정이 훨씬 더 많다는 것입니다. 잘 살펴보면 그 원인은 첫째로 '사람', 둘째로 '관계'에 달려 있습니다.

따뜻하고 온화하고 배려심 있는 두 사람이 가정을 이루고, 두 사람이 더욱 잘 맞을 수 있도록 서로 노력하며 잘 맞추어 나가면 따뜻한 가정이 됩니다. 여기에 행복한 가정까지 되려면 순탄한 흐름이 더불어 따라주어야 하겠죠. 배우자가 회사를 운영하다가 갑자기 도산을 한다거나 실업자가 된다거나 누군가 가족 구성원이 큰 병에 걸린다거나 하면, 가족 구성원들 모두 합심 단결하여 마음을 잘 다스리면서도 극복을 위한 최선의 노력을 해야 할 겁니다.

누구나 알고 있듯이 결혼은 참으로 중대한 결정입니다. 결혼 후의 나머지 삶 대부분의 시간이 좌우되는 크나큰 결정이기 때문입니다. 결혼은 두 사람만 좋으면 되는 연애와는 다릅니다. 서로 다른 환경에서 평생 살아온 두 사람이 하나의 가정을 꾸립니다. 서로 다른 사고방식을 가진 두 가문이 연결됩니다. 장인, 장모, 시아버지, 시어머니, 배우자의 형제들과 관계 맺어야 합니다. 그들에게도 맞춰 주어야 할 일이, 신경 써야 할 일이, 잘 보여야 할 일이 생깁니다. 배우자 서로의 가족에 대한 대우가 비교되기도 합니다.

이런 모든 것이 뜻대로 될 수 없고, 미리 예단할 수도 없습니다. 결혼을 위해서는 외모나 경제력 등 현실적인 조건도 물론 고려해야 할 대상이겠지만, 그 사람 자체를 보는 눈이 절대적으로 필요합니다. 그의 성품은 어떤가, 온화하고 따뜻하고 배려심 있는가, 나와 성격은 잘 맞는가, 비전은 어떤가를 잘 살펴야 하겠지요.

사람 보는 눈이 없으니, 연애할 때는 간이라도 빼 줄 듯이 덤비는 사람에게 끌립니다. 어릴 때는, 젊을 때는 더 그렇습니다. 사람이 사는데 정말 중요한 건 결국 '마음'인데, 어려서는 외모만 보고 늙어서는 돈만 보고 결혼하는 사례도 많습니다. 아니면 시간에 쫓겨서 '될 대로 되라', '남들이 다 하니까 나도 꼭 해야지' 하는 생각으로 하게 되지요. 아니면 약간의 동정심과 불타는 감정만으로요. 참으로 안타까운 일이 아닐 수 없지요. 이런 결혼은 차라리 아니함만 못하게 되어 버립니다.

따뜻하고 행복한, 아름다운 가정을 이루기 위한 조언을 드려 볼까 합니다.

첫째, 가장 중요한 것은 어찌되었든 배우자인 '사람'입니다. '조건'이 아니고요. 조건은 살면서 바뀔 수도 있지만, 사람의 마음은 여간해선 잘 바뀌지 않습니다. '세 살 버릇 여든 간다'는 속담이 있지요. 일단 맺어지고 나면 되돌릴 수 없습니다. 결혼해서 자신을 바꿔 가면서 상대방에게 맞춰 살아가면 된다고요? 이 말도 맞는 말이긴 하지만, 정말 힘든 일입니다. 처음부터 잘 맞는 짝인가 아닌가를 잘 살피는 것이 으뜸 가는 지혜입니다.

만나는 사람이 있다면 서로의 관계를 잘 살펴보세요. 얼마나 자주 싸우게 되는지, 어떤 일로 그렇게 되는지, 두 사람이 함께함으로써 얼마나 행복하고 평화로운지…… 자연스럽게 연애할 때보다 결혼을 하고서 더 행복하고 평화로워지는 경우는 거의 없습니다. 육아, 경제적 문제, 집안의 문제 등 오히려 훨씬 더 많은 악재들이 기다리고 있죠.

'시작이 반'이라는 속담이 너무 적절합니다. 결혼은 어떤 사람과 하느냐가 반 이상을 차지하는 선택이 됩니다.

둘째, 자신의 마음을 살필 줄 알아야 합니다.

상대방은 좋은 가정을 이루기에 괜찮은 온화한 성품을 가졌는데, 내가 그렇지 못하다면 이 또한 허사일 것입니다. 세상에서 가장 자기 뜻대로 할 수 있는 것은 자신의 마음입니다(역설적으로 가장 어렵기도 하지만요). 늘 상대방을 배려하고 상대방의 입장에서 생각하는 관점을 가지고, 자신의 마음을 다스리기 위해 노력해야 할 것입니다. 하루 아침에 쉽게 되는 것은 아니겠지요. 종교를 가지든 명상을 하든, 자기 수양의 노력을 아끼지 마시기 바랍니다.

셋째, '결혼 전에는 눈을 크게 뜨고 결혼한 후에는 눈을 반쯤 감아라'라는 말을 명심하세요. 하지만 사람들은 거의 반대로 하죠. 결혼 전에는 눈에 뭐가 덮였다가 결혼 후에는 상대방의 단점에 눈을 부라립니다. 결혼 전에는 냉철한 이성으로 살피되, 결혼 후에는 좀 모자란 것이 보여도 그저 내 사람이네 하고 덮어 줄 수 있어야 하죠. 사람을 제대로 본다는 것은 하루 아침에 갖추어지는 지혜가 아닙니다. 하지만 그런 사실을 기억하고, 그런 마인드를 지니려 하는 것과 아닌 것에는 엄청난 차이가 있을 수밖에 없겠지요.

넷째, 의지와 노력의 힘을 알아야 합니다. 세상을 살다 보면 참으로 뜻하지 않았던 일, 자기 의지대로 되지 않는 일이 많다고 느껴질 것입니다. 그중엔 궂은 일도 많지요.

세상일에는 흐름이라는 게 있습니다. 봄이 지나면 여름이 오고, 또 가을, 겨울이 오듯이 인간이 겪는 세상사 역시 마찬가지입니다. 다만 완전히 계절의 흐름을 피할 수는 없다 하더라도, 여름에는 시원하게, 겨울에는 따뜻하게 지낼 수 있다는 사실을 기억하세요. 그것은 냉난방 기구와 시설 등을 개발하고자 하는 인간의 의지에서부터 비롯된 결과입니다.

아무리 궂은 일, 절망적인 일이 있다 하더라도 반드시 좌절해야만 하는 것은 아니죠. '하늘이 무너져도 솟아날 구멍이 있다'는 속담처럼 자신의 의지로 어려움을 헤쳐 나갈 방도가 반드시 있는 것입니다.

가정의 일에도 마찬가지일 것입니다. 어려움은 있을 수 있으나, 그것을 고통으로써 받아들이느냐 극복하느냐 하는 것은 전적으로 자신의 의지에 달려 있는 일이니까요.

부디 지혜로운 선택과 결정으로 세상 모든 이들이 행복한 가정을 꾸리기를 바라는 마음 간절합니다.

사람 속에서 내가 사는 법

→　　살다 보면 사람이 싫어질 때도 있고, 사람이 좋아 사는 맛을 느
낄 때도 있습니다. 하지만 어느 쪽을 더 자주, 크게 느끼는가 하는 것은
자기 자신에게 달려 있음을 알아야만 합니다.

내 마음이 여유롭고 넉넉할 때는 웬만해선 사람이 미워지지 않습니
다. 넉넉하게 받아 줄 수 있고, 작은 일에 크게 마음 상하지 않지요. 반
면 마음이 척박하고 소심해져 있을 때는 누군가 좋게 대해 준다 해도
짜증스럽고 걸리적거리는 듯이 느껴집니다.

그러나 조금만 돌아보면, 세상 살아가는 즐거움 중에 가장 큰 것이 타
인과 함께 공유하고 느끼는 것임은 누구나가 알 수 있습니다.

내 마음에 여유가 없어서, 척박해서, 답답해서, 사람 사는 재미를 잃
기 시작하면 안 됩니다. 사람들이 미워지고, 불편해지고, 사람들로부터
마음의 문을 닫고……. 그렇게 완전히 담을 쌓아 버리고 '세상에는 나
혼자'라는 믿음이 높은 성벽처럼 세워지게 되면, 세상은 사막이 됩니
다. 고통스런 지옥이 됩니다.

설사 지금 잠깐 힘들더라도 절대로 포기해서는 안 됩니다.

사람을 포기하지 말고,

사랑을 포기하지 마세요.

그것만이 내가 사는 길입니다.

사랑은 유리 같은 것

→   "그땐 몰랐어요~ 사랑이란 유리 같은 것~"

이제는 꽤나 오래전이 되어 버린 어느 여가수의 노래 가사 중 한 구절입니다. 이 노래를 아시는 분은 아시겠지만, 여기서 유리 같다는 표현은 투명하거나 맑다는 의미가 아니라, 몹시 연약하고 깨어지기 쉽다는 사실을 비유하고 있지요.

세상을 살아가자면 다른 많은 이들과 관계를 맺게 되는 것은 당연합니다. 그 가능성 중에서도 가장 가까운 것이 사랑이라는 이름으로 맺어진 관계일 것입니다. 사랑이라는 감정에는, 두 가지 극단적인 특성이 양날의 검처럼 내재되어 있습니다. 하나는 사랑으로 인한 기쁨일 것이요, 또 다른 하나는 사랑으로 인한 고통일 것입니다.

우리는 타인과 관계를 맺고 대할 때 마음에 적절한 갑옷을 입고 있습니다. 만나는 누구에게나 마음의 모든 것을 다 보여 주지는 않지요. 개인적인 성향과 성격에 따라 정도의 차이는 있겠지만, 가까운 이에게는 마음의 많은 부분을 열어 보여 주고, 형식적인 관계일수록 많은 부분을 닫아 둘 것입니다.

사랑이란 이름으로 맺어지는 관계에는 대체로 마음의 문을 활짝 열어 놓게 되죠. 갑옷 따위는 훌훌 벗어 버리고 만날 것입니다. 사실은 그래서 문제가 쉽게 발생합니다. 세심한 배려는 잊고, 부주의하게 말하고 행동함으로써 너무 쉽게 상처를 주고받는 관계가 이어지게 되지요.

"난 내 성질대로 살아!"

"내가 한 성질 하지!"

치고 받는 전쟁이든 조용한 냉전이든, 전쟁은 시작되고 관계를 망칩니다. 어떤 이들은 서로 할퀴고 상처 주며 헤어지겠죠. 그러나 또 어떤 이들은 그렇게 서로 상처 주고 아파하면서도 관계를 칼같이 끊지도 못합니다.

이런 사실을 일찍부터 깨달아야만 합니다. 둘을 이어 주는 관계는 유리처럼 깨어지기 쉬운 재질로 되어 있습니다. 그렇기에 더욱 세심한 배려와 서로가 주고받을지도 모르는 상처에 대한 이해가 필요합니다. 한마디 말이 소중한 상대방에게 상처가 될지도 모른다는 사실을 알아야만 합니다.

절대로 다투는 일이 있어서는 안 된다는 이야기가 아닙니다. 서로 다른 마음을 가진 두 사람이 살아가는 이상, 그런 일은 분명 일어날 수 있습니다. 그럴 때 성질대로 다 하지 말고, 되는 대로 휘두르지 말고, 자제력을 가져 보세요. 조금이라도 더 참고 인내하도록 하세요. 상대방이 나쁜 감정 상태에 있을 때는, 아무리 옳은 이야기라도 삐딱하게 들리는 법입니다. 폭풍 같은 화가 올라오는, 불쾌한 감정이 지배하는 시간이 지나길 기다려야 합니다. 그리하여 평화를 되찾았을 때, 조용히 이야기를 해보아도 늦지 않습니다.

유리는 조심해서 다루어져야 합니다.

혈연으로 맺어진 가족이 아니라 언제든지 깨어질 수 있는 관계이기 때문입니다.

홀로서기

꽤 오래전 입소문으로 퍼지며 공전의 히트를 기록한 유명한 시 중에 「홀로서기」라는 제목의 시가 있습니다. 제목만을 언뜻 보았을 땐 뭔가 외로운 느낌을 주지만, 사실은 전혀 그 반대의 내용을 담고 있다고 저는 이해하고 있답니다. 시의 본문이 시작되기 전에 '홀로서기'란 제목 바로 아래에 작은 글씨로 다음과 같은 부제가 붙어 있었죠.

'둘이 선 하나가 만나는 것이 아니라 홀로 선 둘이 만나는 것이다.'

사람들은 흔히 남녀 두 사람이 만나 하나처럼 되기를 바랍니다. 그래서 '일심동체'라는 표현도 있지요. 하지만 그런 경우가 어디 흔한가요? 서로 다른 마음을 가진 두 사람이 만나 서로 맞춰 보려고 애를 쓰지만, 관계는 온갖 트러블에 삐그덕거리기 일쑤입니다.

처음엔 상대방의 좋은 점만 보이겠지요. 사랑에 빠진 연인들은, 더군다나 처음 관계가 이루어졌을 땐, 이성은 마비되고 감정만 남게 됩니다. 그리고 세달 쯤 지나면 눈에 씌였던 것이 조금씩 벗겨지기 시작하지요. 많은 시간을 함께하면서 상대방의 단점들이 드러나기 시작합니다. 게다가 상대방에게 요구하는 것도 점점 늘어나기 마련이죠. 요구가 늘어나면 불평불만도 함께 커지고요. 싸움도 일어나기 시작하고, 신경 전도 하게 될 겁니다. 그러다 헤어지는 일도 생기고, 헤어졌다 다시 만나는 일도 생기게 되죠. '사랑은 아픈 거'라는 노래 가사처럼 고통스럽기까지 합니다. 이쯤 되면 천국과 지옥을 넘나드는 기분이라고 표현할 수도 있을까요?

유행가의 가사를 보면 온통 사랑타령 일색인데, 내용을 보면 거의 비슷비슷합니다. 나와 내 연인 사이에서만 일어나는 일이 아니라, 정도의 차이는 있지만 대부분의 사람들에게 일어나는 일이라는 것이죠.

세상에는 과학 장비로 측정할 수 있는 에너지도 있지만, 아직 측정하지 못하는 정신세계, 마음의 세계에서만 존재하는 에너지도 있는 것 같습니다. 그 예가 바로 사랑, 의지, 생각, 감정과 같은 것들이죠. 장비로 측정은 불가능하지만, 인간을 움직이도록 하는 원동력이 되니까요. 사람들 사이의 관계를 구성하는 것도 역시 이런 에너지라고 할 수 있습니다. 이 에너지를 다른 말로 표현하면 사랑, 관심, 인정, 주의(注意) 정도로 대체될 수 있겠죠.

우리는 관계 속에서 사랑, 관심, 인정 받기를 원합니다. 때론 주변의 주의를 끌고 싶어하기도 합니다. 즉 타인과 세계로부터의 에너지를–사랑, 관심, 인정, 그 이름이 무엇이 되었든– 갈구하는 것입니다.

그것이 연인이든 친구든, 두 사람간의 관계에 있어서도 마찬가지입니다. 이상적인 사랑은 아낌없이 조건 없이 주는 것이지만, 현실적으로는 그렇지 못합니다. 의식적으로든 무의식적으로든, 상대방으로부터의 애정과 관심과 인정을 바라기 때문입니다.

여기 마음이 허기진 남녀 두 사람이 있습니다. 그들의 항아리(마음)에는 아쉽게도 채워진 물(에너지)이 별로 없습니다. 위가 비어 배가 고파지는 것처럼 마음도 무척 외롭고 텅 빈 공허감이 가득하겠죠. 그런 두 사람이 사귀게 되었습니다. 이제 자신의 외로움과 공허함을 채워 줄 수 있으리라는 기대에 두 사람의 눈빛은 상대방을 향해 열심히 갈구합니다. 하지만 서로 경계하면서 가까워지는 약간의 시간이 지나고 나면 알게 되죠. 내가 비어 있기 때문에 상대방에게 바라고 요구하지만, 원하는 것(사랑과 관심과 애정, 즉 에너지)을 원하는 만큼 얻을 수 없다는 것을요. 서로에 대한 요구가 늘어나면 늘어날수록 관계는 더 쉽게 허물어질 수밖에 없는 것입니다.

이미 비어 있는 항아리를 끌어안고, 주고 싶다는 생각만으론 절대 줄 수 없습니다. 상대방이 내 항아리를 채워 주기를 바라지만, 상대방의 항아리도 비어 있지요. 내 마음조차 내 뜻대로 잘 되지 않는 경우가 많은데, 상대방이 내 뜻대로 될 리는 없을 것입니다. 결국 이런 사실들을 심사숙고해 본다면 도달할 수 있는 결론은 하나뿐이죠.

'내 항아리(마음)의 물(에너지)은 나 스스로 채워야 한다!'

이는 자신을 먼저 사랑함으로써 가능해집니다.

홀로서기란 자신의 항아리를 먼저 채우는 일입니다. 마음에 에너지가 충만하면, 홀로 있어도 외롭거나 공허하지 않습니다. 외부의 타인에게 의존함으로써 텅 빈 마음을 메우려 하지도 않고, 다른 관계에 집착할 필요도 없습니다. 그렇기에 홀로서기가 가능한 사람들이 만날 때, 거기에는 진정한 사랑과 함께하는 행복과 충만함이 가득할 것입니다. 서로의 에너지를 빼앗기 위해 할퀴고 상처 주는 일 따위는 일어나지 않을 것입니다.

사람들은 누구나 관계를 맺으며 살아갑니다. 심지어는 타인이 아닌 자기 자신과도 스스로 관계를 맺게 되죠. 가장 가까운 곳부터 채워 나가지 않으면 안 됩니다. 그것은 다름 아닌 자기 자신과의 관계이고, 자기 자신을 사랑하는 데서부터 시작됩니다.

자기 자신을 사랑할 수 있는 사람이 타인도 진정 사랑할 수 있는 것입니다. 홀로 설 수 있는 사람이 진정 사랑할 수 있는 사람입니다.

가족관계의 변화도 결국은 나 자신으로부터

→ 　　세상에 존재하는 대부분의 관계에 선택의 여지가 있는 것은
아닙니다. 무슨 말인고 하니, 배우자가 있는 사람이 있는가 하면 없는
사람도 있고, 형제자매가 있는 사람이 있는가 하면 없는 사람도 있습니
다. 고모, 이모, 삼촌, 사촌…… 대부분의 관계가 그러하다는 말입니다.
하지만 유일하게 반드시 존재하는 하나의 관계가 있으니, 그것은 바로
부모인 것이죠(고아로 자랐다고 하더라도 누군지 모르는, 자신을 버린 미지의 부
모인 누군가가 반드시 있을 겁니다).

　　누구에게나 가족이란 참 미묘한 관계일 것입니다. 배우자를 제외한
그 어떤 가족관계에도 선택의 여지는 없었습니다. 누구도 부모, 형제,
자식을 선택하지 않았습니다. 그것은 강제적으로 주어진 것이나 마찬
가지죠. 좋은 성격의 가족이 주어진다면 그보다 좋을 수는 없겠으나,
그런 복을 받은 사람이 세상에 얼마나 될까요? 가족간에는 크든 작든
애증이 함께합니다.

　　많은 사람들이 크게 착각하는 것이 하나 있습니다. 자신의 가정은 상

대적으로 덜 화목해 보이는 반면, 남의 가정은 더 화목해 보인다는 것입니다. 자기 가족 구성원들과의 관계는 너무나 분명히 드러나는 반면, 다른 가정의 일은 누구에게나 엄청난 프라이버시에 해당되는 일이기 때문에 잘 드러나지 않습니다.

저는 상담 일을 오래 하다 보니 많은 사람들의 가정에 관한 사례들을 접할 수 있었습니다. 그중 참으로 많은 사연들이 부모에 관한 것들이었습니다. 특히 아버지에게서 비롯된 가정폭력, 알코올중독과 부모의 이혼 등의 사례들을 접하게 되었죠. 우리 사회에 그토록 많은 심각한 사례들이 있으리라곤 미처 생각지도 못했던 일이었습니다. 너무나 당연하게도 그것은 그들 당사자만의 문제가 아닙니다. 그들은 자식과의 관계에 좋지 않은 영향을 미칠 수밖에 없고, 그런 관계는 가족 구성원 각각의 삶과 마음에 씻기 힘든 상처와 흉터를 남깁니다. 이는 결과적으로 낮은 자존감과 자신감으로 이어져 고민의 원인이 되고, 사회적 관계를 악화시키는 이유가 되겠죠.

우울증이나 대인기피증 등 심적·사회적 문제로 특별히 두드러지는 이들을 질병의 사례로 두고 제외한다면, 표면적으로 보았을 때 큰 문제는 없어 보입니다. 하지만 각 개인의 어린 시절, 가족 구성원 각각의 관계를 두고 조사해 본다면, 문제는 사회 전반에 뿌리 박혀 있다는 것을 알게 됩니다. 여기서 다음의 한 가지 사실로만 본다면 위안이 될 수도 있을까요? 나만 그런 것이 아니구나! 내 가족만 그런 것이 아니구나!

부모는 자식을 낳고, 그 자식은 또 부모가 되어서 자식을 낳고…… 부모와 자식 간의 관계는 끝없이 이어집니다. 사회는, 특히 유교적인 전통에서는 자식이 부모를 사랑하고 공경하고 존중하고 순종하도록 가르치지만, 실질적인 관계에서는 그러기가 쉽지 않습니다. 관계는 어떤 경우에라도 일방적이 아닌 쌍방간의 소통이기 때문입니다. 부모가 제대로 훈육하지 못하면서, 그들 자신이 올바르게 처신하지 못하면서 자식이 바르기만을 바랄 수는 없습니다.

유아교육과 관련된 이야기에 따르면, 생후 36개월 이전에 그 사람의 평생을 좌우할 정서체계가 확립된다고 합니다. 정서체계가 결정된다는 것은, 자신이 평생 행복하거나 불행하다는 느낌이 결정된다는 것입니다. 36개월이면 이후 이 시기의 기억이 없을 만큼 이른 시기입니다. 이 글을 읽는 여러분이 부모를 원망하는 마음이 있다면, 그렇게 이른 시기에 신경 써주지 못한 부모를 원망하는 마음이 더욱 커져 있을지도 모릅니다. 하지만 원망하는 마음은 내려놓고 잘 생각해 보시기 바랍니다.

지금 여러분의 부모가 스스로 결정하고 사고할 만한 힘이 없을 때, 그들의 부모가, 즉 여러분의 조부모가 그들을 그렇게 훈육했습니다. 부모의 부모 역시도 그들의 부모에게서, 그들의 부모 역시도 그렇게 훈육되었을 것입니다. 이런 과정은 끝도 없이 거슬러 올라갈 것이며, 바로 여러분 자신의 대에서도 악순환은 되풀이되고 있습니다. 무의식에 저장된 유사한 경향성은 자신의 조상과 지속적으로 공유됩니다. 즉 집안의 내력인 셈이죠.

기회는 바로 지금, 여러분 자신의 것일 수밖에 없습니다. 지금 이런 경향성을 끊어 내지 못하면, 이것은 언제까지고 반복될 것입니다. 여러분 자신의 부모로부터 이어받은 고리는, 여러분 자신을 통해 자식에게로 이어져 내려갑니다.

곱절의 인생을 살아오면서 경직된 부모 세대의 마음보다는, 아직 더 젊고 유연한 내가 바뀌기가 훨씬 쉽습니다. 나 자신을 바꾸어 내기도 어려운 일인데, 어찌 부모의 마음을 바꾸어 낼 수 있겠습니까? 내가 먼저 용서하고, 내가 먼저 감사하고, 내가 먼저 변화할 수밖에요.

마지막으로 이런 이야기를 드리고 싶습니다. 가족관계란 내가 보지 못하는 나의 모습을 거울처럼 반영해 준다는 사실을요.

우리는 자신의 모습을 직접적으로는 잘 볼 수 없기 때문에 거울에 투영된 모습을 봅니다. 하지만 몸이 진짜 자신의 모습은 아니죠. 마음과 영혼이 자신의 본질에 가까운 모습이라 한다면, 자신을 돌이켜보기 위해서는 특히 가까운 주변과의 관계, 가족과의 관계를 보아야만 합니다. 관계에 있어서 트러블이 있다면, 그건 자기 내면이 그만큼 정리되지 않았다는 것을 나타냅니다. 보통의 경우라면 상대방의 탓으로 돌리겠지만, 그렇게 해서는 문제가 해결되지 않습니다. 결국 문제는 자기 자신에게 있는 것이고, 관계에서의 문제가 보여 주는 것은 그러한 반영일 뿐이니까요.

결국 모든 것은 나 자신으로부터 비롯된다는 사실을 꼭 기억하세요. 오랜 과거로부터 이어져 내려오는 집안의 문제를 끊을 수 있는 것도 자기 자신이고, 관계를 변화시킬 수 있는 것도 자기 자신이라는 사실 말입니다.

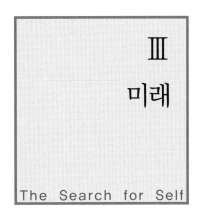

Ⅲ
미래

The Search for Self

1. 진정한 나를 찾아 떠나는 여행

» 진정한 나를 찾아 떠나는 여행

살다 보면 일이 뜻대로 되지 않는 경우도 많고, 저 자신이 한없이 초라하고 한심하게 생각될 때도 많습니다. 이런 것 때문에 자주 우울함에 빠지곤 합니다. 아직 연륜이 부족해서 그럴까요? 어떻게 대처해야 할지 막막하기만 합니다.

나이와는 큰 상관이 없습니다. 어떤 이들은 40이 넘어서야 너무 늦었다고 깨닫기도 하고, 어떤 이들은 50이 넘어서 혹은 임종할 때가 되어서야 그러기도 합니다. 육신의 나이와 마음의 나이는 어떤 면에서는 비례하기도 하지만, 또 어떤 면에서는 그렇지 않습니다. 연배를 무기 삼으면서도 생각이 어린 사람들을 우리는 참으로 자주 만날 수 있습니다. 그렇다면 방법은 무엇일까요? 나이가 들면서 저절로 알게 되고 깨우쳐지는 것이 아니라면, 방법은 무엇일까요?

말씀하신 바와 같이 일이 뜻대로 되지 않는 경우도 많은 것이 사실입니다. 그러나 '진짜 사실'은 무엇입니까? 자신의 뜻대로 안 되는 것은 당장 할 수 없는 것을 당장 하려는 성급함 때문이고, 준비와 노력이 부족한 나태함 때문이었습니다.

'저 자신이 한없이 초라하고 한심하게 생각될 때도 많습니다.'

마음은 가만히 놓아 두는 한, 마음을 다스리기 위한 훈련이 따라 주지 않는 한은, 반복해서 습관적으로 부정적인 상태에 빠지려는 경향이 있습니다. 자신을 좋게 생각하기 위해 진정으로 필요한 것은, 반드시 일이 뜻대로 이루어지고 욕심이 채워지는 것이 아닙니다. 그보다 더욱 필요한 것은, 먼저 자신을 무조건적으로 신뢰하도록 마음먹는 것입니다. 그렇게 습관 들이고 길들여야 합니다. 무조건적 신뢰와 사랑이 진짜 신뢰고 진짜 사랑입니다. 결코 자신을 초라하게 느끼거나 한심하게 여기도록 허락하지 마세요. 외부의 일과는 상관없습니다. 오직 자신의 마음에 달려 있는 것입니다.

정말로 연륜이 부족해서입니까? 그렇지 않습니다. 나이가 들어감에 따라 자연적으로 차차 나아질까요? 물론 그럴 수도 있고 아닐 수도 있겠지만, 절대적인 변수는 나이가 아닙니다. 진정으로 필요한 것은, 자신의 모든 면을 인정하고 신뢰하고 사랑하고자 하는 노력입니다. 그러니 이제부터라도 시작하면 됩니다. 여태까지 그것을 어떻게 해결할지 정말로 애써 보지 않았기 때문에 모르는 것입니다.

의식적인 노력의 시작은 정신적인 면에서 참으로 뜻 깊은 일입니다. 이는 곧 진정한 자기 자신을 찾아가는 여정으로 비유할 수 있을 것입니다. 진정한 마음의 세계에 발을 들이신 것을 환영합니다! 진정한 자신을 찾는 길에 나선 것을 진심으로 환영합니다!

>> 도대체 왜 살아야 합니까?

삶의 모든 것이 허무하게 느껴집니다. 왜 이렇게까지 때론 웃고 또 때론 울면서 살아야 합니까? 결국은 누구나 죽고 말 텐데요. 그래서 무기력합니다. 즐겁지 않습니다. 죽지 못해서 삽니다. 이렇게 허무한 인생이란 것을 도대체 왜 살아야 하나? 그런 의문만 계속됩니다.

생각으로만 사는 삶은 허무합니다. 가슴으로 사는 삶은 있는 그대로, 아무것도 덧붙이거나 뺄 것 없이 온전하다는 것을 알게 됩니다. 저에게도 님과 같이 모든 것이 허무하게만 느껴지던 때가 있었습니다. 꽤나 오래전의 일이지요. 모든 것이 허무하기 때문에, 무의미하기 때문에, 그런 반복을 끝도 없이 계속해야 하기 때문에, 삶이란 것에 넌덜머리가 날 지경이었습니다. 그래서 탈출을 시도했습니다. 이 지겨운 삶의 수레바퀴에서 벗어나 보자는 심산으로 명상이니 수련이니 하는 것을 시작하고 많은 시간을 투자했습니다.

그렇게 10년이 지난 어느 날, 어떤 체험이 나를 때리더군요. 그제서야 진정으로 깨달을 수 있게 되었습니다. 나는 생각으로 삶을 살아왔고, 사랑이 없는 삶을 살아왔고, 메마르고 건조한 땅을 스스로 선택해 발 디디고 있었다는 것을요. 그제서야 가슴에 사랑의 씨앗이 자라고, 웃음이 피어나고, 주위를 돌아볼 수 있는 여유가 생겼습니다. 가슴이 열리기 시작했습니다. 그리고 마침내 알게 되었습니다. 삶이란 결코 허무하지도 무의미하지도 않다는 것을. 지금 있는 그대로 다가오는 모든 것들은 수천 수백만 가지 의미와 사랑으로 가득 차 있다는 것을. 이것은 가슴을 열기 전까지는 아무리 말해도 모를 것입니다. 제가 삶을 허무하게 느끼던 그때, 누군가 이런 이야기를 해주었다 해도 아마 저는 받아들이지 못했을 것입니다.

극복하려 하지 마세요. 마음이 이끄는 대로 끝까지 가 보십시오. 정말로 죽고 싶다면 죽어 보십시오. 허무하다면 허무의 끝까지 가 보십시오. 할 수 있는 모든 것을 다 해보십시오. 단, 생각으로는 살지 마세요. 전심전력을 기울여 마음이 이끄는 것을 행하십시오.

가장 적절한 때가 되면, 무의미의 사막 속에서 의미는 스스로 그 의미를 드러낼 것입니다. 바위 틈에서도 꽃이 피어나듯이 말입니다.

» 절대로 변하지 않는 것

산다는 것이 너무나도 회의적으로 느껴집니다. 왜 꼭 살아야 하나요? 그냥 다 때려치우고 싶은 마음만 가득합니다. 왜 이렇게 힘들게 살아야만 하는지……. 죽을 용기가 없으니 그냥 되는 대로 살다가 가도 되는 거 아닌가요? 정말로 괴로운 것은 이런 마음 한편에는 남들처럼 떵떵거리며 잘살아 보고 싶다는 마음도 있다는 겁니다. 도대체 어떻게 살아야 하는지 가르쳐 주세요…….

반드시 기억하십시오. 삶에서 절대로 변하지 않는 것 중의 하나는, 자신의 삶은 결국 자기 스스로 책임질 수밖에 없다는 사실입니다.

가장 열심히 뛰어야 할 시기임을 알면서도 나태하고, 그렇게 나태했던 자신을 미워하기까지 한다면, 결국 그 모든 행동들에 대한 책임은 다른 누구도 아닌 자신의 손으로 직접 짊어져야 할 것입니다. 멀지 않은 미래의 어느 날이겠지요.

'반드시 이렇게 해야만 한다'라는 것은 없습니다. 반드시 부지런해야 하고, 철두철미하게 준비해야 하고, 좋은 생각만을 해야 한다……. 그런 것은 없습니다. 오직 자신의 자유로운 선택에 대한 책임만이 남을 뿐입니다. 미래의 어느 날인가 돌아올 결과를 완전히 있는 그대로 받아들일 수 있다면, 그저 하고 싶은 대로 흘러가도 좋습니다.

최악의 결과는, 미래에 후회할 행동을 지금 선택하고서도 결과로 다가온 날에 닥친 현실을 책임지지 못하고 고통스러워하는 것입니다. 스스로 지어낸 결과를 두고, 자기가 한 일이 아니라며 도망치는 것입니다.

그래 봐야 아무런 소용이 없다는 것을 미리 예견하십시오. 결국 회피한 책임은 몇 곱절로 불어나 돌아오게 됩니다. 도망갈 길은 아무데도 없습니다. 죽음조차도 책임을 면하도록 내버려 두지는 않을 것입니다. 사채 같은 이자를 불려서 되돌아올 뿐이지요.

이것은 절대로 변하지 않는 우주의 법칙입니다.

>> 뿌린 대로 거둘 뿐

열심히 살려고 하다가도 누군가 상처 주는 말을 던지면 자꾸 남과 비교하게 되고, 인생에 대해 자포자기하는 마음이 되어 버립니다. 왜 열심히 해야 하나요? 왜 최선을 다해야 하나요? 어차피 남들처럼 살지 못하고 평범하지도 못하게 살아 왔다면, 그냥 평생 이렇게 살다 가면 되지 않나요? 어차피 한 번 죽는 인생, 그냥 하고 싶은 대로 살다 혼자서 비참하게 죽지요. 누군가 성공하면 반드시 누군가 실패해야 하잖아요. 열심히 하라고, 누구나 부자가 될 수 있다고 하는 책들이 모두 거짓으로 느껴집니다. 왜 이렇게 삶은 고통스럽나요? 님께 삶은 언제나 기쁨과 행복만이 계속되나요?

● (님의 이야기를 그대로 빌려 보자면) 그렇게 살지 않을 수 있음에도 불구하고, 평생 그 따위로 살다 가세요. 성공을 느끼며 자랑스러운 삶을 살 수 있음에도 불구하고, 패배자의 인생을 사세요. 자신의 인생에 관한 참되고 아름다운 이야기를 찾을 수 있음에도 불구하고, '누군가 성공한다면 누군가는 반드시 실패한다'는 세상에 떠도는 거짓 이야기를 믿으세요. 남들이 지나가며 던지는 부주의한 작은 한마디에 주의를 기울이지 않을 수 있음에도 불구하고, 그런 이야기를 마음속에 꼭꼭 담아 두고 평생 상처 받으며 사세요. 지금 이 순간 뿌릴 수 있는 온갖 좋은 씨앗이 있음에도 불구하고, 과거에 뿌려 놓은 온갖 썩은 씨앗들의 수확을 지금 거두며 사세요. 그리고 그 모든 책임을 지면 됩니다.

좋은 씨를 뿌린 책임이나

나쁜 씨를 뿌린 책임이나

모두 결국은 자신에게 돌아온다는 것.

그것이 삶의 변하지 않는 법칙이자 진실입니다.

'님께 삶은 언제나 기쁨과 행복만이 계속되나요?'

그래서 언제나 저는 기쁨과 행복의 씨앗만을 뿌리며 살고자 노력합니다.

좋은 씨앗들은

뿌리는 동안에도 그것이 담은 좋은 느낌을 전해 주고

싹이 트는 동안에도 그것이 담은 좋은 느낌을 주며

수확을 하면 훨씬 더 크게 좋은 느낌을 줍니다.

나쁜 씨앗도 마찬가지입니다. 그런데 어떻게 좋은 씨앗이 아닌 나쁜 씨앗을 뿌릴 수 있겠습니까? 그럴 이유가 도대체 어디에 있습니까?

» 착하게 살기

착하게 살기 위해서 무엇이든 참아 가며 도우니, 사람들은 그런 절 이용하는 것 같습니다. 계속 이용당하기도 싫고, 그런 사람들과 똑같이 될 수도 없고……. 어떻게 살아야 하나요?

그 어떤 선한 동기에서 비롯된 것이든, 과도한 집착은 문제를 낳게 마련입니다. 님과 같이 '착해야 한다'거나 '도와야 한다'는 종류의 생각들에 과다하게 집착하며 살아가는 사람들이 많이 있습니다. 하지만 이러한 '해야 한다' 강박관념―님의 경우에는 '착하게 살아야 한다'―으로부터 비롯된 결과는, 결국 긍정적인 방향으로 나아가기 힘듭니다. 그것이 비록 '착하게 살아야 한다'는 생각에서 비롯된 것이라 할지라도 말입니다. 참으로 바람직한 것은, 진정으로 사랑하는 마음에서 나오는 베풂입니다.

착하게 살려고 하는 점을 이용하는 사람들도 있을 수 있습니다. 그러나 그들을 탓하지 마세요. 그들에게 책임이 있듯이 님 자신에게도 책임이 있습니다. 자신에게 일어나는 모든 일에 대한 책임 중 적어도 절반은 자신에게 있음을 먼저 인정하셔야 합니다.

무조건적으로 착하게 살 필요는 없습니다. 살고 싶은 대로, 마음 가는 대로, 양심의 소리를 지키며 사는 법을 터득하세요. 무엇이든 반드시 도와야 하는 것은 아닙니다. 진정으로 돕고 싶은 바로 그때에만 도우면 됩니다. 마음이 진정으로 움직일 때 도우면 됩니다. '반드시 이래야 한다'는 집착에 따라 사는 것이 아닙니다. '이렇게 되어야 한다'는 생각에 따라 사는 것이 아닙니다.

마음 가는 대로 사세요.
마음의 소리를 따라 사세요.
그것이 진정으로 사는 길입니다.

너무 착하게 살면 힘들다고 합니다. 적당히 이기적이고 계산적으로 살아야 편하다고 합니다. 너무 착하게 살면 힘드니 약게 살라고 합니다. 저는 착해서 피곤하게 사는 거라는 말을 많이 들었습니다. 하지만 그 말들이 저 자신이 너무 눈치도 없고 멍청하고 바보라는 소리로 느껴집니다. 도대체 어떻게 살아야 하나요?

생긴 대로 살라는 말이 있지요. 흔히 장난 삼아 하는 말이긴 하지만, 잘 생각해 보면 나름대로 깊은 뜻을 발견할 수 있습니다. 생긴 대로 살라는 말이 결코 대충 되는 대로 살라는 이야기는 아닙니다. 풀이해 보면 자신의 본래 모습 그대로, 있는 그대로 진정한 자기 자신이 되어 살라는 이야기이지요.

세상을 살아가면서 자신의 정체성과 관련해서 발생하는 혼돈은 진정한 자신이 되지 못함에 있습니다. 남들이 이렇게 되어야 한다고 하니까 그렇게 되어야만 할 것 같지만, 진정한 자기 마음은 그렇지 않으니 그 중간에서 어정쩡하게 이리저리 흔들립니다. 자기 중심이 없어서 여기저기서 불어오는 방향에 어지러이 나부낍니다.

진정한 나는 누구이며 어떤 존재입니까?
내가 진정으로 원하는 것은 무엇입니까?

자신에게 진지하게 질문해 보세요. 그러한 질문들로부터 가슴으로 얻은 답에 따라, 열정을 다 바치며 지금 이 순간을 불사르며 사십시오. 바로 거기에 길이 있는 것입니다.

너무 착하게 살면 힘들다거나 적당히 이기적으로 살라는 이야기들은, 진정 스스로 인정하고 수긍하는 이야기입니까? 아니면 주변인들로부터 빌려 온, 이야기를 시작한 그들 자신조차도 따르지 못하고 검증되지 않은 이야기입니까? 그들 자신조차도 검증하지 못한, 그저 입으로만 떠들어대는 이야기에 따라 살겠습니까? 아니면 진정한 자신으로부터 나오는 마음의 소리에 귀 기울이며 살겠습니까?

너무나도 명확한 일입니다. 진정한 자신이 되어, 자신의 마음을 따라 사세요. 오직 그것만이 진정한 삶을 만들어 나갈 유일한 길입니다.

» 삶이 허무합니다

삶이 너무 허무합니다. 아이들을 보면 그 아이들의 미래가 얼마나 쳇바퀴 도는 듯한 삶을 이어갈지 훤히 보입니다. 너무나도 허무한 삶이겠지요. 그런 생각을 하다 보면, 지금과 같은 결혼생활에서 벗어나 혼자 영적인 삶을 살아가야 하는 게 아닌가 혼란스럽습니다.

● 　　당신의 신념을 타인에게, 새로 태어날 아이들에게 투사하고 있습니다. 삶이 허무하고 다른 모든 이들의 일상적인 삶도 허무하리라 는 생각은, 그저 자신의 믿음을 반영하는 생각이자 태도에 지나지 않는 다는 것을 알아차리세요.

모든 삶과 다가올 미래가 허무하고 뻔하고 무의미합니까? 오직 영적 인 것만이 의미가 있습니까? 모두 다 거짓말입니다. 생각 속에서, 허무 한 삶이라는 자기 생각 속에서 방황하고 있기에 그렇게 보일 뿐입니다. 가슴으로 껴안는 삶을 살지 못하고 있기에 그렇게 느껴질 뿐입니다. 그 것은 오직 '그렇게 믿는 자만의 진실'일 뿐입니다.

새로 태어나는 아이들과 세상을 살아가는 사람들 중 일부는, 님과 같 은 그런 허무의 안경을 쓰고 세상을 살아갈 것입니다. 또 다른 어떤 이 들은 그와는 정반대되는 삶을 살아갈 것입니다. 온 가슴으로 껴안으며,

사랑하며, 느끼며, 진정으로 모든 경험들을 수용하며, 그리고 세상을 더욱 아름답게 빛내며…….

더욱 많은 이들이 '진정으로' 살아가기를 바랍니다. 허무주의라는 자기 파괴적인 허울을 쓰고, 그것이 영적으로 더 낫다는 우월감에 사로잡혀, 그러한 믿음을 세상에 투사하며 살아가지 않기를 바랍니다. 진정으로 바랍니다…….

영적인 삶이란 반드시 혼자서 외롭게 걸어가야 하는 이상하고 신비로운 길입니까? 영(spirit)이란 단어 속에는, 세상 만물이 하나이고 모두가 연결되어 있다는 의미가 내포되어 있습니다. 진정한 영성이란 신비와 미스테리가 아니라, 홀로 은둔하는 것이 아니라, 모두가 진정으로 하나가 되는 길이라 저는 믿습니다.

홀로 있으라는 성현들의 메시지는, 사람들과 떨어져 있으라는 의미가 결코 아닙니다. 그것은 외적이고 물질적인 것만을 추구하는 삶에서 탈피하여 자신의 진정한 내면을 느끼고, 진정한 자기 존재가 누구인지를 알라는 의미인 것입니다.

가슴으로 온 세상을 껴안고, 주위의 사람들을 껴안고, 하나되는 삶이 되기를 진정으로 지향할 때, 더 이상의 혼란과 방황은 없을 것입니다.

>> 사랑받지 못할 운명

저는 눈치도 없고 쓸데없이 자존심만 셉니다. 저는 사람들이 싫어하는 행동을 자주 합니다. 저는 모든 사람들이 싫어하는 점들을 모두 가지고 있는 것 같습니다. 저는 사랑받지 못할 운명으로 태어난 것이 아닐까요? 다른 사람과 결코 어울릴 수 없을 것 같아요.

생각이 말을 만들어 내기도 하지만, 말이 생각에 영향을 끼치기도 합니다. 사람들이 싫어하는 모든 면을 가지고 있다니, 그런 스스로에 대한 과장과 왜곡된 말로 인해서 정말 그런 것처럼 자기 최면에 빠지게 됩니다.

나는 눈치가 없다.

나는 쓸데없이 자존심만 세다.

나는 사람들이 싫어하는 행동을 자주 한다.

위에 열거한 생각들을 잘 들여다보세요. 당신이라는 존재는 생각이 아닙니다. 또한 단순히 이런 '생각들의 집합체'도 아닙니다. 당신은 있는 그대로의 당신입니다. 생각들은 어떤 의미에서 볼 때 일종의 소유물이라 할 수도 있을 것입니다. 위에 열거한 당신이 가진 생각들은 얼마든지 바뀔 수 있고, 버릴 수 있는 것들입니다.

259

자신이 누구인지에 대해 먼저 깊이 이해해 보세요. 당신은 생각이 아니고 특정한 행동 차원만의 존재도 아닙니다. 그것들과 자신을 동일시하고 집착하면 할수록 더욱더 그런 생각과 행동으로부터 떨어질 수 없게 됩니다. 이는 너무나도 자명한 일입니다. 자신에 대한 부정적인 생각들을 깊은 차원에서 받아들일 때, 결국 생각 차원에서 머무르던 것은 '나'라는 존재에 대한 규정으로 바뀝니다.

나는 눈치가 없는 사람이다.
나는 쓸데없이 자존심만 센 사람이다.
나는 사람들이 싫어하는 행동을 자주하는 사람이다.

이제 이런 생각들은 당신의 일부가 되었습니다. 처음에 열거한 '생각'들과의 차이를 느껴 보십시오. 이런 강한 믿음과 정체성들은 당신의 마음속 깊이 파고들어 당신을 파괴하기 시작합니다. 끔찍하게도 스스로 지어낸 생각을 통해 스스로를 파괴하게 되는 것이지요. 그렇지 않습니까?

예전에 저에게 상담을 받던 어떤 분이 그런 사실을 깨달은 적이 있습니다. 자신을 스스로 비참하게 만들면서 깊은 마음속에서는 오히려 통쾌하게 여기며 즐기고 있었다고 말입니다. 그것은 사실이었습니다. 너무나 날카로운 통찰이었습니다. 스스로 비참한 누구나가 그렇습니다. 아직 그것을 깨닫지 못했을 뿐.

당신은 본래 온전합니다. 당신은 본래 있는 그대로 아름답습니다. 오직 스스로의 생각으로 그렇게 여기지 않았고, 그렇게 창조해 왔을 뿐입니다. 사랑받지 못할 운명은 계속될 것입니다. 이러한 사실들을, 모든 것을 스스로 지어내고 있다는 사실을 진정으로 깨달을 때까지만 사랑받지 못할 운명은 반드시 이어질 것입니다.

언제까지 그 운명을 계속 선택할 것입니까?

» 이 얼마나 아름다운 세상인가!

저는 지금 미국입니다. ○○라는 프로그램으로 미국에 와서 지낸 지 6개월이 됩니다. 학교를 졸업하고 우연한 기회에 알게 되어 갑작스럽게 준비해서 오게 됐지요. 아실지 모르겠지만, △△ 에이전시에 가입하여 미국 가정과 매치해서 그 집에 들어가 살면서 아이들 봐주고 숙식과 주급을 받는 프로그램입니다.

미국에 대해 아무것도 모르고 와서 일을 시작하고, 아이들도 잘 못 다루어 힘들었습니다. 처음에 만났던 가정은 처음이라 모든 게 힘들었던 건데, 못 견디고 두 달 만에 리매치를 했습니다. 다른 가정을 찾는 것도 쉬운 일이 아니었고, 다시 찾은 가정은 처음 가정하고는 비교도 안 되게 더 힘들었습니다. 거기서 두 달간 있다가 이번엔 그 집 사정으로 인해 다른 가정을 찾았고, 마지막으로 찾은 지금 가정은 더 개념이 없습니다.

지금 이렇게 일을 해보고 어느 정도 알아 가게 되니까 정말 첫 집이 나한테는 여러 가지로 도움되는 좋은 가정이었다는 걸 알게 됐고, 신중하지 못했던 제 자신이 속상합니다. 거기서 처음에 잘 참고 노력했다면 지금쯤 잘 적응했을 텐데, 그 집에서는 일도 많이 안 해도 되고 학교 다니는 것도 무척 신경 써 줬을 텐데, 복을 발로 차고 나온 셈이 됩니다. 물론 지금 더 이상한 집에 와 있어서 그럴 수도 있겠지요.

어쩔 땐 참을성 없는 제 자신에 문제가 있는 건 아닌가 싶습니다. 영어는 제대로 공부 못했지만, 그래도 그 와중에 이것저것 인생 경험도 많이 했다 생각되고, 여행도 다녔고……. 하지만 지금 있는 집에서 계속 있어야 하는 건지 정말 너무 고민입니다. 한 번 못 참고 옮겼더니 계속 일이 꼬이는 듯한 느낌이네요.

지금 거의 한국으로 돌아가기로 마음먹었는데, 자꾸 맘이 흔들리네요. 내가 1년 다 마치고 돌아가기로 결심한 거 포기하면 내 자신 스스로가 너무 나약한 건 아닌가. 한국 돌아가서 구체적 계획도 없는데 이렇게 가면 더 후회하진 않을까.

저에게 어떤 것이 더 가치 있는 일인지 정말로 잘 모르겠어요. 여기 올 때는 내가 너무 우물 안 개구리고 아는 것이 없어서 많이 성장하고 싶은 게 가장 큰 이유였는데, 독하지 못해서 여기 생활도 알차게 해나가지 못했네요. 이렇게 포기하고 가면 한국을 가든 어딜 가든 뭘 제대로 할 수 있겠나 싶기도 하고. 여기서 행복하지도 않은데 마냥 참고 있는 게 나한테 좋은 일인지 의심이 가고…….

지금은 너무너무 복잡합니다. 일은 이제 익숙해져서 애들이 아무리 힘들게 하고 집안일을 해도 사실 그 정도는 별거 아닙니다. 하지만 일의 특성상 가족들하고 같이 지내는 건데 아무래도 눈치 보이고, 또 적극적이지 못한 성격 때문도 있고, 또 그 사람들이 날 정당하게 대우해 주지 않기도 하고……. 뭐가 뭔지 너무 모르겠어요. 지금 글 읽으시는 분도 잘 이해 안 가실 거예요. 이 프로그램에 대해 잘 모르시니까…… 아마 잘 모르시겠지요?

좋은 가정 만나 서로 잘 노력해서 잘 지내면 어학연수랑은 비교도 안 되게 많은 걸 얻을 수 있고 색다른 경험을 할 수도 있는 좋은 프로그램이지만, 저처럼 많은 준비가 안 되어 있거나 가정과 문제가 생길 경우 힘든 프로그램인 것도 사실이에요.

제가 겪은 세 집 중 첫 집이 그나마 제일 개념 있었어요. 내가 힘들어도 도움 청하고 문제를 풀려고 노력했다면 행복해질 수도 있던 집이었기 때문에 지금 더 후회의 감정들이 밀려옵니다. 지금 정말 이상한 집에 와 있는 것도 다 내가 선택해서 온 거니 남을 탓할 수도 없고. 그게 제일 큰 고통이네요. 모든 게 다 내 선택이고, 다 나로 인해 스스로 불행해졌다는 거.

그래서 이제는 정말 행복해지고 싶고, 저 자신을 위해 현명한 선택을 하고 싶은데. 한국으로 돌아가서 노력할지 여기 남아서 기간 채우면서 노력할지…… 어느 것이 나한테 더 좋은 건지 몰라서 정말 선택하기 힘드네요.

>>

힘든 상황일지라도 현명하게 잘 헤쳐 나가는 사람들이 부럽습니다. 그 사람들은 인생의 목표가 확실하고 또 강하기도 한 것 같은데, 저도 정말 그렇게 인생의 목표도 확실하고 내면도 강하고 매력적인 사람이 되고 싶습니다. 인생의 목표를 찾는 게 내가 뭘 잘하고 인생을 어떻게 살아가야 할지 큰 틀을 세우는 건데, 그게 너무 힘들어 지금 이렇게 방황하고 있는가 싶어요.

그간의 힘든 상황을 겪고, 또 이렇게 외국에 홀로 나와 있으니 내 자신에 대한 사랑이 생긴 거 같아요. 그래서 바보같이 행동하고 현명하지 못한 선택을 했어도 스스로 원망하거나 자책은 안 하기로 마음먹었습니다. 그렇게 자꾸 생각하다 보니 어느 정도 그 감정에서는 벗어나게 되었어요. 지금 힘들지라도 행복해지자 마음먹으니 행복하고 힘든 느낌도 반감되고 그렇네요. 하지만 지금, 앞으로의 행복을 위해 저한테 더 나은 선택을 해야 할 듯한데 너무 헷갈리네요.

어떤 말씀이라도 좋으니 도움 말씀 부탁드려요.

(XX님은 익명으로 글 사용을 허락하셨기에 전체 글을 올립니다.)

➡   어떤 식으로든 첫 집을 떠올리는 것이 도움이 될 수 있을까요? 그렇지 않다면 첫 집에 대한 생각은 완전히 잊어야겠지요.

누가 뭐라 해도 결과는 완전히 자신의 해석에 달려 있음을 명심하시기 바랍니다. '결심을 포기하고 돌아가면 스스로가 너무 나약한 것'이라는 생각을 믿으면 믿을수록 자신을 더 나약한 사람으로 만드는 데 힘을 보태게 됩니다. 과연 그럴 필요가 있을까요?

지금 그만둔다고 하더라도 남는 것은 남는 것입니다. 어쩌면 첫 집에서만 1년을 머무른 것보다 지금과 같은 상황에 한 달을 머무르는 것이 더 큰 교훈과 배움을 남겼을지도 모르지요. 스스로 그렇게 여기고 믿는다면 그렇게 됩니다. 그 반대로 믿어도 그 믿음대로 될 것입니다. 그렇다면 어떤 생각을 믿는 편이 더 현명하고 지혜로운 선택이겠습니까?

'가치'라는 단어의 의미는 '스스로 중요하다고 여기는 것'이라는 뜻입니다. '어떤 것이 더 가치 있는가?' 하는 물음에 대한 답은 오직 스스로 결정할 수 있는 것입니다. 누가 정해 주는 게 아닙니다.

행복은 반드시 무지막지하게 어려운 시련을 이겨 내고, 자신을 독하게 대하고, 엄청난 결심을 이행해 내어야만 찾아오는 것은 아닙니다. '행복은 항상 가까이에 있다'는 말이 평범하지만 행복에 관한 제일의 진리일 테지요. 그곳의 일상 속에서 어떻게든 행복을 찾아보시기 바랍니다. 그 일상 속에서 어떻게든 감사할 것을 찾아 누려 보시기 바랍니다.

진정으로 중요한 것은 1년을 채우고 못 채우고 하는 것이 아닙니다. 현재의 일상 속에서 행복과 감사할 수 있는 마음을, 언제 어디에 가서라도 행복하고 감사할 수 있는 마음을 자기 자신 속에서 찾는 것입니다. 그곳에서 찾을 수 없다면 한국에 돌아와서도 찾을 수 없습니다. 그곳에서 찾을 수 있다면 언제 어디서든 찾을 수 있을 것입니다.

가장 중요한 보물은 자기 마음속에 있다는 평범한 진리를 깨닫기 위해 사람들은 평생을 헤매고 다닙니다. 온 우주와 온 바닷속과 모든 깊은 산속과 온갖 유전자 속을 다 헤매도 찾을 수 없던 보물을, 사람들은 결국 자신의 마음속에서 발견하는 것입니다.

맑게 개인 하늘에 조각구름이 떠 있는 것을 바라보며 잠시 공원을 거닐어 보세요. 그리고 외쳐 보십시오.

"이 얼마나 아름다운 세상인가!"

안녕하세요.

저는 덕분에 잘 지내고 있습니다. 그때 정말 한국 돌아가려고 심사숙고 하던 차에 마법사님의 글이 많은 도움이 되었습니다.

'한 번 마음먹은 거 어떤 어려움이 있어도 끝까지 해보자' 마음먹으니까 모든 상황은 변한 것이 없음에도 불구하고 저는 너무 달라졌어요.

일하는 것이나 생활하는 것이나 모든 게 여유가 생겼고, 웬만해선 쉽게 흔들리지 않고요. 아직 멀었지만, 그래도 생각하기에 따라 모든 것이 달라져 보인다는 거 실감했습니다.

도움 감사합니다.

정말 이번 1년의 경험이 제가 좀 더 성숙하는 데 많은 도움이 될 거 같아요. 죽을 때까지 성숙하려고 끊임없이 노력해야겠지만, 점점 더 내면적으로 나아지고 있는 제 모습에 뿌듯합니다.

정말 감사했어요. 항상 맘이 흔들리거나 나약해질 땐 카페에 들러 글을 읽곤 한답니다. 마법사님은 아주 큰일을 하고 계시는 거예요. 책 정말 잘되시길 빌고요~. 행복하세요!

- 원문 게재 요청에 관한 회신 내용 중에서 발췌하였습니다.

» 마음의 힘, 외부의 힘

저는 지금 진로에 대해 고민 중입니다. 딱히 하고 싶은 일이 없어 학교 직업 반에서 자동차 정비 일을 배웠습니다. 그래서 잘하는 것도 아니죠. 원래 하고 싶었던 일은 경찰이나 경호원이었지만 몇 달 전 몸을 다쳐서 운동을 할 수 없게 되었고, 개그맨을 하고 싶은 마음이 있지만 주위의 반대가 걱정되어 말도 못 꺼내 보았습니다. 너무 머리가 복잡하네요. 이럴 땐 어떻게 해야 하나요?

우리에게는 항상 두 가지 선택의 갈림길이 있습니다. 마음의 길을 택할 것인가, 아니면 환경과 외부의 압력에 굴복할 것인가 하는 것이지요. 아마도 삶이라는 과정이 계속되는 동안은 끊임없이 이어질 상황일 것입니다.

무언가를 진정으로 하고 싶다는 마음의 소리가 들려오는데도 사람들은 더 편하기 때문에, 남들이 다들 그렇다고 하기 때문에, 주위의 압력 때문에, 주변 사람들과 가족들의 말 때문에, 자신이 소심하다는 믿음 때문에, 자신에게는 능력이 없다는 믿음 때문에, 잘 안 될 것 같다는 생각 때문에, 실패의 두려움 때문에…… 이런 온갖 이유들로 자신의 깊은 곳에서 들려오는 마음의 소리를 죽이고, 환경 혹은 외부의 압력에 굴복한 채로 살아갑니다. 진정으로 원하는 것을 '꿈'이라는 허울 좋은 포장지로 포장해 놓은 채 말입니다. 그리고 그렇게 나약한 자신을 방어하고 위로하기 위해서 세상에 그 책임을 전가합니다. '세상은 원래 그런 거야 라고 하면서 말이지요. 진정 이런 것이 우리 삶의 진실입니까? 우리는 정말로 진정으로 원하는 것을 향한 도전과 희망을 버리고, 미지근하고 시시하고 안전 위주의 삶만을 선택해야 하는 것입니까?

우리에게는 분명히 선택권이 있습니다. 자신이 진정으로 원하는 것을 추구할 권리, 주변의 압박과 시선에 굴복하지 않고 마음의 소리를 따라갈 권리, 그리고 그러한 권리를 지켜 낼 힘이 있습니다. 스스로 그 힘을 저버리지 않는 한 말입니다.

다시 마음의 소리에 귀를 기울여 보세요. 그리고 절대로 후회하지 않을 길을 선택하세요. 우리 모두에게 분명히 다가올 눈을 감는 그날, 진정한 마음의 길을 따라 한치의 후회 없는 삶을 살아왔노라고 스스로에게 축하할 수 있는 삶을 선택하세요!

그런 멋진 미래는 어디에 있습니까? 그것은 오직 우리 마음속에서 시작됩니다. 마음에서 결정되고 난 후에야 세상으로 뻗어 나가는 것입니다. 미래는 외부의 핑계가 아니라 오직 우리들 자신의 선택에 달려 있음을 명심하십시오!

» 마음의 길과 부자의 길 사이에서

어떤 사람들은 물질적인 욕망을 무조건 버려야 한다고 합니다. 그래서 영적인 목표만을 추구해야 한다고 합니다. 다른 어떤 사람들은 경제적인 자유를 위해 최고의 부자가 되라고 합니다. 그래서 부지런히 아침 일찍 일어나서 계획과 목표를 세운 대로 엄청난 노력을 하라고 합니다. 저는 전자를 선택하자니 무기력한 패자가 되는 것 같아 두렵고, 후자를 선택하자니 너무 맹목적이고 획일적인 삶이라는 생각이 듭니다. 도대체 어떤 선택을 해야 할지 복잡한 마음뿐입니다.

그저 생각으로 판단하기에는 모든 이들이 마찬가지로 보일 것입니다. 돈이라는 목표를 가지고 열심히 사는 사람들은 다들 '돈! 돈! 돈!' 하면서 미친 듯이 달려가는 것만 같아 보이겠지요. 수천만의 사람들이 모두 그렇게 획일적으로 보인다 해도, 사실 그들 개개인의 삶은 다 다릅니다. 그들은 모두 각자 독특한 자기 삶을 살아내고 있는 중인 것이지요. 모두를 한꺼번에 묶어서 보면 다 똑같아 보이지만, 그들 하나 하나의 삶에 조금만 관심을 가지고 살펴본다면 다 다르게 보일 것입니다. 그들 모두가 얼마나 사랑스러운 존재들이며, 아름다운 삶을 살아내고 있는지를 깨닫게 될 것입니다.

극단적인 두 가지 선택 사이에서 고민하고 계시는 듯 보입니다. 욕심을 버리고 진정한 자기 자신을 찾든지, 아니면 미친 듯이 몰두하여 엄청난 부자가 되든지. 하지만 극단적인 두 선택 사이에는 수많은 중간적 선택들이 있을 수 있습니다. 그러한 선택은 어째서 고려하지 않는 것입니까? 어쩌면 님은 너무나 단편적인 사고로만 일관하고 있는 것은 아닙니까? 어째서 진정한 자신을 찾으면서 자신의 진정한 욕망 또한 실현하겠다는 생각은 하지 않는 것입니까? 어째서 반드시 욕심은 나쁜 것이라 여기는 것입니까?

아무것도 믿지 마세요. 남들의 꾸며낸 그 어떤 이야기도, 생각으로만 하는 이야기도 믿지 마세요. 오직 스스로 진정으로 궁리하고, 그 진위를 파악해서 답을 내릴 수 있는 것만을 믿으세요.

욕심 없이 살아라, 진정한 자신을 찾으려면 욕심을 버리고 고고한 수행자처럼 되어야 한다, 정신적인 것만이 중요하고 물질적인 것은 아무런 의미가 없다, 그리고 그보다 훨씬 더 많은 세상을 떠도는 수많은 이야기들……. 그러한 이야기들이 모두 잘못되었다는 것은 아닙니다. 하지만 그런 남들의 이야기들을 진정으로 자기 내면에서 소화해 내지 못하고 어정쩡하게 받아들이려 할 때 문제는 발생하는 것입니다. 오직 진정한 자신만의 답을 찾을 때 그것은 진정한 진실이 될 수 있습니다. 자신만의 길, 내면의 가장 진실된 길을 찾을 때 삶도 진실을 보여 줍니다.

더 고민해서 찾아보시기를 바랍니다. 자신이 진정으로 원하는 것이 무엇인지를. 그런 고민 속에서도 최선의 정신적·현실적 노력을 다하면서 말입니다. 진정으로 원하는 것을 찾는다면, 그것을 이루기 위해 자신의 모든 것을 바치기 바랍니다. 생각을 통해서가 아니라 모든 미망(迷妄)을 버리고서, 온 존재를 다해서 말입니다.

≫ 자아의 신화*를 이룬다는 것

저는 여고생입니다. 요즘 너무나도 고민되는 것 중 하나가 '내가 진정으로 원하는 게 뭘까?' 하는 거랍니다. 1년 동안 제 자신에게 질문을 던졌지만, 아직 답이 나오지 않네요. 이런 질문을 하는 자체가 자아의 신화를 이루어 가는 거겠죠? 너무 혼란스럽네요. 도와주세요.

어린 나이에 자아의 신화를 이루어 가고자 하는 마음이 너무나 아름다워 보입니다. 저는 스물다섯의 나이에 '내가 진정으로 원하는 것이 무엇일까?'라는 질문을 던지기 시작했답니다. 늦게 시작했지요. 이끌어 주는 이 없이 혼자서 열심히 끙끙댔습니다. 이런저런 답 아닌 답들이 지나가고, 또 이런저런 방황과 수많은 시도들, 그리고 시행착오를 겪으면서 5년이 지나서야 흔들리지 않는 답을 찾게 되었답니다.

아직 길을 정하기에 여유가 많은 나이입니다. 질문을 하고 또 하다 보면 분명 답이 나오게 될 것입니다. 질문의 해답처럼 떠오르는 것들에 대해서 생각만 할 것이 아니라, 행하고 또 행하다 보면 피드백을 받고 느끼게 됩니다. 이것은 맞는 방향, 저것은 좀 먼 방향…… 그렇게 가다 보면 몸소 알게 됩니다.

* 파울로 코엘료는 소설 『연금술사』에서 진정한 자신을 찾아가는 과정을 '자아의 신화'라고 표현하였다.

몸으로 알게 된 답은 쉽사리 흔들리지 않습니다. 진짜 원하는 것을 찾게 되는 것이지요. 그러나 그것을 찾은 이후에도 또 먼 길을 가야 할 것입니다. 그러나 진정으로 원하는 것을 알고 있기에, 그 길을 더 신나게 즐기면서 갈 수 있겠지요.

지금 느끼는 그 혼란도 하나의 길이며 표지입니다. 스스로를 신뢰하기 바랍니다. 잘 가고 있다고, 이렇게 가다 보면 분명히 답이 나올 거라고. 결국 돌아보면 지금 내가 걸어가는 길, 나의 걸음이 닿는 곳이 바로 진정한 길이 된다는 사실을 확연히 깨닫게 될 것입니다.

집에서는 행복한 가정을 꾸리며 잘살고 있지만, 회사에 출근만 하면 행복하지 않고 실패감만 가득합니다. 지금 일이 내게 맞지 않아서인지, 가슴 뛰는 일을 해야 한다는 생각이 많이 듭니다. 지금의 일에서 가슴이 뛰도록 만들어야 하나요, 아니면 새롭게 가슴 뛰는 일을 찾아야 할까요?

●   어떤 것도 상관없습니다. 모든 것은 님의 주관대로 이루어질 것입니다. 답은 누군가로부터 해답을 얻는 객관적인 데 있는 것이 아니라, 오직 자신만의 주관적인 세계에 달려 있습니다. 만약 반드시 가슴 뛰는 일을 찾아야 한다고 믿는다면, 그것을 찾지 못하면 편안할 수 없을 것입니다. 반대로 스스로 현재의 일에 가슴이 뛰도록 만들어야 한다고 믿으면, 바로 그것이 길이 될 것입니다. 어떻게 정하느냐에 따라 갈 길이 정해집니다. 그것이 유일한 답일 것입니다.

이런 관점들을 모두 이해하고 자유롭게 선택할 수 있다면, 두 가지 길 모두를 절충하여 택할 수도 있을 것입니다. '지금 일은 도무지 나에게 맞지를 않아'라는 생각에 당위성을 주고 자꾸 그 생각을 반복한다면, 그것이 더욱 강렬한 현실이 됩니다. '어떻게든 잘 적응하고 최고의 직원이 되어 보자!'라는 생각에 집중하고 반복하여 실천한다면, 그것이 더욱 강렬한 현실이 될 것입니다. 그러는 한편 여유시간에 짬을 내어 가슴 뛰는 일이 어떤 일인지 찾아보세요, 그러한 방향으로 자신을 투자하고 개발한다면, 미래에 대한 훌륭한 대비가 될 것입니다.

저 또한 절충의 길을 통해 준비를 한 후에 가슴 뛰는 마음의 길, 진정으로 좋아하는 일에 들어서게 되었습니다. 하지만 누구나 저와 같은 방식을 택할 필요는 없겠지요. 마음은 답을 알고 있습니다. 오직 자신이 걷는 길이 곧 유일무이한 길이 됩니다.

항상 지금 여기에서 주어지는 현실에 감사하면서 자신을 신뢰하세요. 그것이 곧, 지금 당장이든 나중이든, 가슴 뛰는 길을 걷도록 돕는 초석이 될 것입니다.

진정한 자유를 향한 길

→   너무나 많은 이들이 세상으로부터 주입된 생각들에 휘둘리며 살아가고 있습니다. 예를 들어 '직장생활을 해야만 안전하다'는 보편적인 생각에 대해 살펴보세요. 이런 생각이 그와 같은 현실로 당신을 얽어 맵니다. 평생 직장의 개념이 파괴되고 있는 이 시대에 그런 생각이 절대적 진리임을 증명해 줄 만한 증거를 어디서 찾을 수 있을까요?

직장생활이 반드시 나쁘다는 이야기가 아닙니다. 직장이라는 조직 체계 안에서 성공하는 이들은 조직 내 생활을 기뻐하며, 열정을 가지고 그런 환경을 활용할 줄 아는 사람들입니다. 반면에 직장을 굴레처럼 여기고 부담스러워하며 무거워하는 사람들은, 그저 안전을 위해 어쩔 수 없는 방패로 여길 뿐, 그 속에서 삶의 기쁨을 찾아내지 못하죠.

만약 당신이 직장이라는 환경을 부담스럽게 여기면서도 어쩔 수 없이 안전을 위해 직장에 붙어 있는 것이라면, 그 생각이 어디서부터 비롯되었는지 자신의 내면을 탐색해 볼 필요가 있습니다.

그것은 분명 순수하게 자기 자신으로부터 비롯된 생각이 아닐 것입니다. 그것은 그저 세상에 떠도는 남들의 이야기를 여과 없이 받아들여 자신을 얽매는 부정적인 생각에 불과할 뿐이라는 결론에 도달하게 될 것입니다.

유령처럼 세상을 떠도는 생각들이 자신의 자유를 얽매고 있는 것을 보세요. 그런 유령들을 조사해 보지도 않은 채로 여과 없이 받아들여 자신의 일부로 여김으로써 그렇게 목을 조일 필요가 있을까요? 자유를 제한하는 생각들 속에서 우리는 서서히 본래의 빛을 잃고 죽어 가고 있습니다.

'반드시 어떻게 해야 한다'는 모든 생각들을 조사해 보세요. 그것들 중 어떤 것이 진정한 사실이며 또 사실이 아닌가요? 자기 자신에 대한 깊은 자각과 성찰과 탐구를 통해 깨어나세요. 그 속에 진정한 자유를 향한 길이 있는 것입니다.

'나는 무한한 존재' 라고 믿어야 하는 이유

→ 　　인간이 우주의 모든 영역을 다 탐험해 보지 못했기에 우주가 정말로 얼마나 무한한지 말할 수 없듯이, 자신의 의식 또한 미리 뭐라고 확실히 단정지어 말할 수 없을 것입니다. 그러나 대부분의 사람들이 현재의 자기 모습만을 보며 자신의 내면 영역이 어떻다고 섣부르게 판단합니다.

세상에는 두 가지 상반된 자기 내면에 관한 믿음이 존재합니다. 그 중 하나는 '나라는 인간은 어쩔 수 없다' 혹은 '사람 사는 게 다 그렇지 뭐, 사람들이 다 그렇지 뭐'라는 논리입니다. 그리고 다른 하나는 '인간의 내면과 잠재된 능력은 무한하다'는 믿음입니다.

흔히 인터넷을 '정보의 바다'라고 표현합니다. 온갖 정보들이 방대하게 널려 있는 인터넷에서 마치 사막에서 바늘을 찾듯이 내가 원하는 정보를 찾습니다. 이때 한 가지 커다란 딜레마에 빠지게 됩니다.

내가 찾는 정보가 존재하지 않는 것인가?

단지 내가 찾지 못하고 있는 것인가?

원하는 정보가 존재하지 않는다고 더 빨리 가정하면 할수록 너무 빨리 포기해 버리게 됩니다(정보가 존재함에도 불구하고).

이런 딜레마와 유사한 것이 자기 의식의 무한성에 적용될 수 있겠지요. 즉 자신의 현재 모습이 자신의 전부라고 가정할 때, 자신의 훨씬 더 큰, 훨씬 더 성장할 수 있는 모습을 너무 일찍 포기해 버리게 되는 것입니다.

'과연 자기 자신의 한계는 어디까지인가' 하는 부분에 대해서 우리는 결코 증명할 수 없을 것입니다. 진정으로 중요한 것은 그것을 증명할 수 있느냐 없으냐, 정말로 어디까지가 한계인가 하는 점이 아닙니다. 자신을 더 크게 가정하면 가정할수록—내면의 잠재력은 무한하다— 우리는 그러한 진술에 더 가까워질 수 있으리라는 사실이겠지요.

그러니 너무나 섣부르게 현재의 자기 모습을 보며 '나는 이러저러한 사람이다'라고 판단해서는 안 됩니다. 오히려 '나는 무한한 존재'라는 믿음을 가져야만 하는 것입니다. 그러기 위해서 지금 현재, 자신의 있는 그대로의 모습을 먼저 인정해야만 합니다. 그것은 결코 만족스럽지 않은 모습일 수도 있을 것입니다. 그러나 정말로 중요한 것은, 지금 얼마나 제한적인 모습인가가 아니라 '앞으로 얼마나 더 성장해 나갈 수 있을 것인가'입니다.

남들의, 세상의 자기 파괴적이고 제한적인 이야기들에 더 이상 귀를 기울이지 마십시오. 자신의 우주의 한계를 넓혀 나가는 데 온 마음을 집중하세요. 지금의 당신에게 그러한 길을 열어 갈 수 있도록 바로 실행 가능한 실천적 행동은 과연 무엇이겠습니까?

크게 성장하는 사람과 그렇지 않은 사람의 차이

→   저의 아들이 태어난 지 갓 120여일 지났을 때의 일입니다.

태어나서부터 늘 반듯하게 누워만 있던 아기가 그 얼마 전부터는 몸을 뒤집으려 애쓰기 시작했지요. 아직 몸을 잘 가누지 못하기 때문에 스스로 낑낑거리며 몸을 뒤집고도, 얼마 지나지 않아서는 힘들어서 앙앙 울어대곤 했답니다.

그런 모습을 지켜보던 어느 날, 흥미로운 점을 하나 발견했지요. 아기가 뒤집고 나서는 제 몸을 잘 가누지 못해 많이 힘들어하면서도, 끊임없이 뒤집기를 시도한다는 것이었습니다. 뒤집고는 힘들다고 울어대는 것을 바로 눕혀 주면 금방 또 뒤집고서 울어 버리고, 바로 눕혀 주면 금방 또 뒤집고서 울어 버리고…… . 한편으로는 참 안쓰러운 마음이 들면서 궁금했습니다. 왜 저렇게 힘들다고 낑낑대고 울어대면서도 끊임없이 뒤집기를 할까? 그러던 중 한 가지 생각을 깨닫게 되었죠.

만약 아기가 힘들다고 해서 뒤집기를 시도하지 않는다면, 그래서 편안하게 가만히 누워서만 지낸다면 아기의 성장 발달에는 문제가 생길 수밖에 없을 것입니다. 비록 실패도 하고 힘들더라도 끊임없이 시도해야만이 아기는 결국 몸을 편안하게 뒤집고, 기어 다니고, 일어나서 걷고, 몸을 의도대로 움직이고, 더 나아가 심적 · 정신적으로 원하는 것을 이루며 성장할 수 있을 것입니다. 아기가 힘들어하면서도 몸을 뒤집는 것은 성장을 위한 본능 차원의 일일 것입니다.

아마도 우리가 힘든 일을 경험한다면, 그 역시도 분명 '성장을 위한 목적'을 내포하고 있는 것이 아닐까요? 고난을 일으키는 주체를 내면적 본능이라고 부르든, 영혼이라고 부르든, 상위자아라고 부르든, 신이라고 부르든 간에 우리는 더욱 성장하기 위한 선한 목적을 위해 고난을 경험하는 것은 아닐까요?

그러니 자신의 고난을 그저 힘들다고 회피하거나 두려워하지 마세요. 아기가 힘들어도 본능적으로 자꾸 도전하듯이 더 힘차게 다가올 고난을 찾아 인생의 모험을 떠나세요! 그래야만이 우리는 더 크게 성장해 나아갈 수 있을 것입니다.

일단 시도하라!

→ 새로운 시도가 망설여질 때마다 저는 스스로 세운 한 가지 '원칙'을 떠올리며 그 일에 주저 없이 뛰어듭니다. 그 원칙이란 바로 '이 시도를 통한 결과가 어떨지 미리 알 수는 없지만 시도했다는 것만으로도 이미 많은 것을 경험하게 된다' 라는 것입니다.

'안정적인 것을 추구하는 것보다 새로운 것을 추구하는 것이 더 안정적이다!'라는 말이 있습니다. 설사 그것이 실패처럼 여겨지는 결과를 낳더라도 그것으로부터 교훈을 남기면 됩니다.

에디슨은 천 번째 시도 후에도 전구를 발명하는 데 실패하자, "나는 실패한 것이 아니라 전구가 만들어지지 않는 천 가지 방법을 알아낸 것일 뿐입니다."라고 말했다죠.

새로운 시도를 망설이는 분들께 고합니다. 일단 시도하고 보십시오! 그러면 무조건 남게 될 것입니다! 이것이 인생에서 자신의 에너지를 확장하고 힘을 키우는 확실한 방법이며, 법칙인 것입니다.

가슴 뛰는 일을 찾기 위한 네 가지 방법

1. 자신을 사랑하세요

자신을 사랑하는 법을 모르는 사람은 가슴 뛰는 일을 찾을 수 없습니다. 자신조차 사랑하지 못하는 사람은 가슴 뛰는 일이 무엇인지 알 수 없습니다. 조금이라도 가슴 뛰는 것을 감지하려고 할 때, 자신을 사랑하지 않는 마음은 그 약하고 조그만 신호를 묵살해 버리게 합니다. 그러므로 자신을 사랑하는 법을 배워야 합니다. 진정으로 자신을 인정하고, 존중하고, 신뢰하고, 사랑하는 마음으로 살아야 할 것입니다.

2. 즐거움을 따라가세요

가슴 뛰는 일을 찾기 위해서는 '가슴으로 느끼는 진정한 즐거움'이 무엇인지 잘 알고, 느낄 수 있어야만 합니다. 너무나 많은 사람들이 삶에서 진정한 기쁨을 잃어 가고 있습니다. 가슴으로 느끼는 감동의 순간을 잃어 가고 있습니다.

많은 이들에게 "정말로 좋아하는 일이 뭐죠?"라고 물어도 금방 대답하지 못합니다. "최근에 가장 즐거웠던 순간이 언제인가요?"라고 물어도 대답하기 힘들어합니다. 가슴이 닫혀 있기 때문에, 즐거움조차 잘 느끼지 못하기 때문에 이런 일이 생깁니다.

먼저 가슴을 열고, 아무리 사소한 일이라도 즐거움을 느낄 수 있어야 합니다. 이 신호는 처음에는 너무나 미약해서 쉽게 감지할 수 없을지도 모릅니다. 그러나 느낄 수 있도록 계속해서 노력해야 합니다. 어떻게 하면 삶이 즐겁다는 것을 느낄 수 있을까요?

3. 지금 당장 할 수 있는 일부터 실행에 옮겨야 합니다

일단 즐거움을 느낄 수 있게 되면, 결국 그것이 가슴 뛰는 느낌과 연결되어 있다는 것을 알 수 있게 됩니다. 그 느낌을 따라가면 여러 가지 즐거운 일들과 만나게 되지요. 길가에 핀 작은 민들레 한 송이에 담긴 생명도 존중해야 하듯이, 아무리 작고 사소해 보이는 것이라도 결코 무시해서는 안 됩니다. 그런 좋은 느낌을 주는 일들 중에서 지금 당장 실행해 볼 수 있는 것이 반드시 있을 것입니다. 그것을 직접 몸소 실행에 옮겨 보아야 합니다.

반드시 직업이라는 거창한 개념으로 연결시키지 않아도 좋습니다. 아니, 처음부터 그런 거창한 개념과 연결시키면 오히려 역효과가 날지도 모릅니다. 그저 '지금 할 수 있는 것을 해본다'는 마음으로 해보는 것이 좋습니다. 그렇게 시도해 보면, 그것이 자신을 더욱 즐겁게 해줄 수 있는 것인지 아닌지 느낄 수 있게 됩니다. 이런 느낌을 '피드백'이라고 부릅니다.

4. 시도와 피드백의 반복

이제 남은 일은 즐거운 일, 가슴에 감동을 주는 일, 조금이라도 가슴 뛰는 느낌을 주는 일들에 대해서 끊임없이 시도해 보는 것입니다. 그 시도를 통해 피드백을 얻고, 피드백이 주는 정보를 통해서 방향을 수정하고, 새로운 시도를 해보고……. 이렇게 계속해서 시도와 피드백의 순환 과정을 반복하면서 어떤 것이 진정으로 더 크게 가슴 뛰는 길로 인도하는 것인가를 정제해 나갈 필요가 있습니다. 그러다 보면 언젠가는 "이거다!" 하는 일을 발견하게 되지요.

물론 그런 일을 발견했다고 그 다음부터는 그저 탄탄대로로만 이어지는 것은 아닙니다. 그 길에 들어서고 나서도 여러 가지 역경과 어려움이 따를 수 있을 것입니다. 그러나 그 길에 이미 들어섰다는 자체만으로도 당신은 이미 과거의 자신보다도 훨씬 더 큰 잠재력을 발휘하고 있을 것이며, 더 나은 삶을 살고 있는 자신을 발견하게 될 것입니다.

성공하기 위해서는 반드시 즐거운 일을 하라!

→ 　제가 접한 지 얼마 되지 않은 전문적인 PC의 유틸리티 프로그램을 능숙하게 사용하는 것을 보고 아내가 놀란 눈으로 대단하다는 듯이 바라봅니다.

"그렇게 금방 쉽게 다루다니 대단하다."

"예전엔 이런 프로그램을 만들기도 했었는데 뭘."

저는 전직 컴퓨터 프로그래머이자 IT 컨설턴트였거든요.

"그래도 정말 대단해 보여. 나는 죽어도 그렇게는 못할 거 같아."

"누구나 공부하면 할 수 있어. 배우지 않아서 그렇지."

정말로 그렇습니다. 제대로 배우기만 한다면 누구든 할 수 있을 겁니다.

"하지만 나는 배우고 싶지도 않은걸!"

대화를 마친 후 참 재미있는 대화였다고 생각했습니다. 누구든 무엇이든 배우면 아무리 대단해 보이는 일이라도 할 수 있는 법입니다. 그리고 관심이 있다면 배울 수 있습니다. 즉 관심이 있고 배우기 위한 시간과 노력을 충분히 쏟아붓는다면 무엇이든 할 수 있을 것입니다. 더 열심히 열정적으로 노력한다면, 분명 더 잘할 수 있게 될 것입니다. 반대로 관심이 없다면 배울 수도 없으니 할 수도 없고, 마지못해 해야 한다면 더 잘하기란 어렵게 될 것입니다.

그러니 우리는 반드시 관심이 있는 것, 즐거운 것, 흥미가 있는 일을 해야만 합니다. 그것이 곧 전문가가 되는 길이고, 그 일로 인해 더욱 성공하는 길이고, 더욱 큰돈을 버는 길입니다. 반대로 덜 관심이 가고, 덜 흥미가 가는 일을 할수록 성공의 길로부터는 멀어지게 될 것이 분명합니다. 너무나 당연한 일임에도 불구하고, 대부분의 사람들이 하기 싫은 일을 억지로 하며 살아가는 안타까운 처지에 처해 있는 듯합니다.

하기 싫은 일을 억지로 하다 보면, 할 일 없는 여유 시간이 너무나도 달콤하게 느껴집니다. 그래서 인생의 초점을 '할 일 없는 시간 바라기'에 맞추게 되지요. 하고 싶은 일을 즐거이 하다 보면 할 일 없는 시간이 너무나도 괴롭게만 느껴집니다. 그래서 인생의 초점을 갈수록 더더욱 생산적이고 창의적인 일에 맞추게 되는 것입니다. 이런 작은 시간들이 모여 인생이라는 큰 흐름을 이루어 냅니다.

아직도 늦지 않았습니다. 자신이 즐길 수 있는, 즐거움을 주는 일을 반드시 찾으세요! 그런 일을 찾았다면 취미가 되도록 하세요! 그것이 이미 취미로 즐기는 일이라면, 그에 관한 전문가가 될 수 있도록 노력하세요! 그런 취미가 돈으로 연결될지는 그 다음 차원의 일입니다. 우리가 어떤 일에 대해서 전문가가 된다면, 그 일이 돈으로 연결되는 것은 약간의 아이디어와 해내고자 하는 의지가 있으면 될 것입니다.

얼마 전 TV에서 특이한 물품들을 모으는 취미를 가진 분들이 나오더군요. 그저 하나 둘씩 틈날 때마다 모은 것이 수천, 수만 점이 되어 있었고, 짧게는 10년, 길게는 30년 동안 모아 온 것들이었습니다. 그분들도 처음부터 이렇게 크게 모으리라고 생각하지는 않았겠죠. 그러나 이제 언젠가는 그런 수집품들을 아이들과 사람들에게 보여 주는 프로그램도 만들고, 박물관도 열어 보자는 꿈도 가지고 있었습니다.

시간이 없다고, 지금 나이가 많은 듯 느껴진다고 조급해 하지 마세요. 이제 회사로부터의 고용은 늦어도 50대에는 끝나고, 100세까지 장수하는 시대가 되었습니다. 퇴직 후의 나머지 50년을 잘사는 길, 진정한 성공을 향한 길은 지금부터 시작하는 것이니까요.

노력하지 말고 수행하라!

→ 　노력이라는 말에는 '자신의 에너지를 들여서 무언가를 한다'는 의미가 담겨 있습니다. 따지고 보면, 자신의 길을 찾기 위해 방황하는 것조차도 노력이라 할 수 있을 겁니다. 그 또한 이루고자 하는 마음의 에너지의 일환이기 때문입니다.

모든 사람들이 어떤 의미에서든 나름대로의 노력을 합니다. 하지만 '노력한다'는 것만으로 원하는 바를 이루는 것은 분명 아니죠. 그런 대부분의 노력들이 꾸준하지 않습니다. 이것 찔끔 저것 찔끔, 여기 조금 저기 조금 기웃거리는 수준에 머뭅니다. 그런 노력의 에너지는 일관되지 않아 분산되고 흐트러져 사라지기 쉽습니다. 그런 노력은 꾸준하지도 않고 체계적이지도 않습니다. 꾸준하게 노력한다 하더라도 대부분의 경우 체계적이지 않지요.

반면에 체계적이면서도 꾸준한 노력을, 특히 더 나은 마음을 위한 노력을 우리는 '수행'이라고 부릅니다. 여기에는 앞서 나간 선배, 성현, 스승들의 피땀과 성공의 발자취가 서려 있습니다. 체계적인 방법과 길이 준비되어 있고, 우리는 그 길을 따라 꾸준히 걷기만 하면 그 노력에 합당한 보상이 주어지는 것입니다.

인간은 누구나 자신의 길을 걷고 원하는 것을 이루기 위해 태어났습니다. 그러므로 인간은 누구나 자신에게 맞는 방법을 찾아 수행해야 하는 것입니다. 좋은 말과 글이 줄 수 있는 변화는 분명히 필요하지만, 거기에는 엄연히 한계가 있습니다. 진정 크고 깊은 변화를 위해서는 전문가의 지도에 따라, 체계적인 길을 따라 수행해야 합니다.

사치와 여유를 부릴 틈도, 의미 없는 것을 좇을 틈도 없습니다.
인생은 짧고 세월은 빠르기에……

인생의 문을 여는 법

누구나 다 아는 이야기일 테지만, 이런 이야기가 있습니다.

부처님이 어느 날 설법을 하셨는데, 조용히 연꽃을 들어 보였습니다. 모든 대중들이 다 무슨 뜻인지 몰랐지만, 부처님의 제자 중 오직 가섭 존자만이 그 의미를 알고 빙그레 웃었다는 이야기이죠. 그래서 '염화미소(拈華微笑)', '염화시중(拈花示衆)'이라는 말이 나왔습니다.

마음이 열려 있다면 무슨 말을 해도 통합니다. 하지만 마음이 닫혀 있다면 아무리 바른 소리를 해도 통하지 않습니다. 그래서 우리는 우선 마음부터 열고 살아야 합니다. 마음을 활짝 열어서 만인과 마음을 터서 교류하고, 만물과도 교류하고, 그리하여 더 넓은 세상과 하나가 되고, 자신이 진정으로 가야 할 길로 나아갈 수 있게 됩니다. 마음이라는 것은 기, 기운, 즉 에너지의 흐름이므로, 세상과의 교류를 통해 기운이 소통되는 것입니다.

어떤 이들은 마음을 열고 싶어도 열리지 않는다고 호소합니다. 왜 마음을 열고 싶은데 열리지 않습니까? 아마도 간절함이 없기 때문입니다.

마음을 열고자 하는 노력이 부족하기 때문입니다. 또 어떤 의미에서는 아직 마음이 열릴 때가 되지 않았기 때문입니다.

　어느 날, 갑이라는 사람이 문을 열고 성 안으로 들어가고자 했지만 문이 굳게 닫혀 있었습니다. 그는 문을 열고자 문을 두드렸지요. 두드리는 소리가 작았는지, 문지기가 졸고 있었는지 문은 열리지 않았습니다. 그는 더 크게 문을 두드리기 위해 막대기를 주워다 두드리기도 하고, 커다란 돌로 두드려 보기도 하고, 더 크게 문을 울릴 수 있을 만한 것을 죄다 찾아와서 두드려댔답니다. 그러다 보니 잠에서 깬 문지기가 나와 문을 열어 주었고, 갑은 안으로 들어갈 수 있었지요.
　또 어느 날은 을이라는 사람이 닫힌 성문을 두드렸지만 문이 열리지 않았답니다. 그래서 을은 성문 앞에 앉아 문이 열릴 때까지 하염없이 기다렸습니다. 결국 새벽이 오고 열릴 때가 되자 문은 열리고, 을은 안으로 들어갈 수가 있게 되었죠.

　이 이야기들이 의미하는 것이 무엇입니까? 문을 열고자 하면 열릴 때까지 두드려야 한다는 것입니다. 두드리다가 중도에 포기하고 다른 곳으로 가 버리면 결국 성 안으로 들어갈 수 없게 됩니다. 또한 문을 열고자 하면 문이 열릴 때까지 기다려야 합니다. 어떤 문은 아무리 두드려도 시간이 되지 않으면 열리지 않습니다.
　불행히도 문을 어떻게 열어야 하는지 알려 주는 이가 없다면, 문 밖에서는 어떻게 해야 문을 열 수 있을지 알지 못합니다. 그래서 우리는 할 수 있는 것을 다 해보아야 하는 것입니다. 문을 두드려 보고, 그러다 안 되면 기다리기라도 해보아야 하는 것이죠.

인생을 살아가는데 무엇이 최선의 방법인지 혼자서는, 올바른 안내자가 없이는 알 수 없습니다. 만약 올바른 안내자가 없다면, 혼자서 해볼 요량이라면, 문이 열릴 때까지 모든 방법을 다 동원해서 두드리는 노력, 그러다 안 되더라도 최소한 기다리는 노력이라도 해보아야 합니다.

요약하자면, 인생의 문을 빨리 열 수 있는 2단계의 진리는 이런 것이 되겠지요.

첫째, 올바른 길로 안내해 줄 수 있는 눈 밝은 이를 찾을 것.

둘째, 문 앞에서 떠나지 말 것.

만약 아직 당신에게 문이 열리지 않았다면, 그것은 충분한 노력이 부족했기 때문일까요? 아직 때가 되지 않았기 때문일까요? 아니면 둘 다 맞지 않았을까요? 진정한 인생의 문을 열 수 있게 되기를 바랍니다.

우리 모두의 사명

➜　늑대에 의해서 키워진 두 아이에 대한 이야기를 들어본 일이 있을 것입니다. 사람들은 그 아이들을 인간 사회로 옮겨 적응시키려 하였으나, 한 아이는 금세 죽어 버리고 다른 아이마저도 완전히 적응하지 못하다가 10년 후 죽었다고 합니다. 이처럼 아무리 인간의 자질과 능력을 가지고 태어났다고 하더라도, 동물의 세계 속에서 자라면 동물에 지나지 않게 되고 맙니다.

이런 상상을 해보면 어떨까요?

지금의 인류와는 다른, 고도로 진화된 존재들로 구성된 어떤 사회가 있다고 가정해 봅시다. 이곳의 인간들은 사랑으로 충만합니다. 이곳의 인간들은 자기 자신을 사랑할 줄 알며, 어떤 경우에도 스스로를 비난하거나 자책하지 않습니다. 이들의 성품은 밝고 명랑하고 긍정적이며, 자신에게는 물론 타인에게도 너그럽고 관대합니다. 이들은 행여 부정적인 일이 일어난다 하더라도 금세 마음을 다스리며 긍정적인 방향으로 마음을 돌릴 줄 압니다. 이들은 모두 완벽하지는 않더라도 각자 여러

가지 긍정적인 면을 가지고 있습니다.

이런 사회 속에서 태어나 자란 한 사람이 있다고 가정해 봅시다. 이 사람이 만약 지구로 온다면, 그는 누구보다도 온화한 성품과 자질을 가지고 행동할 것입니다. 물론 그런 사회에 태어난 사람이라고 할지라도 개인적인 차이는 있을 수 있겠지만, 그들은 대체적으로 현재의 지구 인류보다는 훨씬 좋은 모습을 보여 줄 것입니다.

바꾸어 가정해서 우리들 중 누구라도, 지금 흉악한 범죄자가 된 사람이라고 해도, 이런 사회에서 태어나고 양육되었다면 지금보다 훨씬 더 나은 모습으로 살아갈 수 있었을 것입니다. 그러나 우리들 대부분은 그러지 못했습니다. 우리의 부모들 대부분은 자기 자신조차도 충분히 사랑하는 법을 배우지 못했고(그들의 부모 역시도 그러했으므로), 스스로도 그런 법을 터득하지 못했으며, 그런 정보를 접할 기회도 없었습니다. 책이든 인터넷이든 그런 정보를 얼마든지 접할 수 있는 사실만으로도 참으로 감사한 일이며, 우리는 좋은 세상에 태어난 것인지도 모릅니다.

그렇기에 우리는 부모와 이전 세대들을 원망해서는 안 되며, 더 좋은 모습이 아니라고 해서 자신을 책망해서도 안 됩니다. 이런 과거의 열악했던 현실에도 불구하고, 인류는 여전히 더 큰 성장을 향해 고군분투하고 있습니다.

비록 개인적인 차이는 있을지라도, 현대를 살아가는 우리는 누구 하나 예외 없이 인류의 집단의식 향상을 위한 최첨단의 길에 서 있습니다. 그 어떤 경우라도 자신을 비난하지 말고, 있는 그대로의 자신을 인정하고 격려해 주십시오. 만약 우리가 훨씬 더 좋은 환경에 태어났다면 훨씬 더 좋은 모습이 될 수 있었을 것입니다. 만약 우리가 훨씬 더 나쁜 환경에 태어났다면 훨씬 더 나쁜 모습도 될 수 있었을 것입니다. 내 인생의 모든 것이 나 자신의 책임이기도 하지만, 우리는 오직 하나의 인류, 그 속에 포함된 인간으로 존재할 뿐입니다.

늑대 인간과 진화된 사회의 비유를 다시 한 번 떠올려 보세요. 이는 곧 다음과 같은 사실을 의미할 것입니다. 우리는 있는 그대로 무한한 잠재력을 가진 존재임에 틀림없으나, 그런 무한함을 바탕으로 지금과 같은 한계를 창조했다는 사실을요. 우리에게는 더 나아질 여지가 얼마든지 있고, 그렇게 나아가고 있습니다.

우리의 지난 과거가 더 낫지 않았음에 불평하지 말고, 지금의 불완전함에 감사하세요. 지금 있는 그대로의 모습을 인정하고 감사하며 우리는 전진해 나가야 합니다. 그것이 바로 이 시대를 살고 있는 우리 모두의 사명인 것입니다.

2. 꿈을 향하여

≫ 꿈을 잃어버린 나

안녕하세요. 저는 대구에 살고 있는 스물여섯 살의 여성 자전거 라이더입니다. 자전거 탄 지는 1년이 조금 넘었는데, 주위에서 유망주라고 할 정도로 어느 정도 실력은 됐었습니다. 그렇게 한참 연습하며 타고 즐기던 차에 불의의 교통사고로 허리를 다쳤습니다. 꼬박 석 달 가까이 누워 지냈지요. 전 자리에서 일어나기만 하면 다시 예전처럼 운동을 할 수 있을 줄 알았습니다. 그런데 그게 아니더군요.

다시 자리에서 일어났지만 내 몸은 사고를 기억하고 있었습니다. 전 산악자전거를 하는데, 산을 탈 수가 없었습니다. 도로는 조심만 하면 넘어져서 허리 다칠 일은 잘 없지 않습니까. 그런데 산은 제가 조심하더라도 행여나 다운힐 등에서 넘어지거나 하면 다시 허리를 다칠 수 있고, 그럼 평생 다신 못 일어날 수도 있다는 생각이 들어서 도대체 시도조차 할 수가 없었습니다.

전 꿈이 많았습니다. 대회에서 우승도 꿈꿨고, 기술 연습도 운동장에서 많이 했지요. 그땐 보호대 없이도 겁 없이 연습하고 즐거워하던 시절이었습니다. 그런데 이제는 보호대를 하고도 몸이 굳어서 탈 수가 없습니다. 조금만 위험하겠다 싶으면 이미 몸이 굳어서 자전거에서 내려야만 합니다.

주위에선 용기를 주려 하고 힘을 주려 하지만, 이런 충고들이 더 화가 납니다. 아무도 제 맘을 모르는 것 같습니다. 이번에 다치면 다신 못 일어날 수도 있다는 그 공포감을 아무도 모릅니다. '할 수 있다'라고 하는 말들이 더 듣기 싫고 짜증이 납니다. 누워서 천장만 바라보며 떠먹여 주는 밥 먹고 대소변 다 받아내고 하는 그 기분을 안 겪어 본 사람은 모를 겁니다.

전 그 생활로 다시 돌아갈까 봐 너무 겁이 납니다. 재활 라이딩을 시작하면서 울기도 많이 울었습니다. 기술 연습은 둘째치고 아무것도 할 수가 없었습니다. 어쩌다가 공사하는 흙길만 지나가도 겁을 슬슬 내고 자전거에서 내리기 일쑤입니다.

»

제 자신이 한심해서 견딜 수가 없었습니다. 자전거도 분리해서 넣어놨습니다. 도저히 탈 마음이 안 나서요. 괜히 타면 자존심만 상하고 좌절감만 늘어나는 것 같습니다. 너무너무 우울하고 속상합니다. 도대체 돈을 많이 받음 뭐합니까. 보상 1억을 준다 해도 전 예전의 건강을 다시 돌려 달라고 말하고 싶습니다.

전 이미 꿈을 잃었습니다. 희망도 잃고 꿈도 잃었습니다. 굳어 버리는 제 몸 앞에서 전 좌절하고 말았습니다. 더 이상 시도도 해볼 수 없다는 것은 희망을 잃은 거나 마찬가지입니다. 초보자한테 충고나 들어야 하는 전 정말 초보가 된 것입니다. 겁 없이 산 타고 내려오던 예전의 저는 이제 없습니다. 이런 스포츠가 정말 날 위한 스포츠인지 회의를 느껴 자전거를 접을까 생각중입니다. 그럴수록 좌절감은 더 커져만 갑니다.

너무너무 속상합니다. 아무도 제 기분을 몰라 줍니다. 힘내라는 소리만 합니다. 나아질 거라는 소리만 합니다. 시도도 할 수 없는데 뭐가 나아진단 말입니까. 저한테 희망은 없습니다. 꿈을 잃어버렸습니다. 슬플 때 즐거울 때 날 위로하고 같이 즐기던 내 친구를 난 잃어버렸습니다. 그 친구가 난 이제 두렵기만 합니다. 삶의 의미도 없어진 듯합니다.

- goodsoul님의 글
(goodsoul님의 허락을 받아서 전체 글을 올립니다.)

➡ 　사고에 대한 공포 때문에 몸이 굳어 자전거를 탈 수 없게 되셨다는 것인지, 사고로 인한 직접적인 후유증 때문에 그렇다는 것인지, 글을 통해서만은 잘 알 수 없었습니다. 또한 사고 후유증으로 다시 조

금이라도 다치면 크게 문제가 될 것인지, 더 큰 사고를 당해 아예 불구가 될지도 모른다는 우려인지도 확실히 알 수 없네요. 추측 가능한 범위 안에서 말씀드리려고 하니 이해해 주시기 바랍니다.

우리는 주어지지 않은 것에 대해 불평하기를 선택할 수 있습니다. 또 반대로 주어진 것에 대해 감사하기를 선택할 수도 있을 것입니다. 그러나 사람들은 대부분 불평하기를 선택합니다. 그래서 스스로를 불행하게 만듭니다.

사고로 인해 자전거를 타기 힘들게 되었다는 것은 분명 행운의 징조는 아니겠지요. 하지만 사고로 인해 하반신이 마비되거나 식물인간이 된다거나 하는, 더욱 나쁜 결과와 만날 확률이 있었음에도 불구하고 최악의 상황은 피할 수 있었습니다. 이런 관점을 취할 수 있다면, 지금 님의 상황은 참으로 감사할 일일 것입니다.

이것은 손바닥을 뒤집는 일과 비슷합니다. 아무것도 현실에서 달라진 것은 없습니다. 하지만 상황을 전혀 반대의 극으로 볼 수 있는 힘과 선택권이 우리에게는 주어져 있습니다. 말하자면, 마음의 불평 모드와 감사 모드 중 어느 것을 선택하느냐 하는 것이지요.

어떤 사람이 사고로 두 다리를 잃었다고 합니다. 하지만 그는 사고 후 이렇게 말했다고 하지요. "사고 전에 나는 1만 가지 일을 할 수 있었으나, 이제는 9천 가지 일을 할 수 있다! 나는 내가 할 수 있는 일을 즐기며 살아갈 것이다!"

삶이란 참으로 상대적인 것입니다. 6개월 뒤 죽을 것이란 시한부 선고를 받은 환자에게 하루 하루는 너무나 값진 날들일 것입니다. 6개월 뒤 죽을지도 모르는 시한부 인생이지만, 아직 그 사실을 전혀 알지 못하는 어떤 이에게 하루 하루는 너무나 지루한 나날들일지 모릅니다.

자전거를 탈 수 있느냐 없느냐 하는 일은 어쩌면 그렇게 중요한 일이 아닌지도 모릅니다. 찾아보면 더 좋은 일이 많을 수도 있습니다. 지금의 심적 · 육체적 어려움을 딛고, 위험을 감수하면서도 어떻게든 다시 자전거 타기에 성공하겠다고 결심하고 그것을 이루어 낼 수도 있습니다. 아니면 다른 더 좋은 일을 찾아볼 수도 있을 것입니다.

무엇을 선택하든 그것은 전적으로 당신의 자유이겠지요.
자, 주어진 두 가지 선택 중 어떤 것을 택하시겠습니까?

딱 한 가지만 피해 주세요. 그것은 지금 처한 상황에 대해서 어떤 식으로든 불평불만을 늘어놓는 일입니다. 왜 그것을 피해야 하느냐고요? 그것이 솔직한 감정인 것은 사실일지도 모르나, 그런 행동은 티끌만큼의 도움도 되지 않기 때문입니다. 다른 모든 이들은 상관없습니다. 오직 자신에게만 손해라는 말입니다. 그런데 왜 그런 좋지 않은 선택을 해야만 합니까?

여기 나쁜 소식과 좋은 소식이 하나씩 있습니다.

나쁜 소식이란, 삶에서 어떤 일이 일어나든 우리는 받아들일 수밖에 없다는 것입니다. 아무리 억울하고 분하고 답답한 일이 일어난다 하더라도, 그것을 수용하고 받아들이는 것이 우리에게 결국 가장 유익한 선택이 되는 것입니다.

좋은 소식도 알려드릴까요?

어떤 나쁜 일이 일어나더라도 그 일에 지혜롭게 대처하고, 긍정적인 관점에서 해석하고 받아들일 수 있는 힘이 우리 모두의 내면에 존재하고 있다는 사실입니다.

모쪼록 자신에게 유익한 선택을, (이미 가지고 있는) 자신을 평화로 이끌 지혜를 선택하시기를 가슴 깊이 기원드립니다.

안녕하세요. 메일 잘 받아 보았습니다.

두 번째 책을 내신다고요. 안그래도 상담하시는 스타일이 예사롭지 않다 생각했는데. ^^ 좀 더 색다른 상담 방식에 놀랐고, 많은 걸 생각했었고요. 보통 상담해 주시는 분들보다 훨씬 낫게 저를 돌아보게 해주시는 것 같더라고요.

먼저 축하 드립니다.

영광스럽게도 책에 제 글이 실린다니 전 오히려 기쁘네요. 지금 제 상황이 훨씬 나아져서 인지, 그 고민이 지금 생각하면 아무렇지 않게 느껴지네요. 요즘 잘 지내고 있습니다. 허리 근육을 보강하기 위해서 헬스를 꾸준히 하고 있어요. 그래서 몸이 많이 좋아졌고요. 산을 타서 허리 아픈 것도 없어졌고요. 그리고 얼마 전엔 강원도에서 열린 산악잔차 대회에 출전해서 1등을 먹기도 했습니다. 정말 잘되었지요?

기술 연습은 못하지만, 그냥 임도 타는 것에는 크게 문제가 없으니까…… 다운힐 때는 무척 조심하고요. 그러니 즐기는 데 아무런 문제가 없더라고요.^^ 마법사님 덕분입니다. 제가 정말 힘들 때 다시 한 번 절 돌아보게 해주셨으니까요.

저야 글 실린다면 영광이죠. 저와 비슷한 경험을 하고 힘들어하시는 분들께 힘이 될 수 있다면야. ^_^

좋은 글 기대하겠습니다. 그리고 감사합니다. 잘 지내시고 건강하세요.^_^

- 원문 게재 요청에 관한 회신 내용 중에서 발췌하였습니다.

» 반복해서 생각하는 것이 현실이 된다

저는 영업사원입니다. 동료 중의 누군가가 실적을 올리면 나는 더 큰 실적을 올릴 수 있을 거라는 생각이 들면서 그를 축하해 주기보다는 자만심이 생깁니다. 하지만 현실은 그와는 반대죠. 저는 그다지 노력하지도 않고 실적도 별로입니다. 선의의 경쟁을 하고 서로의 좋은 결과를 축하해 주는 좋은 마음으로 노력하고 싶은데, 저는 그렇지가 못합니다. 이런 저에게 실망스럽습니다.

그것이 무엇이든 반복해서 생각하는 것은 결국 현실이 된다고 합니다. 그런데 대부분의 사람들이 그러한 사실을 알지 못하고, 자신이 원하지 않는 현실을 만들어 내고 있습니다. 초심으로는 '할 수 있다', '이루어진다'는 생각에 집중하다가도, 시간이 조금 지나면 이런저런 온갖 다른 생각들을 갖다 붙이면서 '원하는 것'에 마음을 집중하기보다는 '원치 않는 것'에 집중하기 시작합니다. 바로 여기에 원하는 일이 이루어지지 않는 이유가 있는 것입니다.

닭이 알을 품고 기다리면 병아리가 나오듯이, 원하는 현실의 그림을 마음에 품고 기다릴 줄 알아야 합니다. 이루고자 하는 것을 향한 간절한 마음으로 기다릴 줄 알아야 합니다. 따뜻한 어미 품에서 깨기 전에 자꾸 알을 들추어 본다면 병아리를 볼 수 없을 것입니다. 씨앗을 심은 땅을 자꾸 파헤쳐 본다면 새싹을 만나지 못하게 될 것입니다.

무엇이든 기도하고 구할 때에는 이미 그것을 받은 줄로 믿으라. 그러면 그것이 이루어지리라.

- 성경

의심은 필요 없습니다. 자만심도 내려놓으세요. 자신에게 실망하는 마음도 내려놓으세요. 당신이 진정으로 원하는 것은 무엇입니까? 그것은 아마도 높은 실적일 것입니다. 그렇다면 그것에만 집중하면 됩니다. 그 밖에 그에 반하는 다른 모든 것들은 불필요한 것들일 뿐입니다. 설령 그런 것들이 떠오른다 하더라도, 그저 마음의 한쪽에 치워 놓으세요. 오직 원하는 것만 생각하고 집중하세요.

반복해서 생각하는 것이 결국 현실이 된다는 사실을 기억하세요. 자신의 실적을 높이기 위한 방법을 찾고, 그것을 실천하기 위한 생각에만 집중하고 반복하세요. 단계적으로 타당한 목표를 세우고, 그것을 이루기 위해 마음을 쏟으세요. 단순하지만 그러한 원리를 바탕으로 원하는 현실인 높은 실적을 만들어 내는 겁니다. 지금은 그것에만 집중하면 됩니다. 다른 불편한 마음이 들면 그저 흘려 버리면 됩니다. 다른 직원들에 대한 진심 어린 축하는 당신이 높은 실적을 달성할 수 있게 된다면 자연스럽게 나올 것입니다.

대학생입니다. 갈수록 성적은 떨어지고 사람들과 어울리기도 힘듭니다. 지금의 학교생활을 그만둘까 고민도 하지만, 마땅히 하고 싶은 일이 있는 것도 아니고…… 지난 생활에 대한 후회, 잘 생활하고 있는 다른 사람들에 대한 부러움, 나 자신에 대한 무기력함 등으로 머릿속이 온통 복잡하기만 합니다.

➡ 당신이 진정으로 원하는 것은 무엇인가요?

인간은 기능상으로 자전거와 같다. 목표를 향해 앞으로 나아가지 않는다면 옆으로 넘어질 수밖에 없다.

- 맥스웰 몰츠

혹시 지금 옆으로 넘어져 있는 것은 아닌가요?

세상에서 가장 연민의 정이 느껴지는 사람은, 시력은 있으되 비전이 없는 사람이다.

- 헬렌 켈러

혹시 지금 당신은 가장 연민이 느껴지는 사람인가요?

삶의 목적을 가지고 있는 사람은 어떤 식으로든 견뎌 낸다.

- 니체

305

삶에 목적이 없어서 견뎌 내기 힘든가요?

비전이 없으면 사람들은 멸망하리라!
- 성경
지금 가고 있는 길이 결국 어떠한 곳으로 이어지고 있는 것 같나요?

제일 중요한 질문은, 진정으로 바라는 비전이 무엇이냐 하는 것이다.
- 아브라함 마슬로우

맥스웰 몰츠의 이야기처럼 당신은 넘어져 있는 것입니다. 목표가 없어서 넘어져 있는 것입니다. 진정한 목표가 없으면 누구나 결국에는 넘어지게 됩니다. 심적으로 괴롭고 견디기 힘들게 됩니다. 그것은 인간의 마음이 가진 고유한 특성 중 하나입니다. 인간관계가 어려운 것은 분명 당신을 괴롭히는 이유들 중 하나인지도 모릅니다. 하지만 주된 원인은 그러한 것들이 아닐 수도 있습니다. 삶의 목적과 목표가 없는 사람에게 다른 부수적인 힘든 요인들이 겹칠 때, 그것들이 유난히도 힘들게 느껴지는 법이기 때문입니다. 그러니 스스로에게 묻고 또 물으세요. 답이 나올 때까지 끊임없이 질문하세요. 다른 생각으로 힘들어질 틈이 없을 만큼, 단 하나의 질문에 집중하세요.

'내가 진정으로 원하는 것은 무엇인가?'
이 질문에 대한 답을 찾게 되었다면 다음 질문에 집중하세요.
'그것을 이루기 위해서는 어떻게 해야 하는가?'

그 다음은 너무나 당연하게도 이루기 위한 노력과 실천이 따라 주어야 하겠지요.

목표가 없다는 것은 길을 잃은 것입니다. 길을 잃고 방황하는 영혼이 편안히 쉴 곳은 없습니다. 진정한 자신의 길을 찾기 전까지는 말입니다.

» 무엇이든 시작하세요!

대학을 졸업하고 부모님 권유로 공무원 시험 준비를 시작했습니다. 특별히 다른 하고 싶은 일도 없었거든요. 그런데 공부를 시작하고서부터 아무것도 하기 싫고 재미도 없어서 하루하루를 멍하게 보내고, 그러다 우울증에 걸렸습니다. 집에서 는 공부를 계속하고 있는 줄 아시지만, 저는 그냥 멍하게 매일을 보냅니다. 이제 는 아는 사람 만나기도 두렵고, 대인기피증마저 생겼습니다. 아는 사람들을 만날 까 봐 피해 다닙니다. 이제 저의 의지로는 공부를 할 수도 그만둘 수도 없게 되 어 버렸습니다. 저는 이제 정말 어떻게 해야 하나요?

➡ 님의 글을 읽으니 참으로 마음이 아프고 답답한 심정 가득합 니다. 누구를 탓하겠습니까? 책임은 바로 자신에게 있는 것을요. 특별 히 하고 싶은 일이 없었다고요? 세상에 열 명 중 단 한 명 정도가 처음 부터 특별히 하고 싶은 일이 있는, 그런 행운을 경험할 것입니다.

마음은 올바른 길을 알고 있었을 것입니다. 그런데도 님은 올바르지 않은 길을 선택했습니다. 그러니 지금 마음이 저항해도 한참 저항하는 것입니다. 최소한 시작한 후 두세 번의 좋지 않은 마음의 징후(우울증의 시작)를 느꼈을 때, 잘못 들어선 길을 가기를 그만두었어야 했습니다. 그러나 결코 아직 너무 늦은 것은 아닐 것입니다. '가장 늦었다고 생각 될 때가 가장 빠른 때'라는 말이 있듯이 말입니다.

부모님이 포기할 때까지 자신의 인생을 포기하고 있을 건가요?

308

그때까지 쌓여 갈 마음의 상처를 그냥 지켜만 보고 있을 건가요?

아닌 길은 아닌 길입니다. 지금이라도 그동안 스스로 만들어 놓은 주변과의 족쇄를 풀어헤치고 일어나십시오! 지금이 가장 빠른 때입니다! 또 미적거리다가는 지금 당장 떨치고 일어나는 것보다 더 큰 상처만을 마음에 쌓으며 시간을 보내게 될 것입니다.

특별히 하고 싶은 일이 없습니까? 그렇다면 하고 싶은 일을 찾으세요. 너무 하고 싶은 일이 없습니까? 그럼 조금이라도 하고 싶은 일을 찾으세요. 조금도 하고 싶은 일이 없습니까? 그럼 어떤 일이든 일단 시작하세요! 적어도 우울증에 빠져들지 않게 하는 일, 스스로를 너무 고통스럽게 만들지 않는 일, 그런 일을 일단 시작하세요!

미래는 자신의 손에 달려 있습니다. 어떤 일이라도 일단 시작하면서 꿈을 키우세요! 지금 정말로 하고 싶은 일이 뭔지 모르겠다면, 다른 일을 병행하면서라도 정말로 하고 싶은 일을 찾으세요! 준비를 하세요! 새롭게 다가올 미래의 찬란한 그날을 위해 오늘 당장 대비를 시작하세요! 미적거리고 앉아 있는 동안, 망설이고 주저앉아 있는 동안 님의 젊은 시간이 좀먹고 있습니다. 황금같이 찬란한 시간들이 과거의 기억 속으로 사라지고 있습니다.

요즘은 날씨가 무척 덥지만 곧 뜨거운 열기가 사라지고 서늘한 바람이 불어올 것입니다. 그렇게 가을은 시작되겠지요. 언제 그렇게 더웠냐는 듯이……. 우리 인생도 바로 그러합니다. 잠깐의 젊음과 청춘은 언제 그러했냐는 듯이 시간의 뒤안길로 사라지고, 인생의 가을에 접어들 것입니다. 충만함을 느끼는 길은 언제나 지금 여기에서 자신의 마음에 충실히 사는 것, 오직 그 길뿐입니다.

분연히 일어서는 결단이 필요한 때입니다.

저는 2년째 백수입니다. 몇 번의 기회는 있었지만, 그때마다 새롭게 적응해야 할 환경이 두려워 미리 그만두었지요. 나이 제한도 갈수록 늘어만 갑니다. 저 자신이 너무 한심하고 비참해요. 아직도 제 갈 길을 못 찾고 있다니요. 친구들이라도 잃지 않으려고 메일을 보냈지만, 다들 답장도 없이 무시하네요. 딱 한 가지 희망은, 하루 빨리 내가 정말 좋아하는 일을 찾아서 거기에만 몰두하고 싶다는 거예요. 그럼 내가 한심하거나 비참한 생각도 잊혀지겠죠.

→ 어느 날 갑자기 무언가 나와 딱 맞아떨어지는 일이 번쩍 하고 나타나서, 그 일에 힘 안 들이고 몰두하게 될까요? 그 일이 내면의 비어 있는 느낌을 채워 줄 거라 믿나요? 그렇다면 그건 마치 어느 날 갑자기 백마 탄 왕자님이 나타나서 나를 사랑해 주고 성으로 데려가 줄 거라 믿는, 비현실적인 동화와 별반 다르지 않을 것입니다.

물론 백마 탄 왕자를 만나는 사람도 있을 것이고, 자기에게 맞는 일을 쉽게 만나 열정을 불사르는 사람도 있을 것입니다. 하지만 기다리기만 한다고 누구에게나 그런 일이 일어나는 것은 아니지요. 설령 그런 일이 일어났다 해도, 완전한 만족이란 주어지지 않는 것입니다. 막상 일을 해보니 이런저런 점은 나와 맞지만, 어떤 특성은 맞지 않을 수도 있습니다. 그래서 어떤 새로운 일을 만날 기회가 오면, 그런 기회를 두려움으로 저항하기보다는 가슴을 열어 받아들여야 합니다. 수용하고, 그 속에서의 경험을 통해 무엇이 자신에게 맞는지 아닌지 세세하게 알아보는 과정이 필요합니다.

하지만 많은 사람들은 아주 극소수의 이들에게만 해당되는 복권 당첨의 대박, 백마 탄 왕자님, 혹은 자신에게 완전히 어울리는 직업 등의 허황된 생각에 매달려, 자신에게 다가오는 수많은 기회들을 잃고 맙니다. 사실은 그러한 모든 순간들이 진정한 기회였음을 알지 못한 채 불평불만만 늘어놓으면서 말입니다.

이제 삶을 좀 다른 시각으로 바라보십시오. 모든 순간 순간이 다 기회입니다. 설사 부정적으로 보이는 사건들이라도, 그 속에는 긍정의 씨앗들이 숨겨져 있습니다. 20대의 나이면 절대로 늦지 않았습니다. 사실은 어떤 나이라 하더라도 모든 일은 마음에 달려 있을 뿐, 결코 늦은 나이란 있을 수 없습니다.

주저앉아서 울고 있어 봐야 달라지는 것은 아무것도 없습니다. 오히려 소중한 시간이라는 자원만을 잃을 뿐이지요. 이제 자신의 두 다리로 벌떡 일어나서 삶을 개척해 가시기 바랍니다. 인내와 노력으로 자신만을 위한 멋진 삶을 개척해 나가시기를 바랍니다.

» 생각이라는 사공이 많으면 배가 산으로 간다

여태껏 들인 노력보다 너무나 어이없는 결과가 나왔습니다. 이럴 때는 나 자신이 너무 답답하고 바보 같다는 생각이 듭니다. 왜 이렇게 노력과 결과가 전혀 다르게 나타난 것일까요? 열심히 해도 반드시 그만한 보상은 따라 주지 않는 것인가요? 저만 이런 걸까요? 누구나 다 그럴까요?

겉으로는 열심히 한다고 해도, 마음속에 잘 안 될 거라는 뿌리 깊은 믿음이 있었다면 결과가 좋을 리 없습니다. 마음속에 잘될 거라는 강한 확신을 가진 믿음이 있었다면, 훨씬 더 나은 결과에 다가갈 수도 있었을 것입니다.

세상이 항상 생각대로만 되지 않는 것은 지극히 자연적인 이치입니다. 공을 하나 던져도 공기의 마찰과 중력의 저항이 생기는데, 사람이 세상사를 이루어 가는데 어찌 아무런 저항도 없을 수 있겠습니까? 정말로 중요한 것은, 그런 모든 저항과 마찰을 이겨 내고 온 마음을 모아 집중하여 진정으로 원하는 목표를 이루어 내는 것이겠지요.

'사공이 많으면 배가 산으로 간다'는 속담이 있듯이, 생각이 너무 많으면 나라는 사람의 배도 바른 길로 가지 못합니다. 원하는 것을 분명히 정하고, 그것을 이루기 위해 집중하고 또 집중하는 노력이 필요한 때입니다.

목표와 관계 없는 다른 복잡한 생각들은 놓아 버리세요. 그리고 원하는 것에만 전심전력하며 노력하고, 좋은 결과를 기다리시기 바랍니다. 진인사대천명(盡人事待天命)의 지혜를 발휘하시기 바랍니다.

» 마음의 중심 잡기

사람들을 만나도 왠지 모르게 답답합니다. 마음을 터놓을 수 없는 것 같은 느낌……. 누구를 만나도 늘 그런 것 같아요. 사람이 그리워서 채팅도 하고 이 사람 저 사람 만나 보기도 하지만, 오래 가지도 못하고 늘 외롭네요. 남자친구와의 관계도 별로 가깝게 느껴지지 않고, 일도 손에 잡히지 않아요. 도대체 나는 왜 이런 건지…….

●   건물을 세우는 데 기둥이 제대로 서 있어야 하듯이 마음에도 역시 중심이 제대로 서 있어야 합니다. 다만 마음의 중심은 눈에 보이지 않기에 사람들은 그런 것이 있는지 없는지도 모르고 살아갑니다. 한 가지 확실한 것은, 그것을 굳건히 세우고 살아가는 사람들은 잘살아간다는 것입니다. 반대로 그렇지 못한 사람들은 늘 마음이 허하고, 심적인 방황을 멈추지 못하지요.

마음의 중심은 살아가면서 자신도 모르는 사이에 저절로 생기기도 하고, 나타났다 사라지기도 합니다. 당연히 없는 것도 노력하면 스스로 만들어 세울 수 있습니다. 어떤 이들에게 마음의 중심이란 무언가 반드시 이루어야 할 목표, 혹은 당면한 과제의 형태로 나타납니다. 또 어떤 이들에게는 사람에 대한 의존심으로 나타나기도 합니다. 또 다른 어떤 이들에게는 순간 순간의 일과 사건, 그 자체에 대한 몰입으로 나타나기도 하겠지요.

예를 들어, 지금 속해 있는 회사에 모든 것을 다 바쳐 일하며 마음의 중심으로 삼은 사람의 경우를 떠올려 봅시다. 회사에서 인정받고 잘 지내는 시절에는 그에게 아무 문제도 없을지 모릅니다. 하지만 만약 회사에 부도가 났다거나 갑작스런 명예퇴직을 당했다면, 그의 마음이 금방 회복되기는 어려울 것입니다. 또한 수십 년을 가정주부로 남편의 뒷바라지만을 하며 살아온 사람에게, 어느 날 갑자기 남편의 외도나 사별과 같은 사건이 일어난다면 그의 마음은 어떻겠습니까? 이들이 두고 있었던 마음의 중심이 무엇인지 너무나 분명하지 않습니까?

당신은 세상을 살아가야 할 어떤 이유를 가지고 있습니까? 혹시 그저 뜻하지 않게 주어졌으니 죽지 못해 살아간다는 태도는 아니었는지요? 무엇이 당신의 삶에 의미를 가지고 있습니까? 중요한 가치를 가지고 있습니까? 그저 태어났으니 살아가야 하고, 배가 고프니 먹어야 하고, 돈이 궁하니 직장에 다녀야 하고, 외로우니 사람을 만나야 하는…… 그런 수동적인 삶의 패턴 이외에는 스스로 움직여 가야 할, 하고 싶은 어떤 일들과 존재의 목적과 이유를 가질 수 없는 것입니까?

그 답은 아무도 내려 줄 수 없습니다. 오직 자기 자신만이 가능할 뿐이지요. 그 답을 찾아보십시오. 저절로 쉽게 떠오르지 않는다면 만들어 내세요. 진정한 마음의 중심을 스스로 만들어 세워 보세요.

마음의 중심을 정하는 데 꼭 필요한 한 가지 조언을 드린다면, 가능한 한 더 오래 가고 영원히 지속될 수 있을 만한 것을 찾아 중심을 두라고

이야기하고 싶네요. 어느 날 갑자기 사라지거나 쓰러지거나 흔들리는
이변이 일어나지 않을 만한 것에 중심을 두라는 말입니다.

　쉽고 편안한 안락만을 찾아 헤맨다면
　마음은 언제까지나 중심이 없이 방황하는
　지금과 같은 함정에서 벗어나지 못할 것입니다.

지금 회사에 다닌 지 반 년이 조금 넘었습니다. 그런데 정말로 일을 하기 싫습니다. 적성에 맞지 않는 건지, 일이 많아서 그런 건지도 확실치 않고요. 그만두고 다른 일을 하면 될 텐데, 회사 동료나 가족 때문에 결정을 내리지도 못하고 있습니다.

● 다른 누군가의 인생이 아니라 '나 자신'의 인생입니다. 정말 원하지 않는다면 남들의 눈을 먼저 생각할 게 아니라, 자기 자신을 위해서 자신의 생각과 마음에 따라야겠지요. 여기 둘 중 하나의 선택이 놓여 있습니다. 이것은 다른 누구도 아닌 스스로 선택해야 할 사안일 것입니다.

지금 회사를 그만두고 다른 회사를 찾아본다.
지금 회사에 어떻게든 잘 적응해서 계속 다닌다.

그러나 결국 다음과 같은 기준을 만족하지 못한다면, 님은 끝내 실패하고야 말 것입니다. 그 기준이란 바로 '지금 즐겁고 가슴 뛰는 일을 하고 있는가?'라는 것입니다. 지금 하는 일이 정말로 좋습니까? 아니라고 하셨지요. 그렇다면 지금 하는 일을 어떻게든 즐겁게 할 수 있는 일로 삼을 수 있겠습니까? 지금 하는 일에서 최고의 가치와 보람과 가슴 설

렘을 찾을 수 있겠습니까?

확실히 아니라면 그만두세요. 하지만 지금 당장 그만두라는 것은 아닙니다. 가슴 뛰는 일을 제대로 찾지 못하고 덜컥 그만두어 버린다면, 그래서 다시 시간에 쫓겨 그저 할 수 있을 만한 또 다른 일과 직장을 찾게 된다면 '이 일을 계속 해야 하나 말아야 하나?'라는 질문이 반복될 뿐입니다. 그러니 조금의 인내심을 가지고 지금의 일을 계속하면서 여유를 찾는 동시에 자신에게 진정으로 즐거울 만한 일을 찾아보세요. 필요하다면 필요한 교육을 받고 준비하는 기간을 거쳐야겠지요.

다른 누구도 아닌 당신 자신을 위해 선택하세요. 당신에게 진정으로 즐겁고 가슴 뛰는 일이 될 만한 것은 무엇일까요? 결국은 넘어야 할 산이라면, 조금이라도 더 빨리 출발하는 편이 좋을 것입니다.

A과에 가고 싶었지만 B과에 가게 되었어요. 그래도 열심히 하려고 생각해요. 그런데 벌써부터 막막하네요. 졸업하면 뭘 해야 할지……. 경쟁에 이겨서 살아남아야 한다는 것도 두렵고, 사람들은 B과를 나오면 취업이 잘 안 된다고 하고, 내의지와 정신력이 약한 것 같아서 두렵고, 어릴 때부터 하고 싶었던 다른 일을 하고 싶기도 하고……. 저는 어떻게 해야 하나요?

→ 무엇이든 오랜 시간 동안 강하게 생각하는 것, 상상하는 것, 주의를 기울이는 것이 현실에서 이루어질 확률이 훨씬 커진다는 사실을 반드시 기억하세요. 그러니 오랜 시간 고민하고 걱정하고 염려한다면, 그것은 마침내 현실이 되고야 말 것입니다. 자신에게 맞는 적절한 목표는 그래서 중요합니다. 원하는 것에만 마음을 단단히 붙들어 주고, 다가올 저항과 장애에는 마음을 빼앗기지 않아야 합니다. 그래야만 그런 어려움들을 더욱 쉽게 헤쳐 나갈 수 있기 때문이지요.

'내가 정말 잘하는 게 뭘까?' 하고, 지금부터라도 자신에게 질문을 던지고 찾기 시작하세요. 어릴 때부터 하고 싶었던 일에 대한 준비를 차근차근 시작하면, 분명 그 답에 도달하게 될 것입니다. 경쟁에 대한 두려움을 떨쳐 버리세요. 진정한 자신의 길을 찾지 못하고 생각 없이 이리저리 헤매며 방황하는 사람들끼리 싸우는 것이 세상의 경쟁입니다. 특정한 과에서는 취업하기 힘들다, 전망이 없다…… 그런 이야기들도 마찬가지입니다. 오직 하나의 현실만이 존재합니다. 자신의 진정한 마음의 길을 가는 현실 말입니다. 그것만이 진정한 현실이 됩니다.

먹고 살기란 힘든 거지, 사랑이란 아픈 거야, 세상은 이미 가진 자들을 위한 곳이지, 세상을 봐, 얼마나 고통과 절망만이 가득한지, 취업하기가 힘들다는 뉴스를 보니 아마 나도 그렇겠지, 재능·돈·빽이 있는 사람들만이 성공할 수 있어……. 얼마나 자기 제한적이며 스스로를 약하게 만드는 믿음들이 세상을 떠돌아다니고 있습니까? 이렇게 세상에는 유령과 같이 떠도는 수많은 정체불명의 생각들이 존재합니다. 그런 것들을 믿으면 믿을수록 현실은 더더욱 그런 생각들에 의해 좌우되는 것이지요.

이와는 반대로 자기 마음을 담은 길을 믿으면 믿을수록, 그러한 길에 마음을 주면 줄수록 우리의 현실이 이루어집니다. 진정으로 자신을 믿고 신뢰하며 마음을 담은 길을 가세요. 그렇게 자신을 믿고 한 발 한 발 전진하다 보면, 반드시 진정한 자신의 길을 걷게 될 것입니다. 진정한 성공의 길을 걷고, 원하는 모든 것과 만나 있는 멋진 사람이 되어 있을 것입니다.

≫ 꿈을 향해 가는 길

저는 어렸을 때부터 춤추는 것, 노래 부르는 것을 아주 좋아했어요. 그래서 축제나 행사만 있으면 나가고, 그러다 '가수'라는 직업에 열망이 조금씩 생겼어요. 그게 점점 커지면서 음악이라는 것에 관심을 갖게 됐고, 우리나라 최고의 엔터테인먼트 회사 오디션을 준비하게 됐지요. 6개월을 기다리며 매일 열심히 준비했어요. 그러다 부모님께 말씀을 드렸는데, 엄청나게 화를 내셨어요. 엄마의 목표는 제가 피아노를 전공해서 교수가 되는 거예요. 저는 피아노보다는 노래를 하고 싶은데…… 그래서 엄청나게 노력했는데, 부모님은 가수를 천하게 보고 반대하세요. 너무 힘들어요. 어떻게 해야 하나요?

→ 마음이 많이 힘든 것 충분히 이해가 갑니다. 아무래도 부모님 마음을 돌려놓기가 쉽지만은 않겠지요. 우리는 가끔 어려움을 뚫고 성공한 가수의 이야기를 들을 수 있습니다. 꽤나 유명한 가수이며 기타리스트인 누군가는, 부모님이 기타를 치지 못하게 해서 이불을 덮어쓰고 소리를 죽여 가며 기타 연습을 했다고 해요.

당장은 부모님의 반대를 인정하고 받아들이는 편이 좋을 듯하네요. 부모님이 적극적으로 밀어 주시는 것보다는 못하겠지만, 그렇다고 해서 포기할 수는 없겠지요? 부모님의 반대를 일단은 있는 그대로 받아들이세요. 그리고 지금 현 상황에서 최선을 다해 요령껏 오디션을 준비하고 참가해 보세요.

그나마 다행인 것은, 부모님의 의도와 님의 의도에 '음악'이라는 공통점이 있다는 사실이네요. 피아노를 전공한다고 해서 가수가 되지 말란 법도 없으니까, 부모님의 뜻을 크게 거슬리지 않는 방향에서 통합점을 찾아보는 것도 현명한 처신이라고 생각됩니다.

　가장 중요한 것은, 상황이 어떻든지 그 속에서 어떻게든 긍정적인 점들을 찾아내고, 그런 요인들을 최대한 활용해서 자신의 꿈을 이루어 내는 일입니다. 누구에게나 어려움은 있습니다. 누구에게라도 고난이 닥쳐 올 수 있습니다. 정말로 중요한 것은, 그런 장애가 있는 환경 속에서도 희망을 버리지 말고, 긍정적인 부분들을 발굴해 내고 끊임없는 노력으로 자신의 꿈을 이루어 내는 일이지요.

　힘들다, 주저앉아 울고만 싶다, 포기하고 싶다…… 이런 생각들을 하는 것은 아무런 도움이 되지 않습니다. 반드시 자신에게 도움이 되는 일을 하세요. 어떤 어려움이 있더라도 꿈을 당장 이루지 못해 안절부절하는 성급함을 버리고, 지혜롭고 현명한 상황 판단과 처신으로 언젠가는 반드시 이루어질 것이라는 확신을 가지고 꿈을 향해 한 걸음 한 걸음 다가가세요.

　길은 오직 하나뿐입니다.
　장애를 딛고 끊임없이 스스로 개척해 나가는 길.
　오직 그 하나뿐인 것이지요.

저는 글을 쓸 때가 가장 즐겁습니다. 하지만 글을 쓰는 일이 직업이 되기에는 너무 불안정하고 두렵기까지 했어요. 그래서 공무원 준비를 시작했지요. 그러나 공부를 오래 하다 보니 너무 힘드네요. 성적은 계속 정체되어 있고, 주위 사람들로부터의 기대와 심리적인 압박감…… 그런 시간들을 오래 지속하다 보니 이제는 이런 상황에 있는 저 자신이 싫어지기까지 합니다. 저는 도대체 어떻게 해야 하나요?

→　　지금과 같은 마음으로는 무엇도 제대로 이루어 낼 수가 없습니다. 현실적으로는 공무원이 되겠다고 이야기하고 있지만, 사실상 마음은 두 가지 갈림길 사이에서 갈팡질팡하는 것이나 다름 없지 않나요? 흔들리는 갈대와 같은 마음을 보십시오. 지금은 대쪽같이 굳은 마음으로 심기일전하여 마음의 에너지 낭비를 잠재우고, 한마음으로 밀어붙여야 할 때입니다. 정말로 공무원 시험에 합격하기를 원한다면 말입니다. 그런데 그러지 못하고 있습니다. 그러니 기대만큼 성적도 나오지 않고, 공부에 마음이 다잡아지지도 않고 힘들기만 한 것이겠지요. 글을 쓴다는 것에 대해서는 어떻습니까? 이 역시 흔들리기는 마찬가지입니다.

이런 마음으로는 무엇을 구한다 해도 얻기 힘들 수밖에 없을 것입니다. 계속 이어지는 마음이 가진 실패의 패턴을 보세요. 이거 하다가 안 되면 저거하고, 저거 하다가 안 되면 또 다른 것을 하고, 이것을 할까 저

것을 할까 둘 사이에서 끊임 없이 갈등하고⋯⋯.

마음의 칼날을 세우십시오. 진정으로 이루고자 하는 일이 무엇인지를 찾으세요. 진정으로 이루고자 하는 것 이외에는 다른 그 어떤 군더더기들도 눈에 들어오지 않게 하세요. 주위 사람들의 기대에서 오는 부담과 같이 원치 않는 것에 이리저리 휘둘릴 것이 아니라, 오직 원하는 하나만 보고 그 속으로 깊이 파고들어 가세요.

당신은 이미 자유로우며 창조적인 영혼입니다. 진정으로 원하는 것을 얻을 권리와 힘을 가진 존재입니다. 이미 가진 자유, 창조성, 권리, 그리고 힘을 제한하고 있었던 것은, 오직 자신이 내린 선택과 믿음이었을 뿐입니다. 자신이 얼마나 엄청난 자유와 창조성을 부여받고 발휘하고 있는지 보세요!

스스로를 가엾게 만드는 눈물은 이제 그만하면 됐습니다. 이제 다시 눈을 크게 뜨고 일어날 시간입니다. 두 눈을 부릅뜨고 주먹을 불끈 쥐고, 하지만 삶이 주는 자유와 즐거움을 만끽하며 원하는 길을 가세요. 가슴이 뛰고 설레는, 진정으로 원하는 길을 찾아가는 것입니다.

>> 확률은 거짓말에 지나지 않는다

저는 중학생입니다. 저에게는 반드시 이루고 싶은 꿈이 있습니다. 하지만 그 꿈을 이루기란 확률적으로 로또 복권에 당첨되는 것과 마찬가지입니다. 굳은 의지와 자신감을 가지고 노력하면 될 거라고 실천하고는 있지만, 갈수록 마음이 약해집니다. 자꾸 안 될 거라는 부정적인 생각이 듭니다.

과연 어떤 일이길래 복권에 당첨될 확률만큼 어려운 일이라고 표현했을까 궁금하네요. 확률을 말씀하셨습니다. 하지만 확률은 거짓말입니다. 꿈을 반드시 이루겠다는 굳은 의지와 확신을 가진 인간에게는, 충분한 시간만 주어진다면 확률은 새빨간 거짓말에 지나지 않습니다.

100명을 무작위로 뽑아 그중 한 명에게만 A라는 일을 할 기회를 준다고 가정해 봅시다. 100명 중에서 어릴 때부터 정말로 그 일을 하고 싶다는 마음을 세우고 준비해 온 사람이 두 명이라면, 그들의 꿈이 이루어질 확률은 1/100이 아니라 1/2인 것입니다. 어쩌면 1/2이 아니라 예외적으로 그들 둘 다에게 기회가 주어질지도 모르는 일입니다.

뜻이 있는 곳에 길이 있다고 했습니다. 확률과 같은 뻔한 거짓말에 속아 넘어가기보다는 자신의 의지와 신념을 믿으세요. 자기 자신을 믿고

326

미래를 향한 힘찬 발걸음을 옮겨 나가는 편이 훨씬 낫지 않겠습니까? 지금부터 확실한 미래의 비전을 가지고 있는 님이 오직 '된다'는 믿음만을 가지고 그에 걸맞는 노력을 쏟아붓는다면 될 수밖에 없습니다. 안 될 수가 없는 것입니다.

　미리 축하드리고 싶군요!
　미래의 어느 날,
　로또 복권에 당첨될 확률이나 마찬가지인 그 일을 이루어 낸 것에 대해서 진심으로 축하드리겠습니다!

확실한 목표는 있지만 노력하는 일에 자꾸 나태해집니다. 어떻게 하면 강하게 동기를 부여할 수 있을까요?

동기 부여를 위해서는 수많은 방법들이 있지만, 일단 세 가지 정도만 알려 드리겠습니다.

1. 목표에 대한 이유를 적어 보세요

목표를 이루어야 하는 이유가 많으면 많을수록 목표에 대한 집중력이 커지고 확신이 생깁니다. 이유는 직접 손으로 확실히 써놓지 않으면 흐지부지되고, 왜 그 목표가 중요한지 마음이 분명히 서지 않게 됩니다. 쓰는 것과 그저 생각만 하는 것은 엄청난 차이가 있습니다.

'목표가 이루어져야 하는 이유'에 대해서 A4 용지의 앞뒤를 작은 글씨로 가득 채워 보세요. 그리고 '목표가 이루어질 수밖에 없는 이유'에 대해서도 그렇게 하세요. 무슨 이유가 그렇게 많이 생각날까요? 아마 힘들 것입니다. 그러나 다 채울 수 있어야만 합니다. 채우기 위해 온 마음을 다 쥐어짜야 합니다. 그래야 지금까지의 움직이기 싫던, 굼뜨던 습관으로부터 벗어나 첫발을 내딜 힘이 생겨날 것입니다.

2. 실패를 상상하세요

지금과 같은 모습 그대로 계속 지낸다고 상상해 봅시다. 시간은 내가 변하든 그렇지 않든 지나갈 것입니다. 5년이 지난 나의 모습은 어떨까요? 10년이 지난 나의 모습은? 20년이 지난 나의 모습은 또 어떻게 달라질까요?

나는 적극적으로 변화하지 않았기에 꿈을 접어 버리게 되었습니다. 참으로 안타까운 마음입니다. 몇 년 전 그 꿈에 대한 노력을 놓지만 않았어도, 나태하지만 않았어도 지금처럼 후회하고 있지는 않았을 텐데 말입니다. 이제는 더 이상 길이 없다고 여겨집니다. 너무 늦은 나이인 것처럼 느껴집니다. 그때 충분히 실천하고 노력하지 않은 나태한 나 자신이 한없이 원망스러울 따름입니다…….

미래의 고통을 충분히 상상해 볼 수 있겠습니까? 그 미래에 흘리는 눈물로는 시간을 되돌릴 수는 없다는 사실을 지금 알 수 있을까요? 느껴 볼 수 있을까요? 이러한 가상의 실패 경험으로부터 지금 반드시 변화해야 할 절박한 마음을 지어낼 수 있을까요?

3. 성공을 생생하게 상상하세요

실패의 상상은 한 번의 확실한 상상으로 충분합니다. 이제부터는 수시로 목표를 이루어 낸 자신의 모습을 상상해 보도록 합시다. 그때 나는 어디에서 어떤 사람과 함께 있을 것이며, 무엇을 하고 있을까요? 무엇을 보고, 어떤 소리를 듣고, 어떤 느낌을 느낄까요? 나와 함께 있을 사람들의 표정은 어떨까요? 어떤 소리를 듣고, 나에게 뭐라 말하는 것을 듣게 될까요? 꿈에 그리던 결과를 통해서 어떤 감동이 온몸의 신경과 세포 하나 하나를 통해 흘러넘치게 될까요?

정지해 있던 물체를 움직이기 위해서는 큰 힘이 듭니다. 권해 드린 세 가지 과정을 충분히 마스터할 수 있다면, 당분간은 충분히 움직일 힘이 될 것입니다. 그 힘을 이후부터는 습관처럼 만들어야 합니다. 목표를 크게 써서 벽에 붙이고, 틈날 때마다 그것을 들여다보고, 주도 면밀한 계획을 세워서 지켜 나가야 합니다. 이렇게 생활화하는 것은 자신만의 몫이겠지요.

자꾸 실천하는 습관을 들이면 에너지에도 힘이 붙고 가속도가 붙습니다. 그 습관과 힘을 쓰면 쓸수록 에너지는 점점 더 커져 갑니다. 멈춘다면 에너지는 다시 줄어들고 말겠지요. 이제 나머지는 전적으로 님 자신의 손에 달려 있습니다.

몇 년 후 미래에 과거의 나태함을 후회하며 울겠습니까? 아니면 지금 움직여 꿈을 이루겠습니까?

» 목표 달성 신드롬

며칠 전 수능을 쳤습니다. 수능을 치기 전에는 그것만 끝나고 나면 멋진 계획도 세우고 재미있게 지내려고 했는데, 막상 끝나고 나니 성적이 괜찮은데도 너무 우울하고 예민해지고 노는 것도 질리고 답답하고 그렇습니다. 이 귀중한 시간에 책도 좀 읽으려 했는데 집중도 안 되고, 아무것도 할 수가 없어요.

지금의 님과 같은 마음 상태를 '목표 달성 신드롬'이라고 부릅니다. 하나의 목표를 향해 달려가다가 그 목표를 성취한 이후, 계속 이어 나갈 목표가 없을 경우에 빠지게 되는 허탈감을 말하는 것이지요.

'목표 달성 신드롬'에 빠지지 않기 위해서는, 하나의 목표를 완수하기 직전에 다음 목표를 세워야 합니다. 그러나 목표라는 것은 반드시 끝내야 할 기한을 가지는 것이기에, 이런 목표-성취-목표-성취······라는 반복되는 과정은 끝없이 이어지게 될 것입니다. 그렇다면 다음에는 또 어떤 목표를 세워야 할까요? 매번 어떤 목표를 세울지 고민하는 것도 엄청난 일이겠지요. 그래서 보다 장기적인 시각에서의 접근이 필요한 것입니다. 다음과 같은 질문을 자신에게 던져 보세요.

'나는 어떤 목적으로 살아가고 있는가?'

답이 쉽게 나오지 않을 수도 있습니다. 그러나 시간이 오래 걸리더라도 반드시 찾아내야 합니다. 그것은 어떤 사람에게는 쉽게 주어지는 것일 수도 있고, 또 어떤 사람에게는 어렵게 결정해야만 하는 것일 수도 있습니다. 그 과정이 어찌됐든, 자신의 삶의 목적을 반드시 찾아야 한다는 사실에는 변함이 없습니다. 한평생 무엇을 위해서 무엇을 향해서 살아갈 것인가, 어떤 가치를 위해서 살 것인가를 말이지요.

그렇게 평생을 살아갈 목적이 세워지면, 이번에는 그것을 이루기 위한 장기적인 하위 목표를 수립해야 합니다. 이 장기 목표를 이루기 위한 더 상세한 하위 목표들도 몇 단계 더 깊이 이어지게 되겠지요. 그리고 결국에는 이런 목표를 이루기 위한 오늘, 지금 이 순간 해야 할 일들이 정해지는 것입니다. 이렇게 매순간마다 매진해야 할 목표들을 끊임없이 추구하며 살 때, 평생을 이어 가고자 하는 숭고한 삶의 목적은 더욱 현실 속으로 다가오게 됩니다.

더 크고 위대한 안목과 시각으로 더 넓은 관점을 통해, 더 높은 곳을 향해 개척해 나가는 삶이 되기를 바랍니다.

» 믿음을 만드는 방법

꿈을 이루어 낼 수 있다는 믿음을 갖기 위해서는 어떻게 해야 할까요? 불가능을 가능으로 바꾸어 내는 신념을 만들기 위해서는 어떻게 해야 할까요?

100층이 넘는 거대한 빌딩도 하나의 벽돌 또는 하나의 철근이 쌓여서 시작됩니다. 믿음 역시도 마찬가지입니다. 커다란 믿음도 그것을 구성하는 작은 단위가 굳건히 쌓여야만 크고 확고한 믿음으로 구성될 수 있는 것입니다. 그렇다면 신념을 구성하는 작은 단위는 무엇일까요?

그것은 바로 정신적인 에너지입니다. 우리는 자신의 의지로 원하는 바를 선택하여 바라볼 수 있습니다. 우리는 자신의 의지로 어떤 생각을 선택하여 떠올릴 수 있습니다. 우리는 자신의 의지로 어떤 기억을 선택하여 떠올릴 수 있습니다.

원하는 신념을 명확하고 간결한 문구로 만들어 보세요. 그것이 '나는~'으로 시작되는 긍정문이 되도록 하세요. 가능한 자주 주의를 집중하여 그 생각을 떠올리고, 입으로 소리 내어 선언하도록 하세요.

그러면 어떤 일이 일어나겠습니까? 처음에는 그저 작은 믿음과 생각의 덩어리였던 것이 자꾸 떠올릴 때마다 정신적인 에너지가 되어 뭉쳐지겠지요? 마치 작은 눈덩이를 굴려서 점점 크게 만드는 것처럼 말입니다. 그렇게 계속 반복하면 됩니다. 처음에는 작은 눈덩이처럼 시작된 신념은 점점 더 크고 단단하게 불어날 것입니다. 처음 눈을 굴릴 때에는 잘 되지 않을 것입니다. 그러나 어떤 크기 이상으로 넘어서면 그 다음부터는 수월해집니다. 그전에 포기하면 아무것도 남지 않을 것입니다.

크게 키우기를 원하는 생각에 에너지를 줄 때는, 긍정적인 감정을 함께 가지려 노력하세요. 그러면 에너지는 훨씬 더 빠르고 강력하게 작용할 것입니다. 긍정적인 신념을 만드는 긍정적인 감정도 역시 정신적인 에너지이기 때문에, 확고한 믿음을 크게 키우는 데 도움이 됩니다.

» 좋은 대학에 갈 수 없나요?

저는 고등학교 2학년입니다. 성적은 반에서는 5등, 전교에서는 50등 정도 됩니다. 연고대에 가려고 하지만, 지금부터 공부해서는 갈 수 없다고들 합니다. 지금부터 공부해도 연고대에 들어갈 수 없나요? 부모님께 너무 죄송하고, 부모님 얼굴만 보면 눈물이 나올 것 같네요. 꼭 성적을 올려서 좋은 대학에 가고 싶어요.

'지금부터는 아무리 열심히 공부해도 연고대에 들어갈 수 없다'고요? 이런 이야기들을 믿으면 어떤 느낌이 듭니까? 이런 이야기들을 믿고 싶습니까? 이런 이야기들에 관한 믿음을 선택하는 것이 본인에게 얼마나 유익합니까? 이런 이야기를 믿어서 목표한 바를 이룰 수 있다면, 그것을 믿으세요. 이런 이야기를 믿지 않는 것이 도움이 된다면, 그것을 믿지 마세요! 결과는 너무나 분명한 것이겠지요. 이 이야기를 믿으면 믿을수록 더욱더 목표와는 거리가 멀어질 것입니다.

부모님 걱정 돼서 눈물이 납니까? 그건 또 무슨 도움이 됩니까? 목표에 매진할 시간도 모자란데, 공부에 집중하기보다는 걱정을 하고 앉아 있다니요?

철저하게 자신의 마음을 컨트롤하세요. 쓸데없는 일, 원하지 않는 일에 에너지를 허비하지 마십시오. 진정으로 그것을 원한다면, 오직 그것이 이루어진다는 생각에만 집중하세요. 오직 그것을 이루는 데에만 온 정성과 노력을 기울이세요.

두 개의 길이 있습니다. 정신적인 에너지를 효과적으로 집중하는 길과 쓸데없이 낭비하는 길. 이 두 길 중 하나만을 선택하면 될 것입니다. 어느 길을 선택해야 도움이 되리라는 것은 너무나도 분명한 사실이겠지요.

저는 디자인을 전공하고 대기업에 입사하여 장기적으로 성공하고자 하는 꿈이 있었으나, 일이 뜻대로 되지 않아 벤처기업에서 일하게 되었습니다. 막상 입사를 하고 일을 해보니 분위기가 너무 나태하고 비효율적이라 비전이 보이질 않습니다. 그래서 대기업으로 옮겨 보려고 하지만, 대기업 분위기도 마찬가지면 어쩌나 싶어 불안합니다. 이래저래 회사생활은 너무 답답해서 일을 그만두고 시골로 내려가 가난하게라도 자연을 벗하며 살면 어떨까 하는 생각이 간절합니다. 하지만 당장 할 수 있는 일도 없고, 현실도피만 될 것 같네요. 길이 보이지 않고 막막합니다.

→ 　　현실과 이상은 차이가 나게 마련입니다. 달라도 너무 다릅니다. 그래서 대부분은 그 속에서 좌절합니다. 현실이 나의 마음 같지 않다며 약해집니다. 길이 보이지 않는다고 포기합니다. 이것이 보통 사람들의 길입니다. 그러나 성공하는 이들과 원하는 것을 결국 이루어 내는 이들은 다릅니다. 자신의 생각과 직면한 현실이 아무리 다르다 하더라도, 시련에 초점을 맞추기보다는 원하는 것에만 초점을 맞춥니다. 하늘이 무너져도 솟아날 구멍이 있고, 호랑이에게 물려가도 정신만 바짝 차리면 된다는 속담을 증명이라도 해보이듯이 삽니다. 이것이 바로 평범한 이들과 특별한 이들의 차이점입니다.

　당장 회사를 그만두고 시골로 내려가도 좋습니다. 그게 정말 원하는 일이라면 그렇게 하면 됩니다. 경제적으로는 가난할지 모르지만, 별을 보고 개구리 소리를 듣고 농사를 지으며 살아도 됩니다. 그건 절대로 현실도피가 아닙니다. 정말로 원해서 그렇게 산다면 말입니다. 하지만 그런다 하더라도 다시 똑같은 문제에 직면하게 됩니다. 도시에서만 살던 사람에게는 시골생활도 생각처럼 쉽지 않을 것입니다. 지금의 회사 생활이 예상과는 많이 달랐던 것과 완전히 똑같은 패턴에 직면하게 될 것입니다. 다른 그 어떤 일에 대해서도 마찬가지입니다. 대기업으로 옮기면 지금의 회사와 같은 분위기일 수도 있고, 다른 분위기일 수도 있을 것입니다. 팀마다 다른 분위기일 수도 있고, 회사마다 그럴 수도 있을 것입니다. 가보지 않고는 모릅니다. 알 수 있는 것은, 마음이 바뀌지 않는 한 언제까지나 현실은 지금과 같이 미적거리는 채로 남아 있을 것이라는 사실입니다.

길이 보이지 않으면 만드십시오. 그러면 길이 됩니다. 오직 원하는 것에만 집중하세요. 원하지 않는 것과 저항이 판치는 것이 현실의 기본적인 법칙입니다. 생각과 다른 현실을 받아들이지 못하는 것은, 그 현실에 문제가 있었기 때문이 아닙니다. 받아들이지 못하는 마음, 쉽게만 해결하려고 드는 마음에 문제가 있는 것이었습니다.

정말로 원하는 것이 무엇입니까? 성공적인 디자이너의 길을 가려고 하지 않았습니까? 회사는 옮길 수 있습니다. 더 좋은 회사로도, 더 나쁜 회사로도. 환경은 바뀔 수 있습니다. 더 나은 환경 혹은 더 나쁜 환경으로. 그러나 꿈은 절대로 바뀌지 않습니다. 스스로 그것을 포기하지 않는 한은 말입니다.

» 잠시 목표를 잊은 그대에게

저는 지금 2년제 대학을 마칠 때가 되었습니다. 취업을 해서 야간대학에 다닐지, 몇 년 돈을 모아서 정규 대학에 다닐지 진로에 대한 고민 끝에 돈을 모아 정규 대학에 가는 쪽을 선택했지요. 그래서 대우가 아주 좋은 대기업의 생산직에 지원을 했는데, 이곳은 기숙사 생활을 해야 하기 때문에 적응해야 할 대인관계, 낯선 생활 등에 대해서 심적으로 몹시 부담이 됩니다. 그냥 집에서 출퇴근할 수 있는 편한 회사에 다닐 수도 있는데 말이에요. 저는 어떤 선택을 해야 할까요?

이런 질문을 받을 때면, 참으로 갈등 아닌 갈등을 하게 됩니다. 이 문제에 구체적인 답을 드리면 고기를 주는 셈이 되겠지요. 그러나 고기는 계속해서 필요할 것입니다. 살다 보면 계속해서 선택의 기로에 놓이게 될 테니까요. 그러면 끊임없이 외부의 어딘가에서 고기를 찾게 되기를 바랄 것입니다. 어떻게 하면 고기를 잡는 기술을 가르쳐 드릴 수 있을까요? 어떻게 하면 갈등과 선택을 스스로 해결할 수 있도록 도와드릴 수 있을까요? 늘 하게 되는 저의 고민입니다.

편안함만을 찾는, 편안함을 삶의 가장 중요한 가치로 여기는 삶이 오랫동안 이어지면 어떻게 될까요? 그런 삶에는 발전이 없고, 성장이 없을 것입니다. 님은 대학에 가기 위해 돈을 벌고, 그러기 위해 생산직에 취직을 하자는 확실한 목표가 있습니다. 그런데 잠시 목표를 잊은 모양이군요. 좋은 대우로 돈을 빨리 벌어서 더욱 빨리 대학에 갈 수 있는, 목표를 더 일찍 이루어 낼 수 있는 기회가 왔는데, 편안함 사이에서 갈등하고 있으니 말입니다.

말씀하신 대로 새로운 환경에 대한 부담감 때문에 그렇겠지요. 그러나 너무 미리 걱정하지는 마시기 바랍니다. 미리 걱정하던 것과는 달리, 늘 지금껏 모든 새로운 환경에 잘 적응하며 살아왔습니다. 집을 떠나 새로운 환경에 적응해야 하는 기숙사 생활도, 해보면 그리 어렵지 않을 수 있습니다. 어쩌면 재미있을지도 모릅니다.

문제는 실제로 다가올 새로운 환경이 아니라 마음의 두려움입니다. 그저 두려우면 '두려움을 느끼는구나' 하고 그에 저항하는 마음을 내려놓아 버리세요. 시간은 잘도 흐르고 님은 적응하고, 그리고 또 시간은 흐르고……. 그 속에서 두려움을 극복하고, 더욱 빠른 시간 내에 목표에 도달하게 될 것입니다.

저는 특별한 재능도 없는데다 열정도 없는 것 같습니다. 그래도 잘살고 싶은데…… 어떻게 해야 할지 모르겠어요. 조언을 부탁드립니다.

시작과 창조의 모든 행동에 한 가지 기본적인 진리가 있다.
그것은 우리가 진정으로 하겠다는 결단을 내린 순간,
그때부터 하늘도 움직이기 시작한다는 것이다.

- 에디슨

어떤 사람들은 타고난 열정을 불사르기도 합니다. 어떤 사람들은 타고난 재능을 불사르기도 합니다. 또 어떤 사람들은 열정과 재능이 있는데다 엄청난 노력가이기까지 합니다. 하지만 그렇지 못한 대부분의 사람들은 뚜렷한 열정을 찾기도 힘들고, 뚜렷한 재능도 보이지 않으며, 게으르기까지 합니다. 내가 행운이 가득한 몇몇 소수가 아니라 나머지에 속하는 평범한 사람이라면 도대체 어떻게 해야 할까요? 주저앉아 울고만 있어야 할까요? 세상을 탓하며 불평불만만 늘어놓아야 할까요? 못난 자신을 비난해야 할까요?

우리는 그 어떤 좋은 조건도 타고나지 않았을 수 있습니다. 하지만 적어도 단 한 가지, 마음대로 할 수 있는 것이 있습니다. 그것은 바로 목표입니다. 목표를 만드세요. 확고한 목표를 만드세요. 정말로 뭘 하고 싶은지 모르겠다면, 무엇이라도 일단 이루어 낼 일을 결정하세요. 그리고 선택한 분야에서 한걸음씩 올라서기 위한 반복과 훈련을 거듭하세요. 오직 목표만 생각하고, 그것에만 몰두할 수 있는 집중력을 키우세요!

오직 그 길뿐입니다.
하고자 하는 일 이외의 모든 것들을 다 태워 버리고
오직 원하는 것에 온 마음을 바치세요.
그럴 때 하늘은 움직이기 시작합니다.
굳은 의지와 결단에는 하늘도 움직이기 시작할 것입니다.

» 세상에서 가장 자유롭고 용감한 영혼에게

저는 여고생일 나이지만, 자퇴를 하고 검정고시를 쳐서 친구들보다 일찍 고등학교를 졸업한 셈입니다. 앞으로 많이 노력해야 한다는 것도 알고 있어요. 저는 지금 중요한 선택의 갈림길에 서 있습니다. 부모님은 무조건 대학은 가야 하지 않겠냐고 하시지만, 저는 빨리 취업을 해서 미래의 꿈을 위해 돈을 벌 생각입니다. 저는 외국어, 여행, 모험에 관심이 많아요. 외국 여행도 연수도 마음껏 하고, 외국 친구도 사귀며 살아 보고 싶어요. 저의 목표는 성공하는 거예요. 어떻게 할 수 있을진 아직 잘 모르겠지만, 성공할 수 있을 것 같은 확신이 있고, 내가 성공한 모습을 상상하는 것만으로도 기분이 좋아집니다.

너무 감동적이군요. 그렇게 어린 나이에, 모두가 입시 위주의 교육만을 이야기하는 세태 속에서 그렇게 독립적이고 자발적인 사고를 하고 있다니 너무나 놀랍습니다.

님은 원하는 것은 무엇이든 할 수 있습니다. 지금 하고 싶은 것을 하세요. 지금은 아니지만, 언젠가는 대학에 가고 싶다는 생각이 들지도 모르겠네요. 그럼 그때 가면 됩니다. 분명히 갈 수 있을 것입니다.

계속해서 지금처럼 자유로운 영혼으로 사세요. 가슴 뛰는 것을 향해 주저 없이 뛰어드세요. 너무 많이 생각하기보다는, 주변의 평범한 사람들의 이야기를 너무 많이 듣기보다는, 스스로 진정으로 원하는 것을 향해 나아가세요. 마음이 가는 것을 향해 그렇게 사세요. 아니, 제가 군이 이런 말 늘어놓지 않아도 그렇게 잘 살아갈 것입니다.

때로 좌절하고 싶은 순간이 올지도 모르죠. 후회하고 싶은 순간이 올지도 몰라요. 그래도 괜찮습니다. 결국은 해낼 겁니다. 님이 앞으로 쑥쑥 성장해 나가고 뻗어 나가는 모습이 벌써부터 궁금하고 보고 싶어지네요. 어려울 때든 좋을 때든 꼭 소식 전해 주세요.

님의 앞날에 세상의 모든 축복과 빛과 사랑이 함께하기를 간절히 기도하겠습니다.

세상에서 가장 자유롭고 아름답고 용감한 영혼에게
행운이 가득하기를 두 손 모아 축복드립니다.

비전이 주는 힘

➡️   보편적인 사고방식에 의하면, 우리는 의식을 실제로는 존재하지 않는 것처럼 여기는 경향이 있는 듯합니다. 예컨대 보통 사람들은, 생각이나 의지와 같은 정신적인 현상을 떠올리는 그 순간에만 생겨났다가 사라지는 신기루 같은 것으로 여기곤 하죠. 눈에 보이지도 손에 잡히지도 않고, 과학 장비로 측정되지도 않기 때문일 것입니다. 하지만 그것들이 실제로 존재하지 않는다는 증거 역시도 발견된 일이 없죠. 과학은 우주의 비밀을 조금씩 밝혀 나가고 있는 것이지, 다 알아낸 것은 아니니까요.

마음에서 일어나는 정신적인 일들 역시도 실제로 존재하는 것이라고 저는 믿습니다. 과학은 사랑이라는 감정을 '몸에서 분비되는 호르몬 작용의 결과'라고만 증명하려고 하지만, 호르몬이 먼저인지 마음이 먼저인지는 알 수 없는 일이죠. 사랑이 실제로 존재한다고 증명할 순 없지만, 그것이 사람을 바꾸고 관계를 바꾸고 세상을 바꾸지 않습니까? 과학적으로도 뭔가를 바꾸어 내고 상태를 변화시키는 실체를 '에너지'라고 부릅니다. 그런 의미에서 생각, 의지, 사랑과 같은 마음의 작용 역시도 분명히 존재하는 에너지인 셈이지요. 우리의 마음, 의식은 엄연히 실체로써 존재하는 에너지입니다. 그리고 마음은 현실을 이루어 내는 에너지이기도 하고요.

만약 우리가 일상의 잡다한 일들에만 정신을 쏟느라 대부분의 시간을 허비한다면, 잡다한 일들만이 우리의 유일한 현실이 될 것입니다. 분산되어 산만한 의식은 현실을 바꿀 만한 힘이 없습니다. 반대로 집중된 의식은 현실을 바꾸어 냅니다. 무엇이든 집중하는 것에 큰 변화가 생기게 됩니다. 거기에 의도된 창조가 일어나게 됩니다.

같은 물이라도 젖소가 먹으면 우유가 되고 뱀이 먹으면 독이 됩니다. 마찬가지로 에너지는 좋고 나쁘다는 판단을 하지 않습니다. 좋은 쪽으로 쓰면 좋은 결과로 바뀌고, 아니라면 그 반대의 일이 일어나게 되죠.

안타깝게도 많은 사람들의 현실이 그렇습니다. 매일매일 주어지는 일상의 일들을 처리하기에 바쁜 나머지, 그렇게 주어지는 현실이 유일한 현실이 되어 버렸습니다. 여기에는 변화의 틈이 없고, 미래를 위한 개선의 여지가 없습니다. 구체적인 미래에 대해 확신을 가지고 떠올려 보지도 않습니다. 그런 이야기를 들은 적이 없기 때문이기도 하고, 어떤 소수의 사람들은 생각은 하지만 충분한 에너지를 부여하지 않았기 때문이기도 합니다. 또 어떤 사람들은 습관에 의해서 부정적인 미래를 그리기도 하죠.

이런 경우에 삶은 마치 하루살이와 다를 것이 없습니다. 내일 무슨 일이 닥칠지 모르는데 그에 대한 대비도 없고, 주어지는 대로의 현실만을 살아가기에 바쁩니다.

몇몇 소수의 사람들만이 이와는 반대의 과정을 밟습니다. 그들은 원대한 비전을 먼저 세웁니다. 때로 그것은 마주 대한 현실과는 너무나도 차이가 있는 것이기에 놀랍기까지 합니다.

예를 들어 테레사 수녀는 그저 대단하고 헌신적인 사람이었기에 많은 이들에게 그토록 크고 아름다운 도움을 줄 수 있었던 것은 절대로 아닙니다. 황무지와 같은 땅에서 완전히 빈손으로 일어나 큰 도움을 주기 위한 비전을 세우고, 그것에 뛰어들었던 것입니다. 오직 주고자 하는 확신과 열망만을 가지고서 말입니다.

현재의 작게 느껴지는 자신만을 보면서 가만히 앉아만 있으면 결국 아무것도 할 수 없게 됩니다. 현재의 자신에게만 주의를 기울이고 있으면, 그런 자신이 삶의 전부가 됩니다. 언제까지나 지친 일상에만 물들어 지낸다면, 지친 일상만이 삶의 전부가 됩니다.

이런저런 모든 핑계들은 무조건적으로 집어치우고서 먼저 자리를 떨치고 일어나 큰 그림을 그려 보십시오! 그것을 어떻게 이루어 낼 수 있을지는 일단 접어 두고, 가슴이 이끄는 대로 최고의 그림을 그리십시오!

현실과는 너무나 동떨어진, 그런 원대한 그림을 어떻게 완성시킬 수 있을까요?

그에 관해서는 고민할 필요가 없습니다. 고민은 가슴 뛰는 그림을 그린 다음의 문제입니다. 할 수 있는 일은 그때 알게 될 것이고, 주어질 것입니다. 큰 그림을 그리되 현실에 임하여 한 가지 명심해야 할 것이 있습니다. 당장 크고 불가능한 것을 하려 들지 말고, 지금 당장 시작할 수 있는 것, 아무리 사소한 것이라도 지금 여기에서 한 발자국 나아갈 수 있는 일을 해야 한다는 것입니다. 아무리 기다려도 큰일을 당장 할 수 있게 해주는 완벽한 때는 오지 않으니까요.

이제 당신의 원대한 그림인 비전을 그려 보도록 하세요. 지금부터 즐겁게 그려야 할, 당신의 가장 큰 그림은 과연 무엇일까요?

작심삼일의 힘

→ 많은 사람들이 자신의 달라진 모습을 원합니다. 그래서 종종 어떤 결심을 하고, 꾸준히 지켜 나가기 위한 계획을 세우기도 하지요. 하지만 대부분의 경우에 '작심삼일'이라는 것을 경험합니다. 그 기간이 하루든 이틀이든, 아니면 며칠일지라도 자신의 욕심에 미치지 못하는 것이지요. 그럴 때 사람들은 자기 자신에 대해 실망하고 좌절하게 됩니다. 심하게는 자신을 비난하고 자학까지 합니다.

'나는 항상 왜 이럴까? 한심한 놈!'

많은 사람들이 그러할 것입니다. 단단히 결심한다고 해서 그 결심이 100일, 200일 계속 되는 경우는 참으로 드뭅니다. 이 글을 쓰고 있는 저 역시도 오래전에는 늘 '작심삼일'이었죠.

중요한 것은, 그렇게 결심을 놓치고 작심삼일로 그치며 나태해지는 순간이라도, 자신을 책망하지 않고 괜찮다고 다독거리며 격려해 줄 수 있는 마음을 갖는 일입니다. 그러면 조금씩, 당장은 눈에 크게 드러나지 않는 만큼이지만, 내적으로 성장하고 의지가 강해져 갈 것입니다.

'티끌 모아 태산'이라는 속담처럼, 작은 성장의 부스러기들이라도 조금씩 쌓이고 모여서 어느 날 되돌아보면 '아! 내가 이만큼 달라져 있구나!' 하고 느끼게 될 것입니다.

단지 작심삼일 동안의 노력이라도 마음에 남아서 성장을 위한 밑거름이 되어 줍니다. 하지만 작은 변화가 마음에 들지 않는다고, 눈에 잘 띄지 않는다고 해서 자신에게 화를 내고 비난을 하며 부정적인 감정을 가지게 되면, 며칠 동안 쌓인 에너지의 부스러기들은 날아가 사라져 버립니다. 이런 경우에는 작심삼일의 티끌들이 모여 태산을 이루지 못하고 끝없이 제자리걸음을 하게 되는 것이지요.

비록 당장은 부족해 보일지 모르지만, 작심삼일의 작은 노력과 시도도 인정하고 격려하세요. 긍정적인 태도를 꾸준히 반복할 때, 시간이 갈수록 의지력은 점점 더 커지고 조금씩 더 오랜 기간 결심을 유지할 수 있게 됩니다. 작심오일, 작심칠일, 작심한달……이 되는 것이죠.

마음의 작은 변화, 일상의 작은 변화, 며칠간의 변화도 인정하고, 마음에 들지 않는 부분조차 인정하면서 나아갈 때, 그런 작은 에너지들이 모여 크게 성장하는 것입니다.

나태함을 극복하는 방법

누구나 그럴 때가 있습니다. 조금은 나태해질 때가 있습니다. 그대만 그런 것이 아닙니다. 그렇게 나태하고 무기력한 시간을 보내게 되면, 습관적으로 자신을 책망하고 비난하기 시작합니다. 그리고는 기분이 나빠집니다. 기분이 나쁘기 때문에 책망했을 수도 있지만, 중요한 것은 그렇게 함으로써 기분이 더욱 나빠진다는 사실입니다. 그리고 그 다음 기회가 왔을 때에도 전혀 나아지지 않고, 다시 똑같은 나태함 속에 시간을 보내고 자신을 책망하는 악순환을 반복합니다.

원치 않는 행동을 한 자신을 책망하는 것에는 그런 행동을 고쳐 보려는 좋은 의도가 깔려 있을 것입니다. 하지만 그런 책망을 가만히 살펴보면, 사실상 부정적인 행동을 바꾸는 데는 거의 좋은 영향을 끼치지 못합니다.

차라리 자신을 채찍질하고 싶은 생각과는 반대로 무덤덤하게 넘어가는 편이 백 번 낫습니다. 원하는 행동이나 좋은 행동이 아니었지만, 그것은 이미 지나간 과거의 일이 되었습니다. 스스로를 책망해서 기분이 더욱 나빠진다면, 그렇게 나쁜 기분과 감정 속에서 어떻게 좋은 행동이 나올 수 있겠습니까?

10초든 1분이든 이미 지나간 일을 들추어 내어 자신을 괴롭히지 마세요. 지나간 과거에 대해서는 무조건적으로 그저 '그랬구나' 하는 겁니다. 어쩌면 여러분은 "늘 그랬구나 하면서 지낸다면 평생 나아지는 것이 전혀 없지 않겠느냐?'고 반문할지도 모르겠습니다. 그래도 일단 평소 생각이나 습관과는 반대로, 부정적이었던 자신의 행동에 대해서는 무조건적으로 '그러러니' 하는 태도를 취해 보세요.

자신이 원치 않는, 마음에 들지 않는 행동을 했다 하더라도 단 1초라도 이미 지나간 과거에 대해서는 자신을 비난하지 않도록 하세요. 그렇게 꾸준히 생활하고 습관화할 수 있다면, 훨씬 더 평화롭고 행복해져 있는 자신을 발견할 수 있을 것입니다. 우리가 삶에서 궁극적으로 얻고자 하는 것이 바로 행복이 아니던가요?

자신을 비난하지 않고, 있는 그대로를 인정하고, 자신에 대한 여유를 가지게 되면, 그때는 꿈을 찾고 목표를 세워 보세요. 나태함이라는 원치 않는 행동을 끊어 내기 위해서 이제부터는 목표에 온 마음을 기울여야 합니다. 그러나 주의해야 할 점은, 시간적으로 멀리 떨어져 있는 미래나 너무 큰 목표만을 생각해서는 안 된다는 것입니다.

너무나 당연하게도 장기적인 미래의 목표와 비전은 반드시 필요합니다. 그러나 당장 이루기에 너무 큰 목표를 세우면 실천을 하기도 전에 지치게 됩니다. 목표가 너무 먼 것처럼 느껴집니다. 그러면 크게 죄절하거나 나태함에 빠지게 된다는 사실을 알아야 합니다. 지금 집중해야 하는 것은 바로 다음번에 밟을 계단입니다. 그래야 넘어지지 않고 올라

설 수 있겠지요. 한 걸음 한 걸음, 조금씩 얻는 작은 성취에 재미를 들이 며 나아가야 합니다.

이제 오랜 세월 계속해 온 적절하지 않은 관점과 행동을 바꾸시기 바 랍니다. 어떤 이유에서든 자신을 비난하는 습관을 지금 당장 떨쳐 내 세요. 그리고 가까운 목표의 성취를 즐김으로써 나태함을 끊어 내시기 바랍니다.

큰사람이 되는 길

→　대부분의 사람들이 어떻게 살아가는지 알고 싶다면, 그들 대부분이 보내는 시간이 어디에 있는지를 살피면 됩니다. 그러다 일과 돈을 위해 산다는 사실을 발견하게 되지요. 정말 많은 시간을 돈 버는 일과 직업에 보내고 있죠. '언젠가 나중에는 정말 중요한 일을 할 거야'라고 생각하지만, 결국 지금 여기만 존재할 뿐 나중은 오지 않습니다. 아무리 아니라고는 해도, 현실은 돈과 일의 노예로 사는 것이나 다름 없습니다.

무엇을 위해서 살 것인가?

어떻게 살 것인가?

이런 인생에서 가장 중요한 질문들에 구체적인 방향을 찾기 위해서 하나의 단어를 제시해 보려고 합니다. 우리는 '큰사람'이 되고자 하고, 그리 되어야 합니다. 그렇다면 큰사람이란 어떤 사람인가요?

몸이 큰 사람이 큰사람입니까?

몸의 모양이 좋은 사람이 큰사람입니까?

(아마도 정말 그렇게 여기는 사람은 없을 것입니다. 하지만 끝없이 불고 있는 몸짱, 다이어트, 성형수술에 대한 열풍은 과다할 정도로 외모에 집착하고 있음을 보여 주고 있습니다.)

지식이 많은 사람이 큰사람인가요?

지식이 많다는 것은 사회에서 인정하는 큰사람에 대한 하나의 조건이 될 수도 있겠죠. 하지만 지식만 많다고 해서 큰사람인 것은 아닙니다. 소위 사회지도층이라는 사람들, 엘리트 계층이라는 사람들의 속내를 들여다보면, 오히려 평범한 서민들보다 더 지저분한 사람들이 많습니다. 마음과 생각이 그렇다는 것입니다.

마찬가지로

유명한 사람이 큰사람인가요?

돈 많은 사람이 큰사람인가요?

권력 있는 사람이 큰사람인가요?

일 잘하는 사람이 큰사람인가요?

남들에게 크게 인정받는 사람이 큰사람인가요?

(이런 사람들일수록 뒷구멍으로 더 큰 잘못을 저지르다 들키면 자살을 하고, 난투극을 벌입니다. 앞으로는 큰사람인 척하면서 뒤로는 온갖 술수와 더러운 짓거리를 하는 것을 보면, 이런 것들이 절대로 큰사람의 조건은 아님을 알 수 있죠.)

성격 좋은 사람이 큰사람인가요?

통 크고 돈 잘 쓰는 사람이 큰사람인가요?

어려운 사람들만 보면 돕지 못해 안절부절하는 사람이 큰사람인가요?

(어떤 식으로든 '해야 한다'는 강박관념은 성장을 방해하는 걸림돌이 됩니다. 심

지어는 남을 도와야 한다는 생각조차도 강박관념이 되어서는 곤란하죠.)

동서고금을 막론하고 큰사람의 공통된 조건은 지혜와 사랑이었습니다. 위에서 예로 든 모든 것들이 '교육'을 통해 가능하지만, 지혜와 사랑은 교육으로는 불가능한 것입니다. 어떻게든 흉내 낼 수 있을지는 모르지만요. 지혜와 사랑은 밖으로부터 주어지는 것이 아니라, 우리 내면 깊은 곳에 이미 있는 것이기 때문입니다.

그저 지혜와 사랑을 살펴본다면, 우리는 그로부터 너무 동떨어진 사람 같습니다.

"나는 지혜로운 사람이다!"

"나는 사랑이 넘치는 사람이다!"

아무리 선언해 보아도 이에 대한 심적 저항은 넘쳐납니다. 선언과 만들어진 믿음에 의해 그렇게 믿어진다면, 그것은 자기 기만이거나 착각일 확률이 높죠. 그렇다면 우리는 지혜롭고 사랑이 넘치는 큰사람이 될 수 없는 것일까요?

답은 언제나 자기 자신으로부터 시작됩니다. 정말로 자신의 내면을 정화하고 비우다 보면, 내면에 있는 지혜와 사랑은 저절로 드러나게 됩니다. 이것이 큰사람으로 가는 가장 확실한 진리인 것이죠.

'큰사람이 되려면 어떻게 하지?'

이 질문에 대한 모범답안은 없을지도 모릅니다. 그래서 대도무문(大道無門)이라는 말도 나온 걸까요? 하지만 무엇보다도 먼저 큰사람이 되고자 하는 목표를 세워 봅시다. 그리고 잊지 말고 스스로에게 수시로 질문을 던져 봅시다.

'큰사람이 되려면 어떻게 하지?'

인내천(人乃天), 사람이 곧 하늘이라고 했습니다. 사람이 뜻을 세우는 것은 곧 하늘이 뜻을 세우는 것과 같습니다. 뜻을 세우는 곳에 기(에너지)가 모이고, 기가 구체화되면 물질로 변화되는 것이 진리입니다. 뜻이 있는 곳에 길이 있다고 하죠.

먼저 자신을 닦아야 합니다. 닦는다는 것은 정화하고 비워 내는 것입니다. 뭔가 좋은 것을 쌓고 덧붙이는 것이 아니라, 내려놓아야 하는 것입니다.

잊지 말고 자신에게 먼저 질문을 던져 보세요.

큰사람이 되려면 어떻게 하지?

혹시 자신이 절대로 큰사람이 될 수 없을 것이라는 자괴감이 먼저 드나요?

좋은 현상입니다. 바로 그 생각부터 정화하면 되는 것입니다.

삶이 또 다른 꿈이라면

간밤 꿈속에서 어떤 고약한 할머니를 만났습니다. 좋은 의도로 칭찬을 해드렸음에도 불구하고, 그 말을 바로 듣지 못하고 꼬아서 끝도 없이 투덜거리고 욕을 해대는 것이었지요. 그에 대해 나는 또 해명을 하고, 할머니는 해명에 대해 또 곡해를 하고, 이런 일이 끝없이 반복되었습니다. 비록 꿈속이었지만 이런 과정이 끝없이 길어지자, 화를 내지는 않았지만 답답하고 불쾌한 마음이 가득했습니다.

아침에 일어나 108배를 하던 중에 문득 이 꿈이 떠오르면서 약간은 언짢아짐을 느꼈습니다. 그리고 곧이어 따라 일어나는 깨달음이 있었습니다.

꿈이란 나의 무의식의 표현이고, 잠재의식으로 창조해 내는 세계일 뿐입니다. 그렇다면 꿈속의 할머니도 내 마음속의 존재이자 환영일 뿐인 것입니다. 그런데도 나는 내가 만들어 낸 존재를 두고 마음속에서 혼자 허우적거리며 불쾌해 했다는 사실을 알아차린 것입니다. 이 얼마나 우습고 어리석은 일인가요.

잠에서 깨면 꿈의 세계는 한갓 신기루이자 환영일 뿐입니다. 그 속에서 우리는 온갖 집착과 감정적 일렁임으로 허우적거립니다. 삶에서 깨면, 죽음의 순간엔 삶의 세계 또한 환영일 뿐이라는 말이 있습니다. 삶 속에서 우리는 또한 온갖 집착과 감정적 일렁임으로 허우적거립니다.

삶이 또 다른 꿈이라면 우리는 과연 어떻게 삶을 대하고, 어떻게 살아야 하겠습니까?

다만 삶이 꿈이나 죽음 이후의 세계와 다른 점이 있다면, 그것은 '기회'입니다. 꿈속에서나 죽음 이후에는 변화의 가능성을 가질 수 없고 고정된 패턴 속에서 움직여야 하지만, 삶은 다릅니다. 우리는 삶 속에서 고정된 경향성의 틀을 깨고, 또 다른 가능성을 열어 갈 수 있는 것입니다. 그러기 위해서는 마구잡이식이나 단시일간의 노력보다는 장기간의 체계적인 수행이 필요합니다. 어떤 수행의 방편을 잡든, 그것은 자신의 인연과 수준에 맞게 하면 됩니다. 결코 잊지 말아야 할 것은, 삶의 모든 시간은 곧 수행의 기회라는 사실입니다.

영혼의 의지

→　　마지막으로 저의 가족사를 예로 이야기를 시작해 보려고 합니다. 어린 시절 제겐 저와 두 살 터울의 동생이 있었답니다. 동생은 초등학교를 입학하고서 얼마 지나지 않아 심하게 열이 오르기를 몇 번 반복하더니 자주 아프고, 점점 시력을 잃어 가며 몇 년을 앓다가 죽었습니다. 병명도 확실치 않은데, 아무튼 원인은 고열로 인해 뇌의 모세혈관 혈류에 문제가 있었다고 합니다.

저의 아버지는 지금도 가끔씩 말씀하십니다. 동생이 왜 그렇게 아프게 되었을까, 혹시 어릴 때 버스가 급정거하면서 앞좌석 등받이에 머리를 부딪쳐서 그랬던 건 아닐까, 아니면 내리막길에서 자전거를 타다 넘어지면서 얼굴을 다쳤던 것 때문은 아닐까…….

저는 그럴 때마다 이렇게 말씀드리곤 하죠.

"아버지, 그런 게 아니에요. 다 그럴 만한 이유가 있었기 때문이죠."

저희 어머니는 제가 여덟 살 때부터 25년 동안 당뇨 합병증으로 고생을 많이 하다가 돌아가셨습니다. 대개 당뇨가 있다고 해도 처음부터 심하게 고생하지는 않지만, 어머니는 처음부터 혈당이 600 이상으로 올라갔습니다. 합병증으로 인해 젊은 나이에 중풍으로 쓰러져 가족들도 못 알아볼 정도였지요. 아버지는 또 가끔 말씀하십니다.

"네 엄마가 그렇게 된 건 의료사고나 마찬가지다."

발병 초기에 병원에 갔을 때, 당뇨인 걸 병원에서 발견하지 못해서 병을 엄청나게 키워 문제가 커진 측면이 있었기 때문입니다. 역시 저는 다 그만한 이유가 있었기에 그랬을 것이라고 아버지를 위로합니다.

어린 자식을 가슴에 묻고, 장기간 어렵게 투병하시는 어머니를 돌보시느라 아버지가 참으로 고생이 많으셨지요. 그런 가족사의 틈바구니 속에서 저 역시도 심적으로 어려운 나날들이었을 겁니다.

겉으로만 보면 세상에는 참으로 불합리한 일들이 많이 일어납니다. 창창한 꿈이 있었을 젊은 나이에 아내를 돌보며 짊어져야 했을 아버지의 굴레, 미처 꽃 피기도 전에 촛불처럼 꺼져 간 어린 동생, 그런 가족사속에서 방황하며 길을 찾아야만 했던 저의 과거도 역시 그렇지요. 제가 알지 못하는 여러분의 개인적인 일들과 세상 모든 이들의 일들에 대하여 우리는 때때로 자문하게 될 것입니다.

'도대체 무슨 이유로 이런 일들이 일어나야만 하는가?'

하지만 이와 비슷한 말을 들어보셨는지요?

'나에게 일어나는 경험에 대한 모든 책임은 나 자신에게 있다.'

만약 이 명제가 사실이라면, 결코 경험하고 싶지 않고 원하지 않는 일은 어떻게 일어나는 것일까요? 어째서 나는 마음에 들지도 않는 가난한 부모 밑에서 태어나, 결코 원하지 않았던 신체적 특징과 정신적 능력을 가지고, 이런저런 원하지 않는 일들을 겪으며 살아가고 있는 것일까요?

분명 이런 질문에 대한 답의 상당한 부분은, 수많은 자기계발서와 교육들에서 다루고 있는 '믿음과 신념'이라는 차원에서 찾아볼 수 있을 것입니다. 우리는 분명히 스스로도 잘 알아차리지 못하는 신념에 의해 지배당하고 있는 것이 사실이니까요. 허나 신념이라는 체계를 적용하더라도, 결코 해결되지 않는 부분이 있다는 것을 생각한 분들도 많이 있을 것입니다. 여기에 대해서 우리는 결국 신의 영역이거나 '영혼의 의지'라고 이해할 수밖에 없는 부분과 만나게 됩니다.

'나에게 일어나는 경험에 대한 모든 책임은 나 자신에게 있다'라고 표현할 때, '나'라는 존재는 '생각으로서의 나'만을 뜻하는 것은 아닙니다. 인간의 존재는 몸, 마음, 영혼이라는 세 부분으로 구성되어 있으니까요. 마음이라는 부분은 어떤 식으로든 알아차리고 바꾸어 내는 작업이 가능할 수 있지만, 오감과 노력만으로는 결코 알아차리지도 건드릴 수도 없는 영혼이라는 성역이 존재합니다.

그래서 세상에는 종교라는 체계가 생겨났는지도 모릅니다. 수천 수만 년의 인류의 역사를 지나오면서도 결코 알지 못했던 미지의, 통제 불가능한 영역에 대한 경외심으로 인해서, 삶에서 그 어떤 수단과 방법으로도 어쩔 수 없는 사건들과 마주치면서 말입니다.

인간이란 참으로 많은 것을 바꾸어 내고, 새롭게 창조해 낼 수 있는 큰 존재입니다. 그러나 살다 보면 오히려 의지를 내려놓고, 그저 경험하고 수용하고 받아들여야 할 때가 있는 법입니다. 누구에게나 가야 할 길이 있고, 억지로 기를 쓰고 용을 쓰면 쓸수록 더 꼬이고 얽매어지는 일이 있는 법입니다. 알량한 생각과 야트막한 지식으로는 절대로 알 수 없고, 해결할 수 없는 일이 있는 법입니다.

우리는 경험을 통해 크게 성장하고 성숙된 의식으로 나아갈 수 있게 됩니다. 영혼의 차원에서는 경험의 쓰고 단맛, 좋고 나쁨, 안락과 불편함에 대한 판단 따위는 중요하지 않습니다. 영혼의 존재 목적, 그 자체에 관심이 있는 것입니다. 필요하다면 어느 곳이든 뛰어들 수 있는 용기를 가진 전사처럼…….

우선은 무엇보다도 우리 의식의 가장 깊은 곳에 영혼이 있다는 것을, 우리는 그저 몸과 마음의 안위만을 누리기 위해 존재하는 것이 아니라는 사실을 알아야 할 필요가 있습니다.

어쩔 수 없는 일들을, 어쩌면 영혼의 의지일지도 모르는 사건을 받아들이세요. 모든 것을 수용할 각오가 되어 있을 때, 우리 존재의 심연에 본래부터 존재했던 광명과 평화가 찬란히 드러나게 될 것입니다.

내가 바꿀 수 없는 것을 받아들일 평안을
내가 바꿀 수 있는 것을 바꿀 용기를
그 두 가지를 구별할 수 있는 지혜를
내게 허락하시옵소서…….

- 라인홀트 니버 「평안의 기도(Serenity Prayer)」 중에서

진정한 자신을 찾는 마법(마음의 법칙) 워크숍

:: [1부] 자기 사랑/목표 비전 워크숍

본 워크숍을 통해 얻게 되는 효과는 다음과 같습니다. 2박3일간의 과정을 통해 올바른 지식과 실천적인 훈련이 어우러져 자신을 변화시키는 데 획기적인 효과를 얻을 수 있습니다.

- 자기 자신을 사랑함으로써 마음의 평화를 찾고 행복해지는 법
- 원하는 현실을 만드는 마인드 파워
- 마음의 힘과 집중력을 키우는 법
- 원치 않는 생각을 줄이고 부정적 신념을 없애기
- 명상을 통해 마음 다스리기
- 부정적 습관 바꾸기
- 진정한 자신에 대한 깊은 이해
- 올바른 비전과 효과적인 목표 설정의 방법
- 그 밖의 긍정적인 마인드 향상 등

"반에서 1등 했어요! 요즘은 행복하게 살아요!"

- 유메님(17세, 학생)

"짧은 시간에 이렇게 변화된 것에 저 자신도 놀라울 뿐입니다!"

- 사랑둥이님(40세, 교사)

"다시 태어난 것 같아요."

- 훌랄라님(20세, 재수생)

"나를 사랑하게 되었고, 긍정적인 마음과 자신감이 생겼습니다."

- JDS님(40세, 주부)

:: [2부] 치유 정화 워크숍

본 워크숍에서는 과거의 기억과 상처를 통해 마음속에 쌓이게 된 부정적 에너지를 의식적인 방법(참회, 용서, 감사 등)과 무의식적 방법을 결합해 정화함으로써 몸, 마음, 영혼의 기적적인 치유 작용이 일어나게 됩니다. 이는 마음을 정화함으로써 평화롭고 행복한 사람으로 다시 태어나게 되는 과정입니다. 가족과 인간관계에 있어서의 문제를 해결하는 데도 큰 효과를 발휘하게 됩니다.

"기적 같은 일들이 일어났고, 내가 정말 달라졌습니다."

- YMH님(50세, 공무원)

"가슴속이 너무나도 가벼워졌고, 저의 존재가 환하고 아름답게 느껴지네요!"

- JHL님(31세, 공무원)

"지식으로만 알던 내용들이 진정한 나의 지혜로 스며들었습니다."

- CDY님(31세, 회사원)

:: [3부] 기명상

(EFAT : Energy Field Activating Training 에너지장 활성화 수행)

진정한 나는 물질적 육체만이 아닌 에너지(기)로 이루어진 존재입니다. 고인 물은 반드시 썩기 마련이듯 몸이 건강하기 위해서는 혈액순환이 원활해야 합니다. 마음과 영혼을 비롯해 삶이 총체적으로 건강하기 위해서는, 존재 전반에 걸친 에너지의 순환이 원활히 이루어져야 합니다.

본 과정은 자신의 본질적인 에너지장을 활성화시킴으로써 과거의 카르마를 정화하고, 본질적 자아와의 교류를 통해 사명을 찾고, 결국 왜곡되고 거짓된 자아가 아닌 진정한 자신이 될 수 있도록 합니다. 영적 성장을 바탕으로 현실적인 부분(사업과 직업, 사명 등)에 있어서도 큰 도움이 됩니다.

서울은 매주 1회 화요일, 지방(양평 · 대전 · 부산)은 월 2회 지도의 시간을 열고 있습니다.

"기명상을 통해 참 많은 변화와 감사할 일들이 있었지만, 그중에서도 가장 귀하고 소중한 변화는 저 자신에 대한 믿음과 사랑을 회복했다는 것입니다"

- KEJ님(40세, 회사원)

"애써 노력하지 않더라도 마음속에 기쁨이 차오르는 순간이 많아졌습니다."

- SJY님(39세, 교사)

"마음이 많이 평화로워졌습니다."

- HMK님(38세, 주부)

"좋은 일, 정말 신기한 일이 일어나는 것을 보고 너무너무 감사했습니다."

- ISH님(39세, 회사원)

"가족관계를 비롯해 가족에 대한 내 마음의 변화에 대해 놀랍고 감사한 마음이 들었습니다"

- LSM님(30세, 교사)

▶ 상세한 프로그램 안내를 원하시는 분은 <아주 특별한 성공> 카페 (http://cafe.daum.net/healingwizard)의 안내를 확인하신 후 메일을 통해 문의 주시기 바랍니다.

▶ 아주 특별한 성공, 영혼의 성장 카페를 통해 훨씬 더 많은 체험 후기를 접하실 수 있습니다.

▶ 진정한 자신을 찾는 마법 각 과정은 이전 과정의 수료 여부에 상관 없이 참석하실 수 있습니다(예를 들어 1부 워크숍 참가 전 2부, 3부에 참가 가능).